W0352429

SARSINTI

arda ere

Sarsıntı
Arda Erel

Yayın Yönetmeni: Aslı Tunç
Editör: Emre Kalcı
Düzelti: Eren Abaka
Kapak Tasarım: Dilara Kavaklıoğlu
Sayfa Tasarım: Gamze Kulak

2. Baskı: Ocak 2019
ISBN: 978-605-173-527-6

Baskı ve Cilt:
My Matbaacılık San. ve Tic. Ltd. Şti.
Maltepe Mah., Yılanlı Ayazma Sok., No: 8/F
Zeytinburnu/İstanbul
Tel: (212) 674 85 28
mymatbaa34@gmail.com
Sertifika No: 34191

Yayımlayan:
Epsilon Yayınevi Ticaret ve Sanayi A.Ş.
Osmanlı Sok., No: 18/4-5 Taksim/İstanbul
Tel: (212) 252 38 21 Faks: (212) 252 63 98
İnternet Adresi: www.epsilonyayinevi.com
E-posta: epsilon@epsilonyayinevi.com
Sertifika No: 34590

SARSINTI

arda erel

epsilon®

"Hayat ileriye bakarak yaşanır,
geriye bakarak anlaşılır."

Kierkegaard

Hızlı adımlarla salona doğru yürüdüm. Kocaman bir salondu. Yere kadar cam olduğu için, olağanüstü bir deniz manzarasına sahipti. Masmaviydi. Pencereden aşağı baktığımda yemyeşil bir alan vardı, o alanda da çok güzel bir hamak. Evin dekorasyonu da çok güzeldi. Genelde ahşap tonlar olsa da mat parkelerin üzerindeki beyaz mobilyalar ve onlara eşlik eden tablolar çok gösterişliydi. Masa, konsol, avizeler... Rüya gibi bir evdi.

Yalnız dolaşıyordum salonda, sonra bir anda, bir adım daha attığımda, odanın içine yüzlerce insanın doluştuğunu hissettim. Herkes benimle beraber aynı yere bakıyordu. Bastığım parke ayaklarımın altından kayıyor gibiydi. Zemin kaybolmuş, yerine bir boşluk yerleşmişti. Dudaklarım aniden kurumuş, dilim hareket etmeyi unutmuştu. Dilimi hissetmiyordum, konuşabileceğimi sanmıyordum. Gözlerim, bir daha görmemek, bu âna bir daha tanık olmamak için, neredeyse kör olmak istercesine bana yalvarıyorlardı.

Kim olduğumu unutmuştum ve yavaşça kim olduğunu hatırlıyordum...

Dünyaya gelmeden önce ben neredeydim? Kimin yanındaydım? Kim bakıyordu bana? Kim seviyordu beni? Kim tutuyordu ellerimden? Kim kolluyordu beni kötülüklerden? Kim öğretiyordu bana spermin rahme yerleştiği zaman ve sonra doğduğumda nelerle karşılaşacağımı, nereye gideceğimi? Kim bahsediyordu bana hayattan? İçindekilerden? Nasıl karar vermiştim ben dünyaya gelmeye? Veya başka türlü sorayım: Kimin sayesinde tercih etmiştim dünyaya gelmeyi? Bu benim tercihim miydi? Sorulmuş muydu bana hiç?

Veya... Dünyalıların deyişiyle, hangi aşkın sonucu meyve olarak doğmuştum; meyvelerin birbirini sadece sevmediği, bazen de zehirlediği bu değişik dünyaya?

Yoksa gelişigüzel bir ilişkinin sonucu muydum ben? Annem metres miydi ya da? Ah! Yoksa babam karısını başkasıyla mı aldatıyordu? Yoksa babam sarhoş muydu ve annem kürtajın günah olduğuna inandığı için, beni doğurup sonra da bakamayacağını düşünerek bırakmış mıydı? Onlar kimdi? Kimlerdendi? Beni hiç görmüşler miydi?

Doğduğum andan beri kafamın içinde oradan oraya koşturup duran cevapsız sorularım vardı... Belki sadece bugün değil, ömrüm boyunca cevapsız kalacaklardı. Çünkü onları beynimdeki herhangi bir koltuğa oturtamıyordum. Beğenmiyorlardı hiçbir yeri! Beğendiremiyordum. "Aşkın meyvesisin sen," dediğimde kendime, biraz rahatlar gibi oluyorlardı ama sonra "Belki de değilsin! Sen dünyalıların dediği gibi piçsin. Sevgisiz, gelişigüzel bir şeyin doğuşusun," dediğimde, oturdukları yerden kalkıp oradan oraya koşarak ağlayıp zırlıyorlardı. Piçim ya da sevgiyle doğmuşum. Ne fark ederdi ki? Dünyadaydım işte. Ben hem piçtim hem de sevginin meyvesi olarak doğan bir çocuktum.

1

Tolunay'ın içeri girdiğini fark ettim çünkü kapıyı zorlaya zorlaya bir tek o böyle açardı.

"Yine geçmişsin salondaki köşene, ne düşünüyorsun öyle kara kara canımın içi Derin'im benim?" dedi.

"Hiçbir şey, dalmışım öyle, televizyona bakakalmışım. Az önce bir kitap okudum, onun etkisinde kaldım sanırım biraz. Hoş geldin hayatım," diyerek cevapladım.

"Neden? Ne anlatıyordu da benim sevgilim böyle uzaklara daldı yine? Sanki hiçbir zaman dalmazmış gibi..."

"Doğmak üzerine bir kitaptı. Doğmuş olmanın sancısını anlatan değişik bir kitap... Aman boş ver," dedim.

Konuşarak yanıma doğru yürüdü ve önce gözlerimi sonra dudaklarımı öptü. "Doğmak çok da sorgulanması gereken bir şey mi? Bilmiyorum bir tanem. Olan olmuş diye düşünüyorum ben artık. Hem bunları önceden de konuştuk seninle. Sıkılmadın mı?" diye sordu, yanıma geçip ellerini saçlarımda gezdirirken. Bana sıkılmadın mı diyerek, kendisinin benden sıkıldığını söylüyordu aslında. Hem üzüldüm hem üzülmedim... Ama tek bildiğim, Tolunay eskiden bu tarz sorgulamalarıma uzun uzun cevaplar verir, hatta evin balkonunda sabaha kadar beni bilmediğim birçok konuda bilgilendirirdi. Mitolojiden bahseder, sosyolojiden bahseder, siyasetten bahseder, felsefeden bahseder, antropolojiden bahseder, sanattan bahseder, sinemadan bahseder; beni bilgisiyle doyururdu. Eve ondan önce geldiğimde, onun bilgisine susar, o eve geldiğinde o suyu doya doya içerdim.

Zaten Tolunay'la tanışma hikâyemiz de aslında tam hayallerimdeki gibi olmuştu. Üniversite son sınıftayken, okulun kütüphanesinde bitirme tezim üzerine çalışıyordum. O zamanlar evimin kirasını, okuldan arta kalan zamanlarda okulun çevresindeki fast food restoranında yaptığım garsonlukla ödediğimden, çalışmak için en uygun yer orasıydı. Genelde yalnız oluyordum çünkü yalnız çalışmayı seviyordum. Bazen de yanımda üniversiteden arkadaşım, şimdi de beraber aynı ofisi paylaştığım Lidya oluyordu, beraber çalışıyorduk. Tolunay'la tanıştığımız gün yalnızdım ve harıl harıl çalışırken karşıma oturmuştu. Benim gibi o zamanlar çok utangaç olan bir kızın gözlerine dik dik bakmıştı. Görmezden gelmiştim çünkü bazen insanlar beni beğendiklerinde, o beğeniyle bakan gözleri bile kabullenemezdim. Sonra, seçtiğim psikoloji bölümü sayesinde, bunun koca bir değersizlik duygusu olduğunu öğrenmiştim. "O kadar harıl harıl çalışıyorsun ki, belki de sana çok yardımı dokunabilecek birini görmüyorsun," diyerek, gözlerini gözlerime kabul edemeyişimi anlamış olacaktı ki, ilk konuşmasını başlatmıştı. Gülerek cevaplamıştım. "Kusura bakma, yarına kadar bitirme tezimi yetiştirmem gerektiğinden dünyam durdu..." Öyle içten gülümseyerek konuşmuştu ki Tolunay, sanırım şeytan tüyü denilen şey vardı onda. Hatta sonradan, okuldaki birçok insanın radarında olan bir çocuk olduğunu da öğrenmiştim. Ama benim aklımda sadece üniversiteyi iyi dereceyle bitirmek olduğundan, o zamanlar benim radarıma takılamamıştı. Ama ben onun aklında yer etmiş olmalıydım.

O gün akşama kadar benimle beraber kütüphanede tam dört saat boyunca beklemiş, ben çalışırken o da karşımda yanında getirdiği kitapları okumuş (hatta birini bitirmiş) ve sonrasında beni salaş bir yerde yemeğe götürmüştü. Hem beni saatlerce beklemesinden etkilenmiştim hem de felsefe bölümünde okumasından. Çünkü beklemek anlayıştı ve felsefe de hayatı anlamlandırma yolculuğu. Aslında beni etkilemesinin sebebi sadece bunlar da değildi, yalan söyleyemezdim. Tolunay'ın gür ve sarıya yakın saçları, sıcak gülümsemesi de gözlerimi boyamıştı. Salaş kıyafetleri, benim dışımda çok şeyi umursamaz duruşu bana kendimi değerli hissettirmişti. Çünkü sanki sadece beni görüyor, diğer şeylere karşı umursamaz davranıyordu. Gerçekten umursamıyordu da. Ama yine de benim için bilgi donanımı daha önemliydi. Çünkü neredeyse benim ilgilendiğim her konuyla ilgileniyordu. Ben ona Freud'un teorilerinden bahsedince, o da bana Antik Yunan'dan bahsediyordu. Ben ona cinselliğin doğasından bahsedince, o da bana hayvanların içgüdüsel davranışlarıyla insanların hayvanlarla olan benzerliğinden bahsedebiliyordu. Bilgi paylaşımımız bizi birbirimize yakınlaştırmış, seviştirmiş hatta daha sonrasında aynı evde yaşamamıza sebep olmuştu. Bizi tam iki sene de doludizgin götürmüştü. Arada çatırdamalar olsa bile mutluydum ama son zamanlarda Tolunay'ın akademisyenliği yüzünden üniversitede sürekli konuşup saatlerce öğrencilerine bir şeyler anlattığından, artık bana çok zaman ayıramaması ve ayırdığında da şu an olduğu gibi geçiştirerek cevap vermesi, beni üzüyordu. Eğer böyle devam ederse bunu onunla konuşacaktım. Hem o beni o gün kütüphanede saatlerce beklemişti... Ben onun böyle küçük bir anlayışsızlığının değişmesini mi bekleyemeyecektim?

2

İnsanlar güne başlamadan önce maskeler takar. Nereden alıyorlardı bu maskeleri? Satılıyor muydu? Hayır. Ama keşke parayla satılsaydı! O zaman eminim çok az insan takardı. Gerek var mıydı peki? İşte bunu bilmiyordum. Çünkü insanların iş maskeleri farklı, aile olduklarında taktıkları maskeler farklı, arkadaşları yanındayken taktıkları maskeler farklı. Bu kadar insan bu kadar maskeyle delirmeden nasıl yaşıyordu? "Aklım almıyor," dediğinde içerledim ama bu aklımın almadığı insanlardan biri olduğumu fark edince, kendime güldüm. Bir yandan, bu maskelerin de gerekli olduğunu düşünüyordum ve daha da dalga geçesim geliyordu her şeyle. İnsan, aynı maskeyle her yerde kabul görseydi dünya bambaşka olabilirdi ama artık dünya maskeleriyle sevilenlerin dünyası olduğundan, eskisi kadar uzatmıyorum bu düşüncelerimi...

Uyanır uyanmaz akademisyen maskesini takmadan önce, sevgili maskesini takmıştı Tolunay. Ben daha gözlerimi doğru düzgün açamamış, yüzüme hangi maskemi takacağımı bile karar verememişken o hızlı hızlı dudaklarımı ve boynumu öptü. Bana susamıştı ya da bana değil tenimeydi açlığı. Oysa dün gece benim sorumu "Sıkılmadın mı?" diye kestirip atar gibi cevaplayıp hızlıca duşa girdikten sonra, direkt uyumasıyla hiç de bana susamış görünmüyordu ama... Belki de tamamen hormonal bir tepki veriyordu bana, ya da sadece cinsel nesne gözüyle bakıyordu. En çok da bu acıtırdı canımı. Neredeydi beni anlayışla saatlerce dinleyen, bana konuşan, konuşmayı sevişmenin önüne koyan, konuştukça kendiliğinden sevişen, zorlamadan seven Tolunay?

Aslında eskiden ben de sabah sevişmelerini severdim ama son zamanlarda Tolunay'ın, paylaşımın azaldığı ve sadece seks üzerine kurulu tavrı yüzünden belki öyle düşünmüştüm! Çünkü bilgi azaldıkça, beni Tolunay'a âşık ettiren şey, ona susatan şey tükeniyordu ve şu an boynumu tane tane öpen dudakları artık heyecanlandırmıyordu. Ben bir çeşmeydim onun için ve sadece o beni içiyordu. Eskisi gibi heyecan vermiyordu, tişörtünü çıkarıp atması ve onun içindeki güvendiği göğüs kasları. Onun kadar ihtiraslı ve içten olmasa da, dilimi diliyle dans ettirdim ve o boxer'ını çıkarırken ben de şortumu ve külotumu çıkardım. Neden çok da içimden gelmeyen bir şeyi yapıyordum? Bilmiyordum. Kadınlar, içlerinden gelmeyen çok şeyi bu esnada yapmazlar mıydı zaten? O kadınlardan oluyordum. Aslında hiç de tasvip etmediğim ve "Neden bunu yapıyorsunuz hiç düşünüyor musunuz?" diyerek soru yönelttiğim kadın danışanlarıma dönüşüyordum. Şimdi içime girişi, kalbime girişinden daha kolay oluyordu Tolunay'ın. Oysa kalbime girişini özlüyordum ama ona söylemeye fırsat bulamıyordum. Bundan önceki çoğu kavgamızda her şeyi genelde yüzüne vuran taraf ben olduğumdan, bir kere de kendisi anlasın istiyordum. Zaten bu yüzden uzun zamandır sustuğumdan bu haldeydim ya...

"Ne iyi geldin bana sabah sabah," diyerek kendi tarafına doğru döndü. Ben de şortumu üzerime çektim. O esnada, "Seni öyle seviyorum ki Derin. Derste öğrencilere konuşurken bile seni düşünüyorum bazen. Ders bitse de eve gidip Derin'ime kavuşsam diyorum," diyerek bana baktı. Doğru muydu bu? Yoksa erkekler işlerini bitirdikten sonra kadınlar kendilerini kullanılmış hissetmesinler diye mi böyle konuşuyordu? Eskiden Tolunay hakkında böyle şeyleri hiç aklıma getirmezdim, samimiyetine gözüm kapalı güvenişim bana böyle şeyleri hiç düşündürmezdi ama nedense artık düşünür olmuştum. Nedense mi? dedim içimden, nedenlerini bilmiyormuşum gibi... Kabullenmem gerekiyordu. Tolunay'a karşı bir sonbahar bende son zamanlar değil, uzun zamandır vardı. Sanki yaz gitmişti ilişkimizin üzerinden... Sadece ara ara bulutların arasından güneş görünüyordu, sonra yine her yeri bulutlar kaplıyordu.

Yalandan mı yaptım, yoksa gerçekten içten miydim bilmiyorum ama "Ben de seni öyle... Özlemesek zaten birbirimizle işimiz ne? Özlemdir biraz da aşkları ayakta tutan," dedim. Tekrar yüzüme doğru eğilerek beni yanaklarımdan öptü. Samimiyetsizliğimi anlamayacak kadar hissiyatsız biri değildi ama o da, ortada olan ama konuşulmayan gerçeklerimizi kendi arka odalarına kilitlemişti herhâlde. Kilidi açmak muhtemelen bana kalacaktı.

"Tam bir saat sonra okulda olmazsam, çocuklar sınavlarını yapmayacağım için bana şükrederler. Burada seninle kalarak hem çocukları, hem seni, hem de kendimi sevindirebilirim ama hemen hazırlanıp gitmem gerek," diyerek duşa girdi. Ben de arkasından kalkarak başucumdaki defterimde bugün beni bekleyen randevulara baktım. Saat üçte bir randevum vardı ama gitmeden önce Lidya'yla dün gece ve bu sabah düşündüklerimi paylaşsam iyi olabilirdi. Çünkü beni en iyi o anlardı. Ne zaman Lidya'yı düşünsem, dünyanın en şanslı kızı olduğum fikri de aklıma düşerdi. Çünkü onunla altı yaşında, kimsesizler yurdunda tanışmıştım ve kaderlerimizi beraber yaşamıştık. Kimsesizler yurduna adım atar atmaz yüzlerce çocuğun içinde beni tek kucaklayan o olmuştu. O benden önce terk edilmişlerdendi. Oraya gittiğim zaman, diğerleri bir yana en çok Lidya bana içten gelmişti, onun da bana ihtiyacı olduğunu o sarılışıyla hissetmiştim.

Çünkü iki kişi birbirine ihtiyaç duyduğunda sözcükler susar, o sarılışlar konuşurdu. Canım Lidya'm... Onun bana ayna olan kimsesizliği, beni birçok şeyden korumuştu. Hemen sevmiştik birbirimizi. Isınmıştık. Aile kavramının ne olduğunu bilmesek de, kendi hissettiklerimizle birbirimizin kız kardeşi olmuştuk. İnsan hislerine güvenince ve o hisleri sonuna kadar yaşayınca, kan bağının ne önemi vardı ki? Özellikle o zor yıllarda, yurdun ranzasında birlikte uyuduğumuz geceler, "Neden beni bırakıp gittiler Lidya?" dediğimde, kendisi de yalan olduğunu bile bile ve muhtemelen gözleri dola dola, "Çünkü bazı anne babaların çok acıları vardır ve o acıları çocukları görsün istemezler. Çocukları o acıları görürse dayanamazlar, minik kalpleri o acıları kaldıramaz," derdi ve cümleleriyle hem bana hem kendi yaralarına sarılırdı. Sözcüklerin iyileştirdiğine inanırdı. Hem beni hem de kendisini sözcüklerin iyileştirebileceğini söylerdi çocuk aklıyla... "Allah niye herkese anne baba verirken bana vermedi Lidya?" dediğimdeyse, "Seni çok seviyor da ondan..." derdi. "Hem Allah da yalnız... Sen de! Demek ki onun kadar güçlü olabilirsin," diye eklerdi. Hem inanmak isterdim hem de ikimizin acılarını da yatıştırmak için konuştuğunu bilirdim. Sorularımın onun da canını acıtabileceğini düşünmezdim. Seneler sonra o gecelerde ona sorduklarıma çok pişman oldum. Ama zihnim durmadan konuşup beni o kadar yoruyordu ki dünyada cevabını bulabildiğim o kadar az kapı vardı ki... Lidya, o kapı görevini üstlenmişti benim için. Tek anlamadığım şey, Lidya'nın bu soruların cevaplarını nereden öğrendiğiydi? Ben ona sormadan önce mi düşünüyordu? Başkaları da ona mı anlatıyordu, tıpkı onun bana anlattığı gibi? Bunu bilmezdim. O zamanlar çok da umursamazdım çünkü bana iyi gelecek cevaplara, Lidya'nın cevapları nasıl bildiğinden daha çok ihtiyacım olurdu. Seneler boyunca bitmek bilmeyen sorularımı tek tek dinlemiş, bazen ona unutmak istediği şeyleri sorduğum için sinirlenip kızsa da, beni hep sevmişti... Ondan başka kimsenin beni ilgiyle dinlemeyeceğini bildiğimden, üzerime aldığım sabahlığımı giyerek, salonda şarjda bıraktığım telefonuma doğru yürüdüm.

Hemen mesaj attım:

Ranza muhabbetine var mısın? İşyerinde görüşmekten sıkıldım. Gel bugün sana kahve ısmarlayayım.

Gülümseme ifadeleriyle mesajımı yanıtladı:

Ah! Ranza muhabbetine mi? Kendime sormayı istemediğim şeyleri soracaksan, üzgünüm ama hayır! Şaka şaka...

Beklemeden cevap yazdım:

Yok... Merak etme bu sefer konu sadece benim! Ben ve benim ranzamdaki Tolunay...

3

Lidya ile Levent'teki Kanyon AVM'de buluştuk. O yine her zaman kısa tuttuğu siyah saçları, yüzünde güzel gülümsemesiyle beni elinde bir kahveyle, kafede bekliyordu. Gülümsemesinin onu parlattığını düşünürdüm çünkü girdiği her ortamda o gülünce insanlar ona bakıyor gibi gelirdi bana. En güzeliyse, Lidya ile aramızda hiçbir şey değişmemişti. Seneler bizden hiçbir şey götürmemiş, aksine daha da büyütmüştü dostluğumuzu. Ona eski günlerdeki gibi kocaman sarıldım. Sarılır sarılmaz, "Ofiste pek görüşemiyoruz bu aralar, iyi yaptın! Zaten görüşünce de ayaküstü oluyor ve bu durum canımı sıkıyor, rahat rahat konuşamıyoruz," dedi.

"Aynen. Bizim asistan Öykü bilerek danışanlara birbirimizi çok göremeyeceğimiz saatleri veriyor sanırım. Özledim seni çok," dedim ve tekrar sarılmak istediğimi belirterek kollarımı açtım. Görüşemeyeli yaklaşık bir ay olmuştu.

"Canım Derin'im," diyerek o da bana sarıldıktan sonra gözlüklerini masaya bırakıp, "Ne oldu sana? Niye ranzandakinden rahatsızsın? Klasik şeyler mi oldu yine? Benden de rahatsız oluyor muydun böyle, gidip söyleniyor muydun birilerine?" diye bana hafiften takılarak, direkt konuya girmek istedi.

"Seni kime şikâyet edeceğim? Deli," diyerek gülümsedim. "Çok da klasik şeyler olmadı sanki Lidya..."

"Tolunay'da uzun zamandır bir ilgi eksikliği var. Evet, akademisyen olup üniversitede çalışmasından çok mutluyum. Onunla gurur duyuyorum. Hem istediği de buydu, mutluluğunu hep paylaştım. Ama bu esnada, üniversitede yaptığı araştırmalar olsun, okulda geçirdiği zamanlar olsun, birbirimize vakit ayıramamaya başladık. Gerçi ben ayırmaya çalışıyorum, yani boş vaktim oluyor, mesela akşamları genelde hep evdeyim ama o ya geç geliyor ya da gelince az iletişim kuruyor..."

Araya girmek istediğini belli edercesine bakınca, ona izin verdim.

"Kızım bu problem mi? Tamam tabii, öyle de... Problem diyerek etiketleme. Beynin büyütür sonra. Olur böyle şeyler, çok normal. Sonuçta akademisyenliğe yeni başlamadı mı? Ne kadar oldu? Zamanla işler rayına girer, o da programını ona göre yapar. Hem sen değil miydin ilişkide bireyselliğe önem veren?"

"Aynen, yeni oldu. Yeni dediğim bir sene oldu. İlk başlarda hissetmiyordum böyle ama üniversite daha çok ders talep edince, Tolunay da araştırmalarına araştırma katınca malum ilişkimiz de çok çatırdadı... Eskiden saatlerce konuşurduk biliyorsun, gelir sana da anlatırdım Tolunay'dan öğrendiklerimi. Kendi branşı olmamasına rağmen psikolojiyle ilgili nasıl donanımlı olduğunu sen de bilirsin. Ama artık yok, hiç paylaşımımız kalmadı."

"Bence anlayışsızlık ediyorsun Derin. Akademisyenliğin kolay olmadığını sen de biliyorsun," dedi, sanki Tolunay'a hak verirmiş gibi bir yüz ifadesiyle.

"Lidya anlayışsızlık değil ki bu. Sen de biliyorsun ilişkide sevginin, paylaşımın ne kadar önemli olduğunu! Paylaşım olmadan, iletişim kopukken ne kadar iyi gidebilir ki? Ben yine de ilişkimizi kurtarmaya, daha doğrusu düzeltmeye çalışacağım zaten. Sadece anlasın istiyorum," dedim, ılımlı davranmaya çalışarak. Gerçekten kurtarmaya mı istiyordum, yoksa dilim mi sürçmüştü? Dil sürçmelerinin aslında gerçekleri söylemek olduğunu okumuştum okulda... Gerçekten kurtarılacak kadar kötü bir halde mi görüyordum ilişkimizi? Bu yüzden mi kurtarmak istiyordum? Emin olamıyordum. Ama böyle söylemek istemiştim. Bilinçaltımı kendimden daha iyi tanıyordum, gerçekten ilişkimizi kurtarmak da istiyordum.

"Bence onun anlamasını bekleme. Erkekler bir kere değil, bin kere söyleyince anlıyorlar. Ay, ben de benimkinden az çekmedim, konuşmadan anlasın diye! Ne oldu? Anlamadı, sonunda ben yine gece boyunca saatlerce dil döktüm durdum." Gülerek kendi hayatından örnekler verdi bana. Ama insanları dinlerken, bu kişi Lidya bile olsa, artık dikkat ediyordum. Çünkü herkes kendi kalıp yargılarını cebinde taşıyordu. O yargılar, hayat içinde onaylanarak yaşantılara dönüşüyor ve daha sonra sözcük olup dilden dile aktarılıyor, insanların birbirini etkilemesine sebep oluyordu. Oysa herkesin deneyiminin, yargılarının ve inançlarının farklı olduğu bir dünyada, mutlak doğru aramak da bu yüzden çok zordu. Lidya konuşurken, kendi dünyama dönmek istedim. Hızlıca çocukluk anılarım aklıma geldi... İlkokulda Lidya, ben ve Ceylin beraber takılırdık. 2. sınıftayken, bir kavgaya karışmıştım. Aslında kavgaya karışmamış, istemeden içinde bulmuştum kendimi. Ceylin'le bir çocuk -hatta adını hiç unutmuyorum, Ege- dalga geçmişti. Ceylin'in yüzündeki sivilcelerdi dalga konusu olan ve ben çok sinirlendiğim halde hiçbir şey diyememiştim. Lidya, Ceylin'i savunmuştu. Bir ya da iki hafta sonra, Ege bizim grubumuza takmaya devam ettiğinden, bu kez benimle dalga geçmişti; sıra bana gelmişti. Suskunluğumdandı benimle uğraşması, korunmasızlığımdandı. "Ne oldu ağzından hiçbir şey çıkmıyor? Konuşsana ezik!" demişti. O kadar üzülmüştüm ki... Okuldan nefret etmiştim. Yine Lidya'ydı beni koruyan ama bu sefer Ceylin de tepki vermişti Ege'ye. Şimdi de aynısı mı oluyordu acaba? Yine bir erkeğe tepki veremiyordum. Ve yine beni korusun diye Lidya'ya gelmiştim.

Ancak bu kez en yakın arkadaşım beni değil, sanki karşımdaki kişiyi koruyordu.

4

Ertesi gün cumartesiydi ve yataktan kalkmak istemeyerek uyandım. Gece boyunca Lidya ile konuştuklarımızı düşündüm. Belki bir şeyleri büyütüyordum, belki de onları çözmeye çalışıyordum. Genelde önce bir şeyleri büyütür, sonra da küçültürdüm. İnsanın hayattaki varoluş amacını artık sadece çözümleme olarak görüyordum zaten. Aşk dediğin şey bir çözümleme işi, daha bilimsel bir dilde söylersek, psikolojik bir çözümleme diye düşünüyordum. Bu bakış açım bazen hissiyattan beni uzaklaştırsa da, acılarıma derman oluyordu. Bunu bana gerek yaptığım seanslar, gerek kendi yaşantım, gerekse içgüdüsel dürtülerim öğretmişti. Aradığımız şeyler, sığındığımız insanlar, tutkularımız, bağımlılıklarımız, nefretlerimiz, taptıklarımız, söylediğimiz yalanlar; hepsi bir çözümlemeydi. Örneğin, dün gelen danışan, adı neydi... Ali Bey. Birine âşık olduğundan bahsediyordu, hatta bu aşkın yoğunluğunun onu uykusundan uyandırdığından ve bu kişiden, kendisine ne kadar kötülük yaparsa yapsın asla vazgeçemediğinden, aksine ona daha da bağlandığından. Kadın onu aldattığını söylediğinde dahi Ali Bey ondan soğumuyor, sevgisinde azalma olmuyordu. Hatta kadın onu aşağıladığında, hor gördüğünde de durum değişmiyordu. Hatta yaşadığı soruna sorun değil, "aşk" diyordu. Eve iş getirmemeyi bir türlü öğrenememiştim. Oysa hocalarımız danışandan etkilenmememizi ne çok anlatırdı. Belki de geçememiştim o derslerden. Belki de şu an Ali Bey'in sorunlarını düşünmem kendi sorunlarımdan kaçmaktı, o da ayrı bir konu ama... Her neyse.

Uyandığımda Tolunay içeride çoktan kahvaltısını yapmış, her hafta sonu yaptığı gibi bilimsel makalelerini okumaya başlamıştı. Eskiden onun bu hali hoşuma gider, o makalelerini okurken onun boynunu öper, bana da okuduklarından bahsetmesini ister, bazen de kendi okuduğum makaleleri yanıma alarak onun yanında otururdum. Salondaki devasa ahşap masa, ikimizin ortak alanıydı ama şimdi tek başına sadece ona ait gibiydi çünkü uzun zamandır, ne o masaya beni çağırıyordu ne de benim yanına gidip içimden onu öpesim geliyordu.

"Günaydın, geç mi uyandın biraz? Saat kaç oldu baksana. Uykucu oldun çıktın son günlerde," dedi.

"Yok uyanmıştım da, yatakta zaman geçirmek istedim sadece," derken bir elim de buzdolabındaydı. Aslında kafasını kaldırsa görebileceği, üstümdeki güzel sabahlığıma bakmıyordu bile.

"Sana da bir şeyler hazırlamamı ister misin?" diye sordum, "Peki öyle olsun," cevabını duymazlıktan gelerek.

"Yok canım sağ ol, ben yedim, birazdan kendim kahvemi yaparım. Sen keyfine bak," dedi, masaya yığdığı makalelerinden birini okumaya devam ederek. Kendime avokadolu poşe yumurta hazırladım ve yanına da buzdolabından portakal suyu aldım. Bunları yaparken, hissettiğim duyguları Tolunay'a nasıl anlatacağımı düşündüm. Artık konuşmam lazımdı. Daha fazla kaçamazdım, kaçmamalıydım. Bu ifade sorunumu yenmek istiyordum. Lidya, söylediklerinde her zaman olduğu gibi haklıydı. Hem konuşmazsam, içime atmamın cezasını daha çok uykusuz gece ve muhtemelen mutsuz gidecek bir beraberlikle ödeyecektim. Ayrıca ben bu konuşmayı başlatmazsam, Tolunay'ın bunu fark edip benimle konuşacağı yoktu. Tepsiye koyduğum kahvaltımı alıp masada karşısına oturdum. Masa biraz büyük olduğundan, hangi makaleyi okuduğunu göremiyordum. Bir yandan yemeğimi yemeye başladım bir yandan da söze nasıl başlamam gerektiğini düşündüm. "Farkında değil misin?" iyi bir giriş olur muydu? Bilemedim, çok havada ve cevapsız kalabilir ve yine benim açıklamama sebep olabilirdi. "Artık yeter!" diyerek bağırmak nasıldı? O da olmazdı, çok agresif durabilirdim. "Tolunay, son zamanlarda bizden memnun musun?" bu bence güzel bir soruydu. Hem bunun cevabını gerçekten merak ediyordum. Lokmalarımın mideme inmesine izin verdikten sonra, portakal suyumdan bir yudum alıp, "Okumana biraz ara verebilir misin?" diyerek konuya girdim; anlaşılan konuşmalar planladığım gibi gitmeyecekti. Çünkü böyle bir soru sormayı ben bile kendimden beklememiştim.

"Anlamadım?" dedi. Gerçekten anlamamıştı çünkü sanırım biraz sessiz söylemiştim.

"Okumayı bırak. Konuşmamız gerek," dedim.

"Tabii... Seni dinliyorum," dedi.

"Aslında ben seni daha çok dinlemek isterdim çünkü uzun zamandır seni dinlemek için bekliyorum. Gerek davranışlarım, gerek imalarımla senden bir adım atman gerektiğini, konuşulması gerekenleri konuşulur hale getirmeni bekliyorum. Ama anlaşılan o ki, olanları görmezden gelmeye devam edeceksin. Fakat benim dünyamda, görmezden geldiğim şeyler, daha çok yüzeye çıkıp beni rahatsız ediyor."

"Bir dakika... Neler oluyor? Neyi görmezden geliyorum Derin?"

"Neyi mi görmezden geliyorsun? Nereden başlamamı istersin? Eve geldiğinde benimle konuşmaya yarım saat ayırdığından mı başlayayım, yoksa benimle yaptığın seksten artık hiç zevk almadığımdan mı? Yoksa evde sen yokken yalnız kalışımın umrunda olmayışından mı?"

Hayatta sözlerin, tokattan daha sert olduğunu bilirdim. Hele de karşınızdakinin bamtelini biliyorsanız, işte o zaman sözcük bir tokat olurdu. Şimdi Tolunay'a söylediklerimle tokatlar atıyordum. İşin garibi, onun üzülecek olması canımı acıtmıyordu. Ama onun üzülecek olmasına üzülmeyecek olmam canımı acıtmıştı.

"Yavaş gel Derin... Ben de bunların hepsinin farkındayım," dedi. Sakinlikle karşılamasına sinir oldum çünkü madem farkındaydı neden bunca zaman konuşmamıştı benimle? Ama öteki taraftan, yavaş gel demesi, o tokadın acısının söze dökülmüş hali gibiydi.

"Konuşmak yerine zamana yaymak istedim. Zamanın bir şeyleri düzeltebileceğine inandım. Evet, zaman ayıramadığımı biliyorum ama sen de yoğunluğumu biliyorsun. Bu kadar hiddetlenmen yerine, anlayış göstermeni isterdim," dedi. Sakinliğini benzeteceğim bir babam olsaydı da keşke onu babama benzetseydim. Çok isterdim. Bazı danışanların sevgililerini babalarına, abilerine benzetmelerine öyle alışkındım ki... İmrenirdim bazen. Çünkü benim benzeteceğim kimsem yoktu. En kötüsü de buydu ya; o hem babam, hem abim, hem de sevgilim olmuştu. İnsanın taşıyamayacağı en büyük ağırlık da buydu. Birine, taşıması gerekmeyen anlamlar yüklemek. Tolunay sadece sevgili olması gereken yerde, aynı zamanda başka anlamları da bu ilişkimizin içinde taşımış, o anlamların altında ezilmişti. Bu durumu elimden geldiğince yönetmeye çalışsam da, bazen yönetememiş ve Tolunay'ı, istemeden o ağırlıklarla baş başa bırakmıştım.

"Uzun zamandır anlayış gösterdiğimi düşünüyorum," dedim. Bir yandan da portakal suyumu hiçbir gerginlik yaşamıyormuşum gibi içmeye çalıştım.

"O zaman biraz daha zaman isteyeceğim senden," dedi.

Bu cevabı yüzsüzce gelmişti. Hiç düşünmeden devam ettim. "Benim zamana değil çözüme ihtiyacım var. Bu zamana kadar bekledim. Konuşmadın. Şimdi de benden çözüm olarak zamanı mı kabullenmemi istiyorsun? Bu mudur hak ettiğim cevap?"

"Evet çünkü yapacak başka bir şeyim yok. Kariyerimin hayatımda ne kadar önemli olduğunu biliyorsun. Her şeyden önemli. Bunu askıya alamam. Gerekirse, belki bir iki sene daha böyle gidebilir. Ne kadar yoğun olduğumu biliyorsun, ilkokulda okumuyorum ben Derin," dedi.

Tolunay'ın kariyer aşkı, bana olan aşkının önüne geçmişti demek ki... Zaten biliyordum ama sözcüklere döktüğünde emin olmuştum. "Keyfi bilir," demek isterdim ama daha bunun için erkendi. En azından onu kariyer aşkıyla baş başa bırakmamın daha doğru olacağını ima edecek bir şey söyleyebilirdim. Belki biraz düşünür, beni daha iyi anlar, bana çözümle gelmek isterdi. Çünkü şu an çözüme ulaşamıyorduk.

"Sen bilirsin. Makalelerinle sevişirsin o halde. Olur mu?" dedim. Masadaki birkaç kâğıdı oturduğum sandalyeden kaldırırken yere fırlattım ve odaya giyinmeye gittim. Biliyorum sert olmuştu ama içimden gelen buydu ve içimden gelenin eyleme dönüşmesine izin vermek istedim. Odanın kapısını açarken gözümden yaşlar aktı. Akmalarına izin verdim, hiçbirini tutmadım. En azından konuşmuştum ve biliyordum ki bunlar hem rahatlamanın gözyaşlarıydı hem de artık karşımdakinin önceliği olmadığımın... Rahatlama ve hüzün yan yanaydı.

Arkamdan ses etmedi. Ettiyse de duymadım. Tolunay benim bu çıkışlarıma alışkındı. Bunu ciddiye almayacağını biliyordum. Bu çıkışım, belki şimdi değil ama daha sonra, bu evden de çıkışım olabilirdi. O da bunu bilmiyordu. Evden çabuk çıkmak istediğimden, hızlıca giyindim. İçeri geçtiğimde tekrar Tolunay'la konuşmak istemiyordum. Biraz da dediklerimi o düşünmeli, konuşmak için o bana gelmeliydi. Bir danışanım olduğunda cumartesileri de çalıştığım için bugün ofiste randevum vardı. Bu kavganın üstüne Tolunay'a zaman ayıramayan benmişim gibi görünecektim ama bu da benim işimdi. Hatta belki biraz kafamı dağıtırdı... Başkasının derdi kendi derdimi hafifletmezdi ama bir süre dindirirdi. Neydi bugünkünün adı? Kimdi bugünkü danışan? Hatırlayamadığım için notlarıma baktım.

Doruk Yücedağ.

Aynada bana bakan bir çift gözyaşı, yaşlara rağmen makyaj yapmaya çalışan ben, çözüme ulaşamamış kalbim...

Hepimiz hazırdık.

5

Eğer bundan beş altı sene önceki Derin olsaydım, şimdi gözümün önüne perde inmiş olacaktı. Karanlık. Siyah, simsiyah bir perde görüyor olacaktım. Bana her şeyin kötü gittiğini söyleyecekti bu perde. Benim işleri hep darmaduman ettiğimi fısıldayacak, sesi kulaklarımdan gitmeyecekti. Susmayacaktı. Güneşi göstermeyen bir perde olacaktı bu. Ben o güneşi, o siyah perde yüzünden hiç göremeyecektim. Aslında o perdeyi kenara çekmek çok kolayken, insanın farkında olmadan yaşadığı birçok şey yüzünden mutsuzluğa saplanması gibi, ben de perdeye takılacaktım öylece. Ve muhtemelen şu an çıktığım ofis yolunda, sadece o perde gözümün önünde olacağı için, yaşadıklarıma ve hayata dair hiçbir güzel şey düşünemeyecektim. "Her şey kötü olacak," diyecektim. Veya daha fenası, her şeyi genelleyip, "Erkekler anlayışsız baksana şuna," diyecektim. Ya da "Hayat çok zor," diye söylenip duracaktım ve bunların hiçbiri, hiçbir şeye çare olmayacaktı. Çoğu insan böyle değil miydi? Kötü bir şey yaşadığında, sanki gözlerine siyah bir perde inmiyor muydu? Tıpkı dışarıda pırıl pırıl güneş varken gök gürültüsü duymak ya da sevimli çocukların tatlı kıyafetleri ve gülümsemesi yerine sadece yürüyen iki canlı görmek gibi. Evren anlamını yitirirdi. Ama buna izin veren de vermeyecek olan da bendim ve bunları insanın bilinçsizliğine bağlıyordum. Eğer insanlar bilinçli olsaydı, bu perdelerin de farkına varabilirlerdi. Hâlbuki, dağılmalar toparlanmadan önce gerçekleşirdi. Toparlanmanın öncesi hep yıkımdı. Eğer insan perdenin farkına varırsa, o perdeyi şöyle bir kenara çekerek tekrar güneşe bakabilirdi. Bugün o perdeye izin vermeyip ofis yolunda arabamın camından sadece güneşe bakacağım. Çünkü her şey güzel olacak. Hem neden olmasın ki?

Yolda bunları düşünürken, erkenden ofise geldim. On beş dakika kala gelmiş olmam belki biraz benim açımdan geç sayılabilirdi çünkü danışan gelmeden ofiste vakit geçirmeyi severdim. Öykü ofisteki odama ihtiyacım olan her şeyi bırakmış, hatta ofisimi toparlamıştı. Ben köşemdeki bardağı ve masa saatimi görebileceğim bir yere yerleştirirken, Öykü, "Hoş geldiniz Derin Hanım, nasılsınız? Doruk Bey lobide bekliyor, alalım mı?" diye sordu. "İyiyim canım sen nasılsın? Tabii, alabilirsin hazırım," diyerek yanıtladım. Şöyle bir üstümü başımı düzelttim. Doruk Bey, üzerinde vücut hatlarına yakışan beyaz gömleği ve açık düğmelerinin arasından görünen çok hafif göğüs kılları, altında siyah kumaş pantolonu, şık beyaz ayakkabıları ve ortalama uzunluktaki dağınık saçlarına uygun, düzgün kesilmiş sakalıyla kocaman gülümseyerek, "Merhabalar, Doruk ben," diyerek selamladı ve arkasından kapıyı kapadı. Ben de o sırada kendi dertlerime kapılarımı kapadım. "Merhaba, ben de Derin," diye yanıtladıktan sonra, ondan karşımdaki koltuğa oturmasını rica ettim. Aramızda da küçük, ahşap bir sehpa vardı. Telefonunu uçak moduna alarak sehpanın üzerine bıraktı. O otururken yaşını düşündüm. Sanırım 30-35 yaşlarındaydı. Ama emin değildim. Nasıl olsa zamanla öğrenecektim, merakımı şimdilik bastırarak, "Nasılsınız, nasıl gidiyor her şey?" diyerek konuşmayı başlattım.

"İyiyim teşekkürler... Bu arada sen dersem sorun olur mu?" diye sordu. Bu, seansın rahatlık adımlarından biriydi çünkü siz veya sen, ikisinden birini kullanacaktık.

"Tabii, sen diyebilirsin," diyerek yanıtladım.

"Gerçi iyiysem burada işim ne ama," diyerek yine sıcak bir gülümseme yerleştirdi suratına. Espritüel birine benziyordu. Ben de gülümseyerek cevap verdim. "Aslına bakarsan, buraya her zaman kötü durumda olanlar gelmez. Ama genelde insanlar hep çok kötü durumdayken gelirler. Mühim olan iyi durumdayken de buraya gelmektir. Ama psikoloğa gitmeyi, çok kötü bir şey zanneden bir toplumda yaşıyoruz..."

"Haklısınız. Aslında bu da benim ilk deneyimim. Daha önce hiç terapiye gitmedim. Yanlış anlaşılmasın, ben öyle psikoloğa gitmeyi kötü bir şey sanmıyordum. Hatta bence 29 yaşındaki birine göre belki de utanılacak bir durum çünkü psikoloji bilimine çok meraklıyım ve hayatlarımızın çözüm yollarında bize ne kadar yardımcı olacağını biliyorum ama bir şekilde hep erteledim gelmeyi ve geçen ay Ulus'a taşındığımdan sizi buralarda gezerken buldum. İşte şu an buradayım." Konuşmasını dinlerken sadece gülümsedim ve devam etmesini bekledim. Ben, dönüp masanın üzerinde unuttuğum not defterime uzanırken, "Derin diyebilir miyim?" diye sordu.

"Tabii," diyerek cevap verdim. Danışanların ismimle hitap etmesinden rahatsız olmuyordum. Sanırım o da benim yaşımın kendisininkine yakın olduğunu fark etmişti. Siz'den sen'e, Derin Hanım'dan Derin'e geçmiştik. Biraz hızlı mı ilerliyordu? Öyle olsa da nedense bundan rahatsız olmuyordum.

"Aslında bir senedir çok durağan bir hayatım var. Ama bu durağanlık canımı sıkmaya başladı. Bundan önce daha hareketli bir hayatım vardı, özellikle son zamanlarda özel hayatım çok durgundu. Ne birine karşı bir şey hissedebiliyorum, ne de bir şey hissetmek istiyorum. Hâlbuki ne aseksüelim ne de başka bir şey," diyerek konuşmasına devam etti. O konuşurken, ben de söylediklerinden not almam gerekenleri yazıyordum. Bunlar genelde kısa notlar olsa da, bana sonradan çok şey anlatıyorlardı.

"Bunda bazı şeylerin etkisi olmuş olabilir," dedi ve neleri not aldığımı merak ediyormuş gibi baktı. Kendini de gözlemleyen birine benziyordu. Böyle insanlarla seans yapmayı seviyordum.

"Örneğin, bundan bir sene önce bir ilişkim olmuştu. Kız arkadaşımın adı Lara'ydı. Belki bu durgunluğun sebebi o olmuş olabilir diye düşünüyorum."

Notlarıma bir kızın adı girmişti... Bakalım karşısına o kızla ilgili neler yazacaktım? Soru sormama bile gerek kalmadan, içindekileri dökmeye devam etti.

"İyi biriydi. Hem de çok iyi biri. Ya da ben onu iyi sanmış olabilirim, bilmiyorum. Herkesi ilk başlarda iyi biri sanmaz mıyız zaten? Ben de öyle düşündüm. Ta ki..." dedi biraz heyecanlı şekilde ve duraksadı. Benimle konuşurken ellerini bacaklarının arasına almış, parmaklarıyla oynuyordu. Keşke onları da okuyabilseydim, elleri de bir şeyler anlatıyordu. Sanki o konuşurken, onlar da fiziksel olarak çözülüyor gibiydiler.

"Arkadaşımla onu arabada sevişirken yakalayana kadar," dedi. Bunu derken yüzündeki ifadeye baktım. Kızgın değildi, sesi de titrememişti. Sadece odanın içinde bir yer belirlemiş gibi, sabit bir noktaya bakıyordu. Sonra yüzünü bana çevirip, "Benim için çok zor günlerdi. Onları yakaladığım zaman çok büyük bir şok yaşadım. Çünkü diğeri de sevdiğim bir arkadaşımdı. Evet, en yakın arkadaşım değildi belki ama çok sevdiğim biriydi," dedi. Kin tutmayan, affedici birine benziyordu. Hikâyenin devamını merak ediyordum. Tekrar soru sormama gerek kalmadan anlatmaya devam etti.

"Onları yakaladığım zaman, arkama bakmadan gittim. İçimden hiçbir şey yapmak gelmedi. Sadece gitmek istedim. Giderken gözümden yaş geldi. Kendimi zor tuttuğumu ama bir şey yapmanın beni çözüme götürmeyeceğini düşündüğümü hatırlıyorum." Gözleri tekrar dolmuş gibiydi. Ama ağlayacağını sanmıyordum. Sadece anımsamanın yarattığı sinir bozukluğu gözlerine taşınmıştı.

"Lara uzun süre benimle barışmak için çabaladı. Bana mesajlar attı. Ortak arkadaşlarımız vasıtasıyla haberler gönderdi. Ama benim için bitmişti. Çünkü benim için olanlar hoş görülebilecek şeyler değildi. Bazen hiç konuşmadan gitmek gerekir. Bazı olaylar bunu gerektirir. Bu olay da benim için sadece gidilmesi gereken bir şeydi. Konuşulması gereken bir şey değil. Ve ben de öyle yaptım, gittim..."

Parmaklarıyla oynamayı bırakmış, ellerini bacaklarının üzerine koymuştu. Karşımda güçlü bir erkek duruyordu aslında. Sanki bu anlattıklarını çoktan atlatmış gibiydi. Adı Doruk'tu, buna rağmen daha derinlerde bir şey yaşıyordu. Gözleri gözlerimin içinde, bu sefer benden bir yorum bekledi.

"Anlıyorum... Bu durum seni aşka ve kadınlara küstürmüş olabilir," dedim. İlk seansta onu konuşturmam daha önemliydi.

"Evet. Sadece Lara da değil bence, Efe de erkeklere olan güvenimi kırdı. Tabii ki en yakın arkadaşlarımdan şüphe duymuyorum, gözüm kapalı sevgilimi emanet edebileceğim çok arkadaşım var ama..." derken duraksadı. Bazen cümleye ama kelimesi girince, sanki öncesinde dediklerini boşa dinlemiş gibi hissediyordum. Çünkü o 'ama'dan sonra gelenler, hep daha çok anlam taşırdı.

"Bazen bir kere kırılınca, bin kere iyileşmem gerekiyormuş gibi hissediyorum," diye sözünü tamamladı. Bu cümlesi o kadar can acıtıcıydı ki, onun hayata karşı beklentisini gösteriyordu. Bu, büyük bir beklentiydi ve insanı hep büyük beklentiler yıkardı. Bu yüzden bir kere kırılanlar, bin kere iyileşmek gibi yanlış bir beklentiye girerlerdi. Aldığım notları ters çevirip arkamdaki masama bıraktım.

"Anlattıklarının ve bundan sonra anlatacaklarının hepsi, sen seanslarımıza devam ettikçe bir yerde birleşecekler. O zaman hem çok rahatlayacaksın hem de çok hafifleyeceksin. Bunu bir yolculuk gibi düşün. Bu yolculukta burnun da biraz kanayabilir ama emin ol sonu güzel bir yolculuk olacak. Benim için en önemlisi, seanslara sıklıkla ve devamlılıkla gelmendir," dedim.

Yüzünde hafif bir gülümsemeyle yüzüme bakıyordu. Samimi, sıcak, iyi biri gibiydi... Belki de söylediği gibi, "Herkesi ilk başta iyi biri mi sanıyorduk?" Zamanla görecektim.

"Şimdi, bugün için zamanımız bitti. Tanıştığıma çok memnun oldum Doruk," diyerek devam ettim. Emin olduğum bir şey varsa, o da çok güzel bir enerjisi olduğuydu. Hem sıcak, hem duygusal, hem de güçlü. Bir erkek üçünü birden barındırdığında beni hep şaşırtırdı.

"Dediğiniz gibi, bir yolculuk bu ve ben bu yolda olmaya gönüllüyüm. Artık bu yoldan geri dönmek istemiyorum. Çözülmeye ihtiyacım var," dedi ve "Teşekkürler. Ben de çok memnun oldum. O zaman, bir daha ne zaman gelmeliyim?" diye ekledi. Onu, bir hafta sonra, aynı gün, aynı saatte görüşebileceğimizi söyleyerek Öykü'ye yönlendirdim. Doruk gittikten sonra, onunla ilgili aldığım notlara baktım.

Bakalım Doruk, derinlerde ne saklıyordu? Hikâyesi beni heyecanlandıracak gibiydi... Aklıma Tolunay'ın hiç gelmediğini ise eve dönüş yoluna kadar fark etmemiştim bile.

6

Evin kapısını açarken, hiç böyle bir şey beklemiyordum. Son zamanlarda Tolunay o kadar umursamaz görünüyordu ki... Ben evden çıktıktan sonra işlerine kaldığı yerden devam eder, ben eve döndüğümde de birbirimizin suratına bakmadan otururur, gece olduğunda ise ya o ya da ben salonda uyurduk. Veya inatlaşıp aynı yatakta yatar, birbirimize hiç bakmazdık. Ama işler umduğumdan farklı şekilde gelişti ve yüzümde bir gülümsemeyle eve girdim. Masanın üzerinde belli ki çok özenerek hazırlanmış (veya birilerine hazırlatılmış) yemekler, içkiler, tatlılar, mumlar vardı. Bazıları beraber aldığımız şeyler olsa da, örneğin, masanın ortasındaki mumu bugün gerçekten dışarıda bir yerden almış olmalıydı. Çok şık bir mumdu ve çok güzel kokuyordu.

"Bana tekrar hoş geldin," dedi.

"Tekrar hoş geldin de ne demek?" diyerek gülümsedim. Her şey bir yana, hoşuma gitmişti yaptığı...

Ben masa başına doğru yürürken, o da bana yaklaştı. Ellerini belime koydu, beni kendine çekti. Dudağı neredeyse dudaklarımla birleşecekken, "Bazen birbirimizden gidebiliriz... Bilirsin aslında her çift yapar bunu zaman zaman. Aslında gitmek de değildir bu, sadece mola gibidir. Bir başkasıyla da ilgili değildir, genelde dünyevi işleri içerir... Biz seninle öyle bir şey yaşadık. Ama ben hiçbir zaman senden temelli gitme taraftarı değilim Derin," dedi. Cümlesini bitirirken, nefesini içime çekebiliyordum. O beni öpmeden, ben onu öpmeye başladım. Dudaklarım o kadar hızlı hareket ediyordu ki, onun dudaklarını dansa kaldırmıştı sanki. Duymak istediklerimin zaferini yaşarken, bu zaferi kutlamak istermiş gibi onun ağzının içinde dolaştım. Elleri belimden aşağıya kaymıştı, ben de bir yandan Tolunay'ın gömleğinin düğmelerini çözmeye çalışıyordum. Derken, birden kendini çekip, "Neredeyse sen gittiğinden beri sana hazırlanıyorum. Bence sevgi işini (sevişmeye sevgi işi derdi) daha sonraya saklayalım. Gecemiz uzun hem. Saat de erken," dedi. Ben de çantamı odama koyup üstümü değiştirmeden tekrar yanına gittim.

"Neden böyle bir şey yapma ihtiyacı duydun acaba? Ne gerek vardı ki?" dedim. Yalandan da olsa böyle konuşmak, bazen duymak istediklerimin dile gelmesini sağlamak hoşuma giderdi. Zaten duymak istediklerimizi duymak için bir ömür harcamıyor muyduk?

"Neden acaba? Boş yere böyle bir soru sorma Derin. Sen çok haklıydın... Çoğu konuda çok haklısın. Ama ben aramızdaki gerilim uzasın istemedim. Bu yüzden işler tatlıya bağlansın diye sana ellerimle böyle bir ziyafet hazırlamaya çalıştım. Tabii ki bir sen olamam böyle şeyler hazırlamakta ama..." dedi. Haklılığımı duymak gururumu okşamıştı ama haklı olmak yerine mutlu olmak istiyordum. Olmuştum da... Çünkü ben gittikten sonra muhtemelen beni düşünmüş, kendi yaptıklarıyla yüzleşmiş ve hatalarını anlamıştı. Böyle bir yemekle beni kazanmış sayılmayacaktı ama yine de bu güzelliğini de görmezden gelemezdim.

"Ellerinle ziyafet hazırladığına emin misin?" dedim. Mutfaktaki masanın üzerinde hazır alınmış bir yaprak sarma duruyordu. Markasını bile görüyordum. Dalga geçmemek için kendimi zor tuttum. Koca bir kahkaha patlatacaktım ki, "Derin ya... Tamam, evet, birkaç tanesini kendi ellerimle hazırlamamış olabilirim ama ana yemekler bendendi," dedi.

Birden tekrar gözüme çok tatlı göründü. Onu tekrar sevdiğimi hatırladım. Bunu zaten bilmeme rağmen, diğer şeylerin ne duruma geleceğini hâlâ kestiremiyordum.

Masaya oturur oturmaz, bütün gece ilişkimiz hakkında konuştuk. Kendi hatalarından, okulda yaşadıklarından, akademisyen olmanın aslında sandığı kadar kolay olmadığından, bununla yüzleşmenin de ayrıca zor olduğundan, ailesine ayırdığı vaktin azlığından ve onların da buna sitem ettiğinden bahsetti. Onu anlıyordum. Aslında konuştuğumuz her şeyi zaten biliyordum. Bunları onun ağzından duymak iyi gelse de, bizi tamamen iyileştirebilir miydi? Bilmiyordum. Belki zaman bana bir cevap bulmamı sağlayabilirdi...

Her şey bir yana, o en azından uğraşmıştı... Uğraşmak bir cevap sayılabilirse, bu da yaşadıklarımıza bir cevaptı.

Ama ya sorularım çoğalırsa, o zaman ne olacaktı?

7

Yemekten sonra Tolunay ile uzun süre konuşmaya devam ettik. O kendi eksiklikleriyle yüzleşti, hem de benim konuşmama bile gerek kalmadan. Ben de onun bahsettiklerini dinlerken, kendi iç dünyamda olayların muhakemesini yaptım. Erkekler onlara açık olmadığında seni çok anlayan varlıklar değiller. Bunu hepsi böyledir diyerek söylemiyorum ama bu benim onlara karşı olan bir önyargım. Eğer bir babam veya erkek kardeşim olsaydı, bu önyargımı onlara bağlayabilirdim ama böyle bir örneğe sahip olmadığım için hayatıma ilk giren erkeğe bağlayabilirim ancak. Mesela o, liseye ilk başladığımda hayatıma girmişti. Ali'ydi adı. Sarı saçları, yeşil gözleri, benden biraz uzun boyu, umursamaz bakışları vardı. Dün gibi hatırlıyordum onu. Ben 9-A'da okurken, o 9-B'de okuyordu. Onu okulun spor faaliyetlerinde görürdüm hep. Yanında erkek arkadaşları, yüzünde masum gülümsemesi, içimi sıcacık etmişti. O sıcaklığın adı o zamanlar aşktı benim için, belki şimdi olsa adı sadece hoşlanmak olurdu. Zaman, kavramlara yüklediğim anlamları da değiştiren bir yolculuktu benim için.

Neredeyse bütün kızlar onun ilgisini çekmek için uğraşırlardı. Eteklerini yukarıya çekerler, önünden geçmeye çalışırlar, birbirlerine "Güzel miyim?" diye sorarak onay alırlardı. Spor salonunda, onun ilgisini çekmek için uğraşmayan tek kız bendim. Bir de sanırım Lidya pek uğraşmamıştı çünkü Ali pek onun tipi değildi. Okulda bir gün Lidya, "Ne buluyorlar bu çocukta bu kadar anlamıyorum?" dediğinde, ben de ona, "Senin benim göremediğimi görüyorlardır," demiştim. Benim içimden hiç Ali'ye yaklaşmak gelmiyordu, kızların davrandıkları gibi de davranamayacağımı biliyordum. Evde kocasına kur yapan bir anne görmememdi belki bunun sebebi. Anne ve baba denilen figürlere yakın olmayışımdandı. Aile sevgisi yerine, daha çok yatakhane ranzalarında oynadığımız oyunları hatırlıyordum ve görevlilerin ses çıkardığımızda azarlamalarını... Bu yüzden Ali beni kendiliğinden fark etsin istiyordum. Çünkü kızlar onu konuşmaya başlamadan önce, ben Ali'yi bir pazartesi sabahı İstiklal Marşı'nı okurken, tören alanında, kendiliğinden fark etmiştim. Marşımızı okurkenki dikkati ve saygısı hoşuma gitmişti. Bakışlarını sevmiştim. Çok sonra, kızların ona olan ilgisinin farkına varmıştı ama çok havalanmışa benzemiyordu. Sanki bu durumu normal karşılıyor gibiydi. Hiçbir kızla ilgilenmediği halde, bir gün okul çıkışı yanıma uğrayıp benimle konuşmuştu. Sonra tüm kızlar da kendi aralarında beni konuşur olmuşlardı. Şaşkınlıkla karşılamış, çok heyecanlansam da, bunu ona belli etmemeye çalışmış, sorularını sakince cevaplamış, okul hakkında, dersler hakkında konuşmalarını bile kısa kısa cevaplayıp, "Servise gitmem gerek," diyerek ilk zamanlar onu tersler gibi yapmıştım. Ali'yle okul çıkışı sohbetlerimiz haftalarca devam etmişti. O bende ne görmüştü, hiçbir zaman bilemedim ve ne ben ona ondan hoşlandığımı söyledim ne de o tavırlarımdan bunu anladı. Hep anlasın diye içimden dua ettim ama belli etmeyi de başaramadım hiç. Bir erkeğe sevgimi nasıl belli edebilirdim? Bilmiyordum ki... Keşke ondan çok hoşlanmış olduğumu bilebilseydi. Belki de bu yüzdendi erkeklerin tavırdan değil, pat pat suratına konuşmaktan anladıklarını düşünmem...

Şimdi Tolunay yanımdaydı. Ve saat gecenin üçüydü. Ve ben yine düşünceler denizinde yüzüyordum. Ve o deniz beni Tolunay ile süregelen ilişkimizin en başına götürüyordu.

Aslında üniversitedeyken çok mutluyduk. O kendi bölümünde, ben kendi bölümümde, sıradan üniversite âşıkları gibiydik. Ama ben aslında hiçbir zaman sıradan olamıyordum. Hem nasıl olabilirdim ki? Bir ailem bile yoktu. Ondan çok şey bekliyordum. Ona çok anlam yüklüyordum. Ve Tolunay benim beynimde aile denilen yüce kavramın karşılığıydı. Sabah derslerine geç kalıyorsam, bir anne gibi başımda biter, onun şefkatiyle beni öper uyandırır; eğer onsuz dışarıdaysam bir baba gibi dikkatli olmamı söylerdi. Hem baba, hem anne, hem arkadaş, hem sevgili. Hepsinin altında ezilmişti ama ezildiğinden haberi yoktu. Bunu ona yükleyen ben, ona yüklediğim anlamların suçluluk duygusuyla, tavana bakarak bunları şimdi düşünüyordum.

Benim yüzdüğüm denizden habersiz, elleri karnımda, yüzü omzumun hemen hizasındaydı... Dudaklarını öpmek istiyordum tekrar ama ona yaptıklarımın artık sevgiden uzak, başka bir şey olduğunu hissediyordum. Her ne kadar barışsak bile, içimdeki susmayan Derin aşk denilen şeyin bambaşka bir şey olduğunu söylüyordu.

Peki terzi gerçekten kendi söküğünü dikemez miydi? Yoksa uğraşa uğraşa söküğü bir güzel dikip ona bakabilir miydi? Bilemiyordum. Tek bildiğim iyi bir sevgiliye sahip olduğumdu ama sevgilime hissettiklerimin içinde aşk var mıydı? Yoksa bu ilişkide sevgiye sahip olan yalnızca o muydu?

Ya, Ali ne yapıyordu şimdi? Umarım kendisine ondan çok hoşlandığını söyleyen biriyle mutludur. Çünkü o hep günün birinde mutlu olacağını düşünüyordu.

Ben geç öğrenmiştim ancak, söylenmeyen şeyler hiçbir zaman hissetmeye de değmiyordu.

8

Doruk'un randevu saati geldiğinde, bir erkek danışanın kişilik bozukluğunu fark etmiş, eşcinsel bir kızın toplum normları yüzünden cinselliği bastırışını önlemeye çalışmış, bir de hayata karşı güven sorunu yaşayan bir ev hanımına yardımcı olmaya çalışmıştım. "Hobiniz işiniz olsun," sözünü hayat bana kanıtladığı için çok mutluydum çünkü insan sevdiği işi yapınca kendini hiç çalışıyormuş gibi hissetmiyordu. Saatlerdir çalışıyordum ama sanki hâlâ yorulmamıştım. Son danışanım da odamdan çıktığında diğer randevuma on dakika kalmıştı. Öykü'yü arayıp, "Bana kaşarlı bir tost ve çay yollatabilir misin?" diye sordum. Çünkü saat üçe geliyordu ve konuşmaktan yemek yemeyi unutmuştum.

Odamda masamın üstünde, ofiste boş kalınca okumak için aldığım kitaplar, psikoloji ve bilim dergileri, danışanlarla ilgili aldığım notlar, cinsellikle ilgili üzerinde hâlâ çalıştığım birkaç makale, eve aldığım ama ofiste unuttuğum birkaç ev eşyası vardı ve hepsi birbirine karışmıştı. Bir yandan gülüyor bir yandan onları topluyordum.

Öykü kapıyı aralayıp, "Girebilir miyim Derin Hanım? Tostunuzu getirdim," dedikten sonra, "Çok acıktım ya, çok sağ ol canım," diyerek tostumu yemeye başladım. Beş dakikam kalmıştı. "Bu arada Doruk Bey geldi Derin Hanım. Siz uygun olduğunuzda alacağım. Afiyet olsun," diyerek kapıyı kapadı. Bir yandan tostu danışanı bekletmemek için hızlı hızlı çiğnemeye, bir yandan da Doruk için aldığım notları diğer notlar arasından bulmaya çalıştım. "Hah... İşte burada." Bakalım bugün aldığım notlarla Doruk'un sayfasına neler ekleyeceğim? Sadece gündelik hayatından bahsetmiş. Peki ya geçmişi, çocukluğu, anıları? Ona yardım etmek için bugününü değil, geçmişini de öğrenmem gerekiyordu. Yemeğimi bitirip çayımı yarıda bıraktım. Muhtemelen şu an holde beni bekleyen Doruk'u kendim selamlamak istedim ve odamdan çıktım. İşte oradaydı. En yakışıklı danışanım olabilirdi. Onu yakışıklı bulduğumu kendime itiraf etmem ayıp olur muydu?

"Hoş geldin Doruk, sen de hazırsan geçebiliriz."

"Selamlar... Tabii geçelim," diyerek beni yanıtladı. El sıkıştık. Arkamdan geldiğini hissederken, gerçekten modayla çok ilgili olduğunu düşünüyordum. Giydiği gri pantolon ve dar beyaz tişörtünün üzerine taktığı ilginç kolye gözüme çok hoş görünürken; vücudundan yayılan parfümü, ben önünden yürürken bile burnuma geliyordu. Kapıyı kapamak için odaya girmesini bekledim. Bundan önceki seansta oturduğu yere oturdu. Etrafa bakınarak, "Odanı seviyorum. Her yerde beyaz rengin hâkim olmasından ve bu güzel tablolardan olabilir," dedi.

"Teşekkür ederim, beğenmene sevindim. Ben de seviyorum. Beyaz tonlarını özellikle tercih ettim. Beyaz renk her zaman içimi açıyor," dedim. Ofisi beyaz renklerle tasarlamak çocukluk hayalimdi aslında. Çünkü yatakhanedeki eski yataklarımız hep gri ile siyah arasında bir renkti ve bana hep soğuk ve mutsuz gelirdi. Oysa beyaz mutluluğu temsil ederdi. Her gün vaktimin çoğunu geçireceğim yerin de mutluluğu teslim etmesini istediğimden ofisimdeki çoğu şeyi beyaz yaptım. Beyaz cam masa, beyaz kapı, beyaz duvarlar... Gülümseyerek etrafa bakmaya devam etti. Dağınık masama göz gezdirmesin diye içimden dua ettim.

"Ee nasılsın?" dedim. Hem masam sabahtan beri o haldeydi, neden şimdi takmıştım ki?

"İyiyim teşekkürler. Sen nasılsın?" diyerek, sıcak ve arkadaşça konuştu. Onun bu sıcaklığı bana birden lisedeki Ali'yi hatırlattı.

"Ben de iyiyim. Doruk, sen tek çocuk muydun?" dedim ailesini analiz etmek amacıyla ve seansa başladım.

"Hayır, tek çocuk değilim. Bir abim var, Yiğit. 32 yaşında," dedi.

"Ne güzel. Peki o ne yapıyor? Nasıl aranız?"

"Geldiğimde ailemden bahsetmiş miydim bilmiyorum ama... Sanırım bahsetmedim. Benim babam bir TV kanalının sahibi. Ben Londra'da ekonomi üzerine eğitim aldıktan sonra İstanbul'a döndüm, babamın kanalının finans işlerini yönetiyorum. Abim de Kanada'da reklamcılık ve pazarlama okudu. Şimdi de kanalın reklam işlerinden sorumlu. Annemse, edebiyat mezunu ama şu an çalışmıyor."

Aile kendi çocuklarının hayallerini mi gerçekleştirmişti, yoksa baba kendine işleri için iki köle mi yetiştirmişti? Zamanla bunları çözmem ve analiz etmem, Doruk'un kendine verdiği değeri anlamam için önemli olabilirdi.

"Peki abinle aranız nasıl? Onu söylemedin."

"Abimle mi? Abimle aramız... İyi de diyemem, kötü de. Stabil bir şekilde devam ediyor. Yani hep böyleydi..."

Abisiyle bir sorunu olduğunu sezdim. Bu konunun üzerine gidebileceğimi hissettim; gözlerini gözlerimden kaçırıp pencere tarafına yöneltmişti. Bir şeyler hatırlamak istiyor ya da bir şeylerden kaçıyor gibiydi.

"Çocukken nasıldı?" diye sordum. Bu seans benim sorularım üzerinden gidecek gibiydi. Çözümlemelerimi diğer seansa saklayacaktım.

"Çocukken... Abimle iyiydi ama annemin çocuklarına çok hata yaptığını düşünmüşümdür hep," dedi.

"Ne gibi hatalar mesela?"

"Kaç yaşında olduğumu çok hatırlamıyorum ama annemin ayrımcılık yaptığını hatırlıyorum."

Serbest çağrışım yapması için, "Ayrımcılık senin için ne ifade ediyor?" diye sordum.

"Birini başkasından kayırmak, ayırmak. Birini, diğerinden daha çok sevmek."

"Başka..." dedim. Biraz düşünmeye devam etti. Bekledim.

"Benim için sadece anlamı bu," dedi. Onun dünyasında ayrımcılık kelimesinin ne demek olduğunu öğrenmem gerekiyordu. Çünkü herkes her kelimeye aynı anlamı yüklemiyor, herkes her kelimeyi aynı anlamda kullanmıyordu. İnsanlar arasındaki yanlış anlaşılmaların çoğu bundan çıkıyordu zaten. Konuşmasını bekledim çünkü önüne bakıyor, kolyesiyle oynuyor, bir şeyler söylemeyi bekliyor gibiydi. Yüzünü yukarı kaldırdığında, gözlerinin dolduğunu ama akmaması için kendini zorlukla tuttuğunu fark ettim. O gözyaşlarının rahat rahat akmaları için elimden geleni yapmak istiyordum.

"Küçükken abimle aynı okulda okuyorduk. 23 Nisan gösterileri oluyordu. Biz bu gösterilere hevesle hazırlanırdık. Çocukluk işte, bilirsin... Herkesin ailesi okula gelirdi. O sıralar babamla annemin işleri çok yoğundu, annem de o zamanlar faal olarak başka bir okulda çalışıyordu. Sabah benim gösterim, öğleden sonra abimin gösterisi olacaktı. 23 Nisan'dan önceki gün annemle babamın mutfakta, 'Doruk'un gösterisine sen git, hayır sen git,' kavgası yaptıklarını duydum. Kavga sırasında kapıda durup konuşulanları dinlemek istememiştim, geç saatlerde tuvalete giderken şahit olmuştum. Sanki ben daha değersizdim, bu yüzden hep ikinci seçenektim. Yiğit'e zaten gidilecekti ama benimki için kavga ediliyordu... İkisi de gösterime gelmedi ve daha sonra ikisi de Yiğit'in gösterisine gittiler. Beni de kendilerini affettirmek için hediyeye boğdular. Londra'daki mezuniyetime de sadece babam geldi. Ama Yiğit'in Kanada'daki mezuniyetine yine birlikte gittiler..." Konuşurken gözyaşlarını tutmaya devam ediyordu. Bu arada ne sesi titriyor, ne de ağlayacak gibi duruyordu. Ama o gözlerde, kendini zorla tutan yaşları görüyordum.

O kendi çocukluğundan bahsedip ailesi üzerinden acısını paylaşırken, bana "Herkesin ailesi okula gelirdi," cümlesi dokunmuştu. Üzülmemek için ailelerin katıldığı her kutlamadan kaçışım aklıma gelmişti. Kaçamadıklarım ve ailelerin çocuklarını alkışladıklarında çıkan sesler de beni geceleri uyutmuyordu. Ama benim kimsesizliğimi bilmeden kurduğu bu cümle için onu da anlıyordum. Herkesin ailesi okula gelirdi tabii... Yalan söylemiyordu ki. Sadece bazı doğrulara alışmak, seneler geçse de insana zor geliyordu, şu an bana olduğu gibi. Konunun ben değil, Doruk olduğunu kendime hatırlatarak onu dinlemeye devam ettim.

"Bunun gibi çok fazla hikâye var. Hangi birini anlatayım ki?" diyerek güldü. Acısı gülünecek bir acı mıydı ki... Gerçekten bir kayırma, çocuklar arasında dengeyi tutturamama sorunu vardı. Ama kimbilir onlar da hangi acılarını kendi çocuklarından çıkarmaya çalışmışlardı? Psikolog olarak, bazen derindeki sorunu yaratan insanlarla görüşmeyi, o sorunu mecburen yaşayan insanlarla görüşmeye yeğlerdim. Çünkü o düzelirse, derindeki sorun da düzelirdi.

"Sen bu ayrımcılığı hiç onunla konuştun mu peki?" diye sordum.

"Hayır konuşmadım. Sadece mesafeli davrandım abime. Gerçi onun sorunu yoktu ama... Bu yüzden mesela, başarılar, kutlamalar benim için çok önemlidir. Hem başkasını kutlamayı severim, hem de kutlamalarda yanımda çok insan görmek isterim," dedi. Beklentilerin kaynağının yine çocuklukta çıkmış olması, artık şaşırtmıyordu beni. Çocuklukta hangi beklenti karşılanmamışsa, yetişkin olunca, kişi o beklentinin kucağına tekrar düşüyordu.

"Sen hiç ayrımcılık yaptın mı?" diyerek sorularıma cevap aramaya devam ettim. Bir yandan da notlar alıyordum.

"Hayır, yapmadım. Çünkü bu senelerce sürdü... Özellikle çocukken. Neden üzüldüğüm bir şeyi başkasına da yaşatayım ki? Bence acıları başkalarına yaşatmamak için yaşıyoruz," dedi. Son cümlesi o kadar hoşuma gitti ki, bir roman yazacak olsam bu sözü arka kapak yazısı yapabileceğimi düşündüm.

Bazen felsefi konuşması bana Tolunay'ı hatırlatıyordu. Ama Tolunay başkası üzerinden felsefe yaparken, Doruk bunu kendi üzerinden yapıyordu sanki. Neden Doruk'la Tolunay'ı karşılaştırdığımı anlamadan, buna son vererek devam ettim.

"Anlıyorum. Bu ayrımcılık olayının sende derin bir yara izi bıraktığı aşikâr. Ve bu çok normal. Son ilişkilerinde yaşadıkların da çok normal bu yüzden. Bunların neden normal olduğunu da bir sonraki seansımızda sana toparlayıp anlatacağım. O zamana kadar, rüyalarına dikkat et. Bugünlerde bazı şeyleri açıkça konuştuğundan, rüyaların etkilenebilir."

Doruk bundan önce kimseye aile içi ilişkilerinden bahsetmediğini, mahremiyetini sır gibi saklamayı prensip bellediğini söylemişti. Babasının medya dünyasından olması onu etkilemiş olabilirdi. Sınırlarını koruyan insanları sağlıklı bulurdum. Özellikle mahremiyetini doğru insanlarla paylaşanları daha da sağlıklı...

"Tabii... Olmadı, rüyalarımı not alırım. Çok rüya görmem ama... Teşekkürler Derin," derken ayağa kalktı. Elini uzatırken bir an gitmemesini, odaya parfümünün biraz daha sinmesini istedim. Öyle güzel kokuyordu ki!

"Rica ederim. Bir sonraki randevuyu Öykü ile konuşup alabilirsin," diyerek onu yolcu ettim.

Birini yolcu edersin de, bu yolcu ediş canını sıkar ya... "Biraz daha konuşsak, daha da çok not alırdım aslında," dedim kendi kendime. Doruk'u dinlemeye doyamıyor gibiydim. Hele bugün anlattığı ayrımcılık hikâyesi, gözlerime bakarak konuşması, içindeki çocuğun yaralı ama dışına yansıttığı çocuğun dimdik ayakta duruşu ve beni içindeki çocukla bugün tanıştırmış olması...

"Evet ama yine gelecek zaten," dedi içimden bir ses. Haklıydı, niye hâlâ bunları kendimle konuşuyordum?

Bu garip mi değil mi bilmiyorum ama, şimdi ofisten eve giderken ve arabalar oradan oraya koştururken aklımda üç şeyin kaldığını fark etmiş olmak canımı sıkıyor.

Birincisi: Doruk dışında diğer danışanlarımı sadece kâğıt üzerinde düşünürken, şu an arabanın içinde Doruk'u düşünüyorum.

İkincisi: Kokusu burnumdan gitmiyor. Ve kokusunu göndermek istemiyorum.

Üçüncüsü: Tolunay'ı aramam gerekiyor.

9

Sıcakkanlı bir ses tonuyla, "Neredesin canım?" diyerek Tolunay'ı aradım. Uzun zaman sonra, birdenbire onu çok özlediğimi, yanımda olmasını istediğimi fark ettim. Duygularım mı geri gelmişti, yoksa başka bir duygunun kaçışı mıydı hissettiğim? Cevapsız sorularım oluşmaya başlıyor gibiydi. Neyse ki, şimdilik beni rahatsız etmeyecek gibiydiler.

"Tam okuldan çıkıyordum ki bir kâğıdı ofiste unuttuğumu fark ettim, geri dönüyorum. Onu aldıktan sonra, eve doğru geleceğim. Sen neredesin? Bitti mi seanslar? Gelirken bir şey istiyor musun?" dedi.

Bitmişti bitmesine ama nedense eve hiç gidesim gelmemişti.

"Sinemaya mı gitsek? Bugün cuma. Güzel filmler gösterime girmiştir. Öncesinde birkaç kadeh bir şeyler içip yemek yeriz. Daha sonra da film izleriz. İster misin?" diyerek teklifte bulundum. Gerçi istemese bile -ki isterdi- zorla götürecektim. Eve gitsem birçok şey düşünecekmişim gibi geliyordu. Rahatsız etmeyeceğini düşündüğüm cevapsız soruların hepsi, beni boş sokakta bulup sıkıştıracak gibiydi. Bense sadece liseliler gibi sevgilimle buluşmayı, beni sinemaya götürmesini istiyordum.

"Olur tabii. O zaman bir saate Kanyon'da buluşalım. Uyar mı sana da?" dedi. Sevinmiş gibiydi, haftanın yorgunluğunu atmak ona da mantıklı gelmişti.

"Olur, ben çıktım bile ofisten. Beş dakikaya oradayım. Sen gelene kadar filmlere bakar, kitapları incelerim... Öpüyorum," diyerek telefonu kapattım. Bir yandan da radyoda bir Ajda Pekkan şarkısı çalıyordu:

"Kopmalıyız iş işten geçmeden
Alışkanlık betermiş hepsinden
Korkuyorum her biten günden."

Bu sözleri bana mı söylüyordu? Her şeyden etkilenir olmuştum.

Tolunay gelene kadar sinema biletini aldım. Daha sonra kitapçıda beş kitap seçtim, ikisini eledim. Oturup birini okumaya başlamıştım ki, Tolunay geldiğini haber verdi. Kasada kitapları ödedikten sonra, Tolunay da olduğum yere geldi. Ona kocaman sarıldım. O kadar sarıldım ki, "Hayrola... Çok mu özledin?" dedi. Son zamanlarda böyle sarılmadığımı fark etmiş, diye düşündüm. Erkekler düşündüğüm kadar saf varlıklar değiller yani...

"Evet özleyemez miyim sevgilimi?" diyerek yüzüne bakarak konuştum. Sakallarına yüzümü sürttüm.

"Tabii ki özleyebilirsin. Ben de seni çok özledim," dedi. İçimden geleni mi yapıyordum yoksa beklenileni mi? Bilmiyordum! Ah, bunları düşünmemek için eve gitmek istememiştim zaten... Onu yemek katına doğru sürükledim. Elimi tutmasını istedim. Sıkıca ellerimi tuttu. O elimi tutarken, ben de düşünmek istediklerimi tutmaya çalıştım.

Yemeğimizi yedikten sonra, filme girdik. İnternette okuduğum güzel yorumlarına rağmen filme bir türlü odaklanamadım. Bir şeyler aklıma gelip gelip gitti. Hani olur ya, insan kafası doluyken dışarı çıkar ama dışarı çıkmak kafasını bir türlü dağıtmaz, aksine daha da sıkar içini... Eve gitmek ister bir an önce. Sanki öyle olmuştum. Tolunay arada sırada yüzüme, "Bunun bir şeyi mi var?" der gibi baksa da, üzerimdeki durgunluğu anladığını sanmıyordum. Ben kendimi anlayamadan, onun anlamasını zaten beklemiyordum. Birlikte gelmediğimiz için ayrı ayrı arabalarda eve doğru yol aldık. Arabada yine şansıma Ajda Pekkan söylüyordu.

"Düşünme hiç, neden diye, yorulma..."

Ajda'yı dinlemek istedim.

Ajda gibi olmak isterdim.

10

İki gün sonra, Tolunay ile aramızın onun açısından düzeldiğini ama benim açımdan aynı kaldığını hissediyordum. Onun için düzelen şey, benim için dağınıktı. Onun için pırıl pırılsa, benim için tozluydu. O netti, bense birçok şeyi belirsiz görüyordum. Oysa, Tolunay gerçekten de son zamanlarda okul dışında da dediklerini yapmış, benimle daha iyi geçinmiş, bana daha çok zaman ayırmıştı. İçimden ona iyi davranmak gelse de, bana kötü bir şey yapmasını bekliyordum. İnsan sadece kötü bir şey yapıldığında, kendi suçluluk duygusundan kaçıp karşısındakinden kötülük beklerdi. Kendimi neden cezalandırmak istiyordum?

Bebek'te kahvaltısını çok sevdiğimiz için müdavimi olduğumuz yerde, birden, durup dururken içimden Tolunay'a karşı kendimi kötülemek geldi. Sonunun nereye gideceğini bilmeden sadece konuşuyordum ve kendimi susturamıyordum.

"Ben iyi bir sevgili olamadığımı düşünüyorum," diyerek konuşmaya başladım. "Özellikle hep üstüne geliyorum. Seni boğuyorum. Her şeyimi sana bağlıyorum, senden bekliyorum. Utanmasam eskiden olduğu gibi ayakkabılarımı sana bağlatmaya devam edeceğim."

İçten içe bana hak vermesini istiyordum. Beni suçlamasını. Çünkü nedense kendimi suçlu hissediyordum. Sanki başkasına âşık olmuş ve bunun ortaya çıkmasını isteyen biri gibiydim. Bana kızmasını, beni kötülemesini ve yargılamasını istiyordum. Hatta beni terk etmekle tehdit etmesini... Terk etme ihtimali aklıma gelir gelmez, "Ben yerinde olsam çoktan terk etmiştim beni," diyerek devam ettim. Tolunay siyah gözlüklerini çıkarıp, "İyi misin sen ya?" dedi. Sesi biraz yüksek çıkmıştı. Ama dönüp bakan olmadı. Baksalar da Tolunay umursamazdı.

"Evet, gerçekten böyle düşünüyorum. Kendimi bugünlerde hiç yeterli bulmuyorum," dedim.

"Ben böyle düşünmüyorum. Herkesin kötü zamanları olur. Birbirini boğduğu zamanlar da olabilir." Ilımlı olmaya çalışıyor gibiydi. Kafasını karıştırmıştım.

"Evet ama benim seninle alakalı kötü zamanlarım uzun süredir var, geçmiyor," diye direttim. Konuşmanın nereye gideceğini bile bilmiyordum. Planlamıyordum. Belki beni terk etse, oturup ağlayacaktım. Ya da bunu kutlayacaktım...

"Bu konuşmayla nereye varmak istiyorsun anlamıyorum?" dedi.

O sırada telefonum titredi. Randevulardaki değişiklikler e-posta adresime geldiği için bakmam gerekti. Telefonumu cebimden çıkarıp elime aldım.

Gönderen: dorukyucedag@yucedag.com.tr

Derin, selam!

Nasılsın? Umarım iyisindir :)

Rüya göreceksin demiştin ya, gerçekten gördüm. Hatta sana anlatmak için sabırsızlanıyorum. Biliyor musun bu terapi bana çok iyi geliyor.

İyi gelmeye de devam edecek gibi...

Ekrana bakarken yüzümde istemsiz bir gülümseme oluştu. Tolunay'ı bir an unutur gibi oldum. Yazdığını ikinci kez okudum. Üçüncü kez de okuyacakken, Tolunay yüzümdeki gülümsemeyi anlamak istercesine konuşmaya başladı.

"Ne bu şimdi? Neye gülümsüyorsun bu kadar Derin? Ne geldi?"

"Ah... Lidya ya! Komik bir şey göndermiş. Ona güldüm," diye cevap verdim. Neden yalan söylemiştim? Doruk'un notunu neden gizlemiştim? Garip bir şey miydi ki? Saklanması mı gerekiyordu? Doruk'un yazdığına cevap vermeden telefonu kapadım. Oysa Tolunay'ın yanında cevap da verebilirdim. Bundan öncekileri onun yanında cevaplardım. Evet, bugün saat iki benim için de uygun, diye yazardım. Neyi gizleme ihtiyacındaydım? Yüzümdeki gülümsemeyi silip ciddi halime geri döndüm. Tolunay o sırada garsondan masayı toplamasını rica ederek, kendisine bir de kahve istedi. "Sen de ister misin?" diyerek bana da sordu, istemedim.

Telefonumu cebime koyduktan sonra, "Ne diyorduk?" diyerek devam ettim.

"Nereye varmak istediğini sormuştum," dedi Tolunay.

"Hah... Evet. Bir yere varmak istediğimden değil, içimden geldiği için söyledim. Ben de sana yanlış yaptığımda, bunu bana söyleyebilirsin. Kendimi düzeltip törpüleyebilirim. Son zamanlarda hep seni konuştuk ama bilirsin çok sevdiğim bir laf vardır: Ortada bir yanlış varsa, o hiçbir zaman tek taraflı olmaz..." Birden modum yükselmişti. Sanki bu oyunu uzatmaktan vazgeçmiş gibiydim. Şimdi de kısa kesmek ister gibi ılımlı davranıyordum.

O sırada, birden ağaçlardaki kuşların sesini duydum. Daha önce de burada kuşlar var mıydı ki? Denizin görüntüsü bu kadar güzel miydi peki?

"Biliyorum, seninle ilgili de bir şeyler olursa, bunu da konuşabileceğimizi söylemiştin zaten. Neden aynı mevzuları tekrar ediyorsun? Sanki hiç konuşmamışız, bunlardan bahsetmemişiz gibi! Derin cidden kalkıp bir yüzünü yıka, hayır sabah bir şey de içmedin. Allah'ım yarabbim."

Sinirini bozan bir şey olduğunda yaptığı gibi gülümsedi. Gözlüğünü masadan alıp tekrar taktı. Oturduğum yerden kalkıp yanına geçtikten sonra, onu yanaklarından öptüm.

"Doğru söylüyorsun. Özür dilerim," dedim.

Bıyık altından gülümsedi.

"Ben bir gidip ellerimi yüzümü yıkayayım," dedim ve lavaboya doğru gittim. Yürürken, bir yandan da cebimden telefonumu çıkardım. Doruk'un mesajını tekrar okudum. Tekrar gülümsedim.

İyiyim çok teşekkürler, sen nasılsın? :)

İyi gelmeme sevindim.

Ben de rüyanı dinlemek için sabırsızlanıyorum...

E-postayı aceleyle yazıp gönderdim.

Daha önce danışanlar sadece makale veya kitap önerisi için bana ulaşırdı. Veya randevu saatiyle ilgili değişikler için mesaj atarlardı... Cevapladıktan sonra aynada kendime baktım. Yüzüme yansıyan bu mutluluk, neyin habercisiydi? Neydi şimdi bu?

Bir şeyleri yanlış mı yapıyordum, yoksa doğruya mı yaklaşıyordum?

Tolunay'ı meraklandırmamak için, ellerimi yıkayıp tekrar yanına döndüm.

O hiçbir şeyi olmayan bir Derin'le konuşup durdu, bense garip şeyler hisseden bir Derin'le oturmaya bir süre daha devam ettim...

"Acaba Öykü bir sonraki randevuyu hangi güne vermişti?" diye merak ettim.

Sonra da, "Doruk'u değil, rüyasını merak ediyorsun," diye söylendim kendi kendime.

En sonunda Tolunay'ın kahvesi bitmişti.

11

Psikoterapi yaklaşımım Thomas Hardy'nin ifade ettiği gibiydi: *"Eğer daha iyiye giden bir yol varsa, mutlak en kötüye bakıştan geçmektedir."*

Bu bakış da genellikle kişinin çocukluğu olurdu veya iyiye giden yol kişinin şu anki yaşantısının içindeki en acımasız taraftan geçerdi.

Ben ilk seansta değil, ikincide de değil ama üçüncü seansta artık Doruk'a kendi yorumlarımı söyleme vaktimin geldiğini düşünüyordum. Onun için şu an erken miydi tam olarak bilmiyordum ama bazı gördüğüm şeyleri, onun da görmesinin vaktiydi artık. İnsanların farkındalık vakitlerinin haberi önce kendilerine gelirdi. Bir istek ortaya çıkardı, bir şeyleri çözme isteği... Sonra hayat onları bir yerlere taşırdı. Psikolog, psikiyatrist vs... Sonra da bu sıralamada iş bize düşerdi. Farkındalık isteğini gerçeklikle tanıştırma vakti. Önce uzun uzun dinler, dinler, dinler; sonra konuşmaya, çözümlemeye başlardık. Terapi benim için, insanın yaşadıklarına gözlerinin tekrar açılması demekti. Çünkü çoğu insan yaşadıklarını bir uykunun içinden seyrederdi. Ama hayat, gözlerinin açılmasını bekler ve bunun için bir zaman kollardı.

Doruk'un da zamanı gelmişti... Benim zamanım, üniversitedeyken gelmişti mesela. Birçok farkındalığımı, üniversite hocalarım sayesinde yaşamıştım. Kimsesizliğimi hocalarımın öğrettikleriyle aşmış, bir bakıma kendi psikoloğum olmuştum. Gecelerce teoriler, yöntemler üzerine çalışmıştım. Hem onları hem de kendimi okumuş ve öğrenmiştim. Canım yanmamış mıydı bunlarla yüzleşince? Çok! Ama can acımadan bazı şeyler anlaşılmıyordu. İyi ki canım yanmıştı, yoksa şu an olduğum Derin olamazdım.

Saat üçteki seans için evden çıktığımda, içimde bir kıpırtı hissettim. Havaya baktım, güneş o kadar güzel ısıtıyordu ki, aydınlık içimi temizliyor gibiydi. Arabama bindim, Doruk için aldığım notları yan koltuğuma bıraktım. Onun için dün gece epey çalışmıştım. Çünkü dedikleri bana çok şey anlatmıştı. Şimdi de benim ona bir şeyler anlatmam gerekecekti. Ofisin önüne park ettikten sonra, arabada makyajımı tazeledim. Evden hızlı çıkmak için, makyaj işini arabada yaparım diye düşünmüş, makyaj malzemelerimi de yanıma almıştım. Herkes doğal halimi daha çok sevse de, ben yine de makyaj yapmayı seviyordum. Belki televizyonun ve diğer medya araçlarının dayatmasıydı, bilmiyorum ama bu bana o kadar da batmıyordu. Çünkü Tolunay ile sadece çok şık gecelere, örneğin, davet veya yemeklere katıldığımızda yapıyordum. Onun dışında evde makyajsızdım. İşteyken de arada sırada... Keşke her kadın, makyajsız da güzel olduğunu ve olabileceğini hatırlatsa kendine. Ama bugün yapasım gelmişti. Doruk'la alakası var mıydı? Hayır canım, ne alakası olabilirdi ki.

Ofise girdiğimde, Lidya'yı gördüm. "Kızım yine kayboldun!" dedi. Üzerine giydiği şık beyaz kazağıyla, sanki bugünkü hava için kalın giyinmiş gibi görünüyordu. Ona bakarken terler gibi oldum. Neyse ki ofiste her zaman klima çalışıyordu.

"Ben kaybolmadım ama hem sen koşturuyorsun hem ben. Yine zaman bulamadık. Ama hatırlatırım, son buluşmayı ben ayarlamıştım. Bir kere de sen ayarla, böyle diyeceğine!" diyerek sitem ettim. Gülerek bana sarıldı.

"Çok bilmiş... Nasıl gidiyor her şey?"

"İyidir sende ne var ne yok?" diyerek cevapladım. İyi gidiyor muydu acaba? Nasıl olmasını umarsa, öyle konuşan insanlar gibi davrandım. Doruk'un gelmesine yarım saat vardı.

"İyi gidiyor benim de. Bugün işten sonra bir şeyler içsek mi?" dedi. Muhtemelen hem Tolunay'ı hem de beni merak ediyordu.

"Olabilir. Çıkınca seni arasam olur mu?" diyerek odama doğru yürümek istermiş gibi yaptım. Onun odası ofisin diğer tarafındaydı. Elimdekileri göstererek, "Bugünkü danışanımla konuşacaklarımı bir daha okumam gerekiyor," dedim. Çünkü ondan kaçıyormuşum gibi görünmüştüm.

"Tamam hayatım, çıkınca mesaj atarsın veya ben ofisten çıkmamışsam odama gelirsin," dedi.

Odama gittiğimde, danışanlarım için aldığım notlarımı tekrar gözden geçirdim ve geçen gün geldiği gibi görmesin diye masamı topladım.

Öykü telefonla odamı aradığında neyse ki hazırdım.

"Doruk Bey geldi, hazırsanız içeri alıyorum," dedi.

"Hazırım alabilirsin," dediğimde Doruk kapımı çaldı.

"Girebilirsin," diyerek oturduğum yerden yanıtladım ve ayağa kalktım. O da Lidya gibi kazak giymişti. Hava sanırım sandığım kadar sıcak değildi. Ben içimde beyaz bluz ve üstümde sadece ince bir kırmızı hırkaylaydım. Bugün mutlu olduğum için mi abarttığım kadar da ısıtmayan güneşi fazla hissetmiştim acaba? Aynı anda bir Doruk'a bir de yan pencereden havaya baktım. Gerçekten hava kapamıştı, bulutluydu, güneş şehri terk etmişti. Doruk karşımda, fit vücudunu ve kollarının kalınlığını belli etmek ister gibi giydiği dar siyah kazağıyla, hem özenli hem de iddialı görünüyordu. Ya da bana öyle geliyordu. Kimseye bu kadar detaylı bakmıyorken, Doruk'a neden böyle bakıyordum? Kendimden rahatsız olmuştum.

"Selamlar, nasılsın?" diyerek gülümsedi ve elini uzattı.

"İyiyim teşekkürler, sen nasılsın?" diyerek ben de elimi uzattıktan sonra onun yerine oturmasını bekledim. Elleri sıcak ve yumuşak, parfümü ise yine canıma okuyacak gibiydi.

"Gayet iyiyim. Nasıl gidiyor sence terapim?"

"Bence güzel gidiyor. Sanırım sen de iyi gittiğini düşünüyorsun. Bir şeyleri konuştukça rahatlıyorsun gibi hissediyorum." Masada Doruk için yazdığım kâğıtları aradım ve bulduktan sonra, yerime geçmek için yürürken, "Mesajında yazdığın rüyandan bahsetsene!" dedim.

"Ah evet, o rüya... Rüyamda bir kız gördüm. Çok güzeldi. Ama yüzünü tam hatırlamıyorum. Bir havuzun içinde öpüşüyorduk. Çok mutluydum hatta. Çok hoşuma gitmişti. Ama sonra birden kendimi bir evde buldum ve orada da başkasıylaydım. O kişi gitmişti..." dedi.

Rüyasını yorumlamamı ister gibi gözlerini bana diktiğinde, "Havuzda öpüştüğün kişiyi hiç mi hatırlamıyorsun?" diye sordum. Utanır gibi oldu. "Yani birine benzetiyorum ama emin olamıyorum." Kahkahaya yakın bir gülümseme oluştu suratında. O istemsiz şekilde gülümsediğinde, ben de gülümsedim. Kimdi acaba? Kimi hayal etmişti veya kime olan duygusunu bastırıyordu da, onu suyun altında görmüştü?

"Sanırım o kişi sendin!" dedi ve bu sefer gerçekten gülümsedi. Bir yandan da utandığını seziyordum.

Şaşırmıştım ama hoşuma da gitmişti. Neden hoşuma gittiğini düşünmek dahi istemeden ve profesyonelliğimi bozmamak için, daha mesafeli bir gülüş takınarak, "Tabii ki olabilir, beni de görmüş olabilirsin," dedim. Danışanlarımın, rüyalarında beni görmesine alışmıştım. Çünkü onların hayatlarında bir kurtarıcı rolü oynuyordum. Beyinlerinde beni öyle konumlandırıyorlardı. Ama bu sefer alışkanlıktan öte, içimden, derinlerden hoş bir memnuniyet de duymuş gibiydim. Bu beni rahatsız etmişti. Doruk mesaj attığında nasıl heyecanlanmışsam, şimdi de öyle heyecanlıydım ama bunu ona belli etmemeliydim. Benim için bu terapi sanki zor bir sürece dönüşecekti. Bir şeyleri yanlış hissettiğime dair inancım, içimdeki vicdan mahkemesine taht kuracak gibi görünüyordu.

"Rüyanda havuzun altında öpüşmek, havuz dediğimiz yerin bilinçaltı olduğunu düşünürsek, bastırılmış duygularını sembolize ediyor olabilir. Daha sonrasında yüzeye çıktığında, kendini başka bir yerde bulman da, bastırdıklarını yaşayamadığını..." Profesyonelliğimi bozmayacaktım. Rüyasında gördüğü kişinin ben oluşuna bir anlam yüklemeyecek ve bunu ona yorumlamayacaktım. Ama acaba beni nasıl görmüştü? Ne kadar hoşuna gitmişti? Bana bir arzusu mu vardı, yoksa onun için sadece bastırılmış duygularını sembolize eden bir kadın mıydım? Belki de zihni, başka bir kadını benim bedenimle ona göstermişti. İşin ilginç tarafı, bunları bilmem seanslarımıza hiçbir fayda sağlamayacaktı. Sorunumuz Doruk'tu, beni neden rüyasında gördüğü değil.

Bu sorularımı belki seanstan sonra düşünmeliydim. Hatta hiç düşünmemeliydim çünkü bana da bir faydası olmayacaktı.

"Haklı olabilirsin," dedi. O da duruşumu sezmiş olmalıydı. Beni rüyasında görmüş olduğunu uzatmak istemediğimi anlamıştı.

"Hepimiz bir şeyleri bastırmıyor muyuz hayatımızda? Kim her şeyi dilediği gibi yaşıyor ki?" diye devam etti. Yüzünde öğrenmek isteyen bir çocuğun hevesini görüyordum.

"Cesaretli olanlar," dedim ve hemen sonra bunu söylediğime pişman oldum. Umarım yanlış anlamamıştır diye düşündüm. Gerçi neyi yanlış anlayacaktı? "Beni öpebilirsin," dememiştim ki!

"Bana cesaretsizsin mi demek istiyorsun?" dedi gülümseyerek. Beyaz dişleri, kalın dudaklarının arasında parlıyordu. Siyah kazağı, dişlerini sanki daha da ortaya çıkarıyor gibiydi.

"Hayır, tabii ki öyle demek istemiyorum. Ama cesaretli olduğun zaman, duyguları bastırmamayı, onları yüzeye çıkarıp yaşamayı öğreniriz," dedim. "Tabii, bastırmamak zor. Bir şeyleri bastırmayı desteklemeye dair toplumsal normlar, dinsel inançlar ve daha birçok etken var..." diye ekledim.

"Doğru..." dedi ve bir sessizlik oldu. O sırada, bakışlarından benim konuşmamı beklediğini anladım ve kendi kâğıtlarıma yöneldim. "Hah burada... Seninle ilgili çözümlemelerimi bugün anlatmak istiyorum sana," dedim.

Bacak bacak üstüne attı. Uzun bacakları, güçlü oturuşu, "Evet seni dinliyorum," duruşu neden beni heyecanlandırıyordu? Ellerim mi titriyordu, yoksa bana mı öyle gelmişti? Sanırım bana öyle geliyordu. Her neyse, rüya konusunu uzatmamam gerekiyordu. Profesyonel davranmazsam işimden bile olabilirdim. Gerildim.

"Annenin ve babanın küçükken yaptığı ayrımcılıklar, yetişkin olduğunda senin çözmen gereken problemler haline gelmiş. Kendini üçlü ilişkiler içerisinde bulmuşsun mesela. Farkındaysan Lara seni Efe'yle aldattığında da verdiğin tepkiler, çocukluğuna paralel. Bilincin orada yaşadığın sıkıntıları yetişkin olduğunda çözmek istemiş. Bunu daha önce de demiştim. Yetişkinliğimiz, çocukluğumuzda yaşadığımız sorunları çözmek için vardır. Gerek ilişkilerimiz, gerek iş hayatımızda bunu mutlaka görürüz," dedim. Gözlerine bakarak konuşmamdan hiç rahatsız olmuyordu ve gözlerini gözlerimden çekmek gibi bir niyeti de yoktu. Pür dikkat beni dinlemesi o kadar hoşuma gidiyordu ki! Beni sayıyor, bana saygı duyuyor, üzerime titriyor gibiydi. Ama diğer danışanlarımın çoğu da böyleydi zaten...

Sonra ellerini çenesine götürdü, çenesindeki sakalıyla oynadı ve bu esnada bacak bacak üstüne atmaya devam ediyordu. Bir eli de koltuğun üzerinde, uçak modundaki telefonuyla oynamaktaydı.

"Beynimiz yetişkinlik döneminde, ailelerimizle çözemediklerimizi başka şeylerle eşleştirir. Örneğin, senin konumunda Lara annen, Efe abin olabilir... Lara'nın yaptığı da annenle babanın yaptığı gibi bir şey... Ayrımcılık, aldatmaya çok benziyor. Ve bu yine senin çok sevdiğin, güvendiğin birinden geliyor."

"Çok ama çok doğru. Peki bundan nasıl kurtulabilirim ki?"

"Onu sen zamanla çözümleyeceksin. Bilmen gereken bir şey varsa o da şu, artık çocuk değilsin. Küçük Doruk değilsin. Yetişkin Doruk'sun."

Kurumuş dudaklarını yaladı ve "Bunları hiç böyle düşünmemiştim," dedi.

"Evet, hiçbirimiz düşünmüyoruz zaten ama hepimiz kendi özel hayatlarımızda bunları yapıyoruz."

Bacak bacak üstüne atmayı bırakıp rahat bir pozisyon aldı. "Senin hayatın nasıl gidiyor?" dedi.

Samimi bir şekilde sormuştu. Ama ne yapmak istediğini anlayamamıştım. Çünkü ben başka bir konuydum, yani danışan ben değildim.

"İyi gidiyor, neden sordun?" dedim. Normalde danışanların, psikologlara bu tarz sorular sorması hoş karşılanmazdı, afallamıştım. Ben konuyu başka tarafa yönlendirmek isterken yine sözümü kesip devam etti.

"Bilmem... Sen de özel hayatında böyle şeyler yapıyor musun? Bence sen de benim gibi yalnızsın," dedi. İki eli de koltuğun iki tarafına yayılmıştı. Koltuğu kavrayarak, hâkim oturuşu beni heyecanlandırdı. Doruk, açıkça bir ilişkimin olup olmadığını öğrenmek istiyordu.

"Evet, tabii ki yapıyorum. Ben de insanım. Herkes gibi aynı süreçlerden ben de geçiyorum. Ayrıca yanılıyorsun çünkü yalnız değilim," dedim.

Bunu söylediğimde yüzünde şaşkın bir ifade belirdi. Duruşunu değiştirdi ve kaşlarının kalkmasıyla, alnında kırışıklıklar oluştu.

"Terzi kendi söküğünü dikiyor yani," dedi. Gülümsedi ama gülümsemesi içten değil, yapmacıktı. Cüzdanıyla telefonunu bıraktığı yerden alıp cebine koydu.

"Evet tabii ki... Sökmek zorunda kaldı," dedim. "Neden zorunda kaldın?" diye sormasını bekledim ama sormadı. Toparlanıyor gibiydi, oysa seansın bitmesine daha on beş dakika vardı.

"Konumuz ben değilim, sensin," diyerek cevapsızlığını bozdum.

"Haklısın, konunun nereden sana geldiğini hatırlamıyorum bile," dedi, bu sefer yüzünde bir gülümseme yoktu.

"Dediklerinde haklısın. Gördüğüm ayrımcılığı çözümlemeye çalışmış olabilirim ama hayat bu kadar mı çocuklukla paralel ilerliyor ya? Öylesine yaşıyor olamaz mıyız bir şeyleri yani?"

Sanki sadece para verdiği için son dakikalarını doldurmaya çalışan biri gibiydi. On dakika önce gülümseyen, beni ve dediklerimi pür dikkat dinleyen Doruk gitmiş, mesafeli bir Doruk gelmişti. Onun neden böyle birden değiştiğini anlayamamıştım.

"Ben öylesine yaşamaya ve tesadüflere inanan biri değilim," dedim.

"Hayat bir çözümleme yolculuğu bana göre... Herkes bir şeyleri çözümlemek için yaşıyor. Kimi ayrımcılığını, kimi annesinin intikamını, kimi babasının ihanetini, kimi kardeşinin sevgisizliğini, kimi de kendi benliğindeki karışıklıkları... Herkesin çözümlemesi kendisine has ve özel. Ama bu hep böyle," dedim.

Ben konuşurken, sanki hiç beni dinlememiş gibi, "Bitti sanırım," dedi. Kolundaki gri, Armani saatine baktı.

"Sanırım bugün seanstan zevk almadın?" dedim. "İlk defa benim yerime sen bittiğini söylüyorsun da."

"Yok, hayır zevk aldım da, buradan sonra başka biriyle daha görüşmem var Nişantaşı'nda. Ona geç kalmayayım," diyerek ayağa kalktı. Sanki bundan önce buradan çıkışta hiçbir yere gitmiyormuş gibi. Elini uzattı. Yüzündeki gülümseme gitmiş, yerine samimiyetsiz bir veda ifadesi gelmişti.

Onunla beraber ayağa kalktım.

"Anladım. Bir daha ne zaman gelirsin?" diye sordum. İçimden bir ses bunun son seansımız olduğunu söylüyordu. İçim karardı ama sebebini ve neden bugün bu gerginlikleri yaşadığımı geceye sakladım.

"O konuyu Öykü Hanım'la konuşmam gerekmiyor mu?" dedi aniden.

Apar topar cevap verdim. "Ah, evet doğru. Karıştırdım birden. Öykü ile konuşursunuz."

Ne oluyordu bana?

Eve gitmek istiyordum, hemen gece olsun istiyordum.

12

Beni rüyasında görmüş olduğuna mı sevineyim, bu rüyanın onun dünyasında tam olarak ne ifade ettiğini bilmememe mi üzüleyim, bilmiyordum. Hız yapmamaya çalışsam da, arabayı ofisten ve yaşadıklarımdan kaçar gibi hızlı sürüyordum. Belki de insan ne kadar hızlıysa, o kadar çok kaçıyordu bir şeylerden. Ve belki de bu yüzden hızlı olan her şeyden korkuluyordu, kaçanın yüzleşmesi gereken bir şeyi olduğu için...

"*Beni arar mısın?*" diye mesaj bırakmıştı biri. Lidya'ymış. Onu da çıkışta arayacaktım ama aklıma bile gelmedi...

Aslında anlatacak çok şeyim vardı Lidya'ya. Ya da hiçbir şeyim yoktu. Ne yapmam gerekiyordu şimdi? Kendime yönelttiğim sorular, benden cevap bekliyorlardı. Eğer Doruk'a karşı hissettiklerime anlam yüklersem, biliyorum onlar büyüyeceklerdi. Eğer onları bir fanusun içine koyarsam, biliyorum başka yerden çıkmak isteyeceklerdi. Bastırılan her duygunun başka bir yöntemle kendi var oluşuna koşması gibi, peşimi bırakmayacaklardı. Peki ben ne yapacaktım?

Evin kapısını açmaya çalışırken, içeriden anahtarın sesini

duymuş olacak ki birden, "Hoş geldin sevgilim," diyerek Tolunay kapıyı açtı.

"Evde olduğunu bilmiyordum bugün, akşam sizin okul grubuyla buluşmayacak mıydın sen? Öyle bir şeyler demiştin."

"Ben güzel güzel hoş geldin sevgilim diyorum ama sevgilim bana neden evde olduğumu soruyor, doğru mu duyuyorum?" diye sordu Tolunay. Bir yandan elimde taşıdığım çantamı ve telefonumu masaya koyarken belime sarıldı. Üzerine hiçbir şey giymemişti, hafifçe çıkmış göbeği sırtıma dokundu. Ama hayır, şimdi hiç sırası değildi...

"Seni özledim," dedi ve kulağıma sessizce eğilip kulaklarımı öpmeye çalıştı. Huylanıp güldüm.

Gülümsememi "yapalım, tamam," sanmış olacak ki, arkamı döndüğümde birden dudaklarıma yapışıverdi. O kadar hızlı öpüyordu ki, birden nasıl kaçacağımın cevabını bulamadım. Biraz öpmesine izin verdikten sonra, "Dur lütfen," dedim, kendimi başka bir tarafa iterek. Şimdi sırası değil, dedim içimden ama sesli söyleyemedim. "Çok açım, hiçbir şey yemedim," dedim ve mutfağa doğru yürümeye çalıştım. Aslında dediğim kadar aç olmasam da, böyle bir yalan uydurdum ve az da olsa bir şeyler atıştırmak için buzdolabını açtım.

"Hiçbir şey kalmadı evde," diye seslendi televizyonun karşısındaki koltuğa geçerken. Oysa buzdolabında yenecek bir şeyler bulmuştum bile. Bu sırada Tolunay'ın da benim bu gelgitlerime alıştığını hissediyordum. Onunla şu an sevişmeyişime bile anlam yüklemiyor, sorgulamıyordu. En son ne zaman seviştik? Sanırım on gün oldu. Acaba içinden sadece, "klasik Derin" mi diyordu? Olabilir. Belki ben de, "klasik Derin," desem rahatlayabilirdim. Ama rahatlayamıyordum. Oysa bu yaptığımı o bana yapsa, kimbilir nasıl olurdu? Acımasız tarafımla yüzleşiyordum.

Kendime şinitzel kızartırken, tavadaki tavukla ilgilendiğim esnada, bugün Doruk'un bana karşı neden birden değiştiğini sorguluyordum. Ona bir şey dememiştim, kötü bir davranışta da bulunmamıştım. İncitecek bir şey mi demiştim acaba? Hayır, aksine yumuşak bir dille yaklaşmıştım. Onun gibi ben de hep gülümsemiştim. Dalgınca tavadaki tavuğu ters çevirdim.

Peki ne oldu da bana öyle davranmaya başlamıştı? Ya da hep böyleydi de ben mi fark etmemiştim? Hayır, böyle değildi! Sıcaktı, gülümsüyordu, içtendi. Ona haddinden fazla mı değer vermiştim? Diğer danışanlarımı bu kadar düşünüyor muydum? Mesela neden şu an onu düşünüyordum? Ah! Evet... Bir dakika. Hayır, ben abartmıyordum. Tavuk hazır olduğunda tabağa aldım.

Ve yaptığımız seansı gözümün önünden geçirirken cevabı buldum: Ona sevgilim olduğunu söylemiştim!

Gerçekten buna bozulmuştu... Ama neden? Rüyasında da görmüştü beni... Ah, bunu düşünmek istemiyordum! Ama bir yandan da çok düşünmek istiyordum. Doğru ve yanlış... Etik ve etik dışı... Profesyonellik ve acemilik... Yalnız ve sevgilisi olan kız... İyi ve kötü... Günah ve sevap... Cennet ve cehennem... Hepsi zihnimde birbirine karışmış haldeydi. Bir taraftan cennet için her şeyi yapabilecek, tüm sevapları kovalayabilecek bir kariyer hırsı vardı içimde, diğer taraftan sadece zevkleri ve mutluluğu uğruna tüm günahlara dalabilecek, cehennemde de mutlu olabilmeyi keşfedebilecek bir Derin... En derinlerde bir yerde adımın anlamını yaşatıyordum.

Bugün yaşadıklarımı nasıl yorumlamalıydım? Ben mi doğru algılıyordum, yoksa olanları zihnim mi büyütüyordu? Ne olur bir yerlerden bir cevap gelsin. "Terzi kendi söküğünü dikiyor demek ki..." demişti. "Aslında terzi kendi söküğünü o kadar karıştırdı ki..." demek istiyordum şimdi.

"Ne yapıyorsan kendine, bana da yap," diye konuşarak mutfağa geldi Tolunay. Benim zihnimde olup bitenlerden habersizdi. Kendi zihnimi bir köşeye bırakıp dünya denilen yere, mutfaktaki gerçekliğime geri döndüm.

"Olur. O zaman buzdolabından kendine bir tane daha çıkar,

kızartayım. Benimki hazır," dedim. Onun çıkardığı tavuğu kızartmaya çalışırken, bir yandan da Tolunay'a iyi davranmam gerektiğini hissediyordum. Çünkü şu an dünyada kim en çok iyiliğimi görmeyi hak eder diye düşünecek olsam, aklıma Tolunay'dan başkası gelmezdi.

Yemeği yedikten sonra, sabah mutfaktaki masada yarım bıraktığım kitabıma geri döndüm ve kaldığım yeri okumaya devam ettiğim sırada, sanki Irvin Yalom beni duymuş gibi bana şöyle seslendi:

"Danışanın psikoloğuna karşı duyduğu öfkenin büyük çoğunluğu onun rolüne karşıdır, kişiliğine değil. Kişisel olarak algılamayın, diye öğretilir genç psikologlara. Ya da en azından her şeyi kişisel olarak almayın. Neyin kişiliğinize, neyin rolünüze ait olduğunu ayırt etmeye çalışın."

Öfke dediği şey, duygu da olabilir diye yorumladım ve hayatta hiçbir şeyin tesadüf olmadığı gibi, şu an Yalom'un bana bir kitaptan seslenmesi, yardım etmesi de tesadüf değildi. Kesinlikle. Profesyonel davranmam; onu, rüyasını ve davranışlarını kişisel algılamamam gerekirdi. Bu sadece bir rüyaydı ve benim rolüme dair bir rüyaydı... Sonradan bana soğuk davranması da, gerçekten psikoloğu olarak beni yetersiz bulmasından veya başka bir şeyden kaynaklanabilirdi. Neden tüm bildiklerimi unutturmuştu bana?

Kitabı okuyup bunları düşünürken, Lidya bir kez daha mesaj attı.

Arayacak mısın? İyi misin?

Olanları hissetmiş gibi yazmıştı. Ama iyiydim, düşündükçe bir şeyim olmadığını fark etmiştim... Yalom haklıydı.

Hemen yanıtladım:

Tolunay'layız. Yarın ararım.

Lidya cevapladı:

Tamamdır. Öpüyorum, selam söyle.

Kitabı bitirip Tolunay'a da yemeğini verdikten sonra duşa girdim. Duştaki suyun düşüncelerimi de temizlemesini umuyordum.

Duştan çıkıp giyindikten sonra Tolunay'ın yanına kıvrıldım. Onun elleri saçlarımın arasında gezinirken, benim ellerim de onun bacaklarına sarılmış halde, televizyonda konuşan, tanımadığım ama sanki tanımaya çalıştığım bir adamın yüzüne dalıp uyuyakaldım.

13

Hiçbir şey olmamış gibi yapmak, çok şeyi halının altına süpürmektir. O halının altı, üstünde yürünürken görünmüyor olabilirdi. Yürüyene hiçbir şey yokmuş gibi, tertemiz görünebilirdi. Ama o halı bir kez kaldırıldığında, ortaya saçılan pislik insana, "Nerede yaşıyormuşum ben? Nerede yürüyormuşum? Nasıl temizlemeden yürümüşüm bunca yolu?" dedirtebilirdi. Bu yüzden, hiçbir şey olmamış gibi yapmayı hiçbir zaman doğru bulmadım. Zaten bu yüzden psikolog oldum. O halının üstü kadar, altının da tertemiz olmasını istediğim ve bunun insan psikolojisine iyi geleceğini savunduğum için. Peki yapabiliyor muydum? Şunu bilmekte fayda var ki, psikologlar da insandırlar ve onların da diğer insanlar kadar problemleri vardır. Kimi benzer, kimi benzemez, o ayrı...

Sabah sabah bir halıdan neler çıkarmıştım. Tolunay ise bir elinde sandviçi, diğer elinde, muhtemelen benim daha sonra uyanacağımı bildiğinden, sadece kendisi için demlediği çayı, bana bugün ne yapacağımı soruyordu. Üzerine beyaz gömleğini ve lacivert ceketini giymişti. Muhtemelen ya bir yere konuşmacı olarak katılacaktı ya da önemli bir toplantısı vardı.

"Hayrola, neden öyle bakıyorsun?" Beni savrulduğum düşüncelerden çekip çıkardı.

"Dalmışım canım. Günaydın... Ne güzel hava ya, tam benim sevdiğim gibi, gri!" dedim ben de, belki de o halının üzerinde şimdilik yürümeliydim. O halının üzerinde yürümeye bir süre daha devam etmeliydim.

"Günaydın. Neresi güzel havanın ya? Biraz güneş açsaydı keşke. Hem benim bugün üst üste o kadar çok dersim var ki... Yorucu bir gün olabilir. Bir de, dün gece sen dizimde uyuduktan sonra seni yatağa yatırıp tüm gece toplumsal cinsiyet üzerine araştırmalar yaptım. Önceden de söylemiştim ya sana, bugün çok önemli bir konferansa konuşmacı olarak katılacağım." Onun bu yönüyle her zaman gurur duymuşumdur. Eskiden onun bu konferanslarına en önde izleyici olarak katılmaya çalışır, gidemiyorsam mutlaka akşamında onu yemeğe götürürdüm ama şimdi o kadar halim yoktu ki... Bahsettiği konferansı bile hatırlamıyordum. Yanına gidip ona sarılmayı tercih ettim.

"Seninle ve yaptıklarınla her zaman gurur duyuyorum," dedim, uzamış saçlarıyla oynarken, o da elleriyle bacaklarımı okşuyordu.

"Bence senin çocukların da çok iyi insanlar olacak," diye ekledim, ellerimi yavaşça saçlarından çekip masanın kenarına oturmayı tercih ederken. Çocuk meselesi de nereden çıkıp dilime vurdu şimdi?

"Spermlerimi çocuk yapmak için harcarsam belki iyi çocuklar yetiştirebilirim," dedi gülerek. Tolunay'ın sistem eleştirileri ve bu sisteme bir çocuk yetiştirmek yerine, evlat edinmeyi daha doğru bulması, hayata farklı bir taraftan bakmamı sağlıyordu.

Gülümseyerek, "Senin spermin senin kararın!" dedim. "Benim bedenim, benim kararım!" diyerek dünyanın her tarafından kendi haklarını savunmak için gösteriler düzenleyen güzel kadınları anımsadım.

Devamında, bir çocuğumuz olabileceğini konuşmak yerine,

sadece bu olayın sistem eleştirisini yaptık. Tolunay'ın bu mevzuya uzak oluşundan ve benim de hayatımdan ötürü bir çocuk yetiştirmek gözüme korkunç ve zorlu bir yolculuk gibi geldiğinden, sessizce konuyu kapattık. Hem... Bilmiyorum, belki o da benden çocuk istemiyor olabilirdi... Bu konuya takılmıyordum, daha doğrusu takılmak istemiyordum. Hele ki bugün toplumlardaki kadın-erkek eşitsizliği, ayrımcılıklar, ötekileştirmeler, iş dünyasındaki erkek gücü, ülkedeki torpille tırmanılan kariyer basamakları, artan ırkçılık, erkek egemenlik, homofobi ve cehaletten ibaret anlayışsız dünyanın bir çocuğun gelebileceği güzel bir yer mi yoksa bir cehennem mi olabileceğini bana sıkça düşündürüyordu. Ebeveyn olmanın ne kadar ağır bir yük ve sorumluluk olduğunu sık sık sorguluyordum. O çocuğu böyle bir toplum için mi eğitmeliydim, yoksa bu toplum düzeldikten sonra mı çocuk yapmalıydım? Hatta psikolog tarafım, ailelerin çocuk yapacaklarsa, tıpkı araba sürmek için ehliyet almak gibi, çocuk sahibi olmak için de bir sınava tâbi tutulmalarını söylüyordu.

"Tabii ki öyle. Benim kararım ama zaten sen de çocuk istemezdin değil mi?" dedi, cevabını bildiği bir soruyu soruyordu aslında.

"Bilmem. Evet, bugüne kadar istemediğimi düşündüm, hâlâ da öyle düşünüyorum ama bu konuda da büyük laf etmek istemiyorum. Belki gün gelir, çocuk aşkıyla yanıp tutuşurum. Bilmiyorum ki... Zamanın değişkenliği, insanın en sabit fikrini bile değiştirebiliyor," dedim.

"Evet. Bu da doğru tabii ki..." dedikten sonra kolundaki saate baktı ve aniden muhtemelen fazla oyalanmış olduğunu fark etmiş olacak ki, holdeki aynanın karşısında gömleğini, pantolonunu ve saçlarını son kez kontrol etti. Şık olduğunun ve işleri için kendince toplumsal onay alacağının bilincinde, "Öpüyorum Derinciğim seni, akşam yedi gibi evde olurum muhtemelen," dedi uzaktan ve ilk tanıştığımız günden beri birbirimize yaptığımız özel bir yüz ifadesini takındı. Aynı yüz ifadesiyle ona karşılık verdikten sonra, ben de bir şeyler atıştırmaya geçtim.

Toplumsal cinsiyet demişken, Tolunay'ın evden çıkma süresiyle kendi evden çıkma süremi karşılaştırdım. Mesela o, evden, muhtemelen yirmi, yirmi beş dakikada hazır olup çıkmıştı ama genelde evden çıkma süresi yirmi dakikayı bile bulmazdı. Çünkü duş alıp giyinir ve çıkardı. Oysa kadınların bu kadar kısa sürede çıkmaları genelde mümkün değil. Ben her ne kadar az makyaj yapsam ve bu toplumsal beklentileri kendimce aza indirgemeye çalışsam da, onun hızına yetişemiyordum. Bunun da kadının bedenine yüklenen toplumsal beklentiyle çok alakalı olduğunu düşünüyordum. Erkeğin bedenine bu beklenti yüklenmemiş. Erkek daha çok maddiyatla ilişkilendirildiğinden, "Parası olursa her erkek yakışıklı görünür," şeklinde farklı bir algı var. Korkunç! Ve biz kadınların üzerindeki bedensel baskıysa dayanılmaz!

Bugünkü seanslarım için evden çıkmadan önce zaman tuttum. Ben de Tolunay ile aynı dakikada hazır olmayı deneyecektim.

Duştan çıktıktan sonra, üzerime hızlıca bir şeyler seçtim; geçen gün aldığım boğazlı beyaz kazağımı ve altına siyah pantolonumu giydim. Altına da siyah kısa botlarımı geçiririm diye planladım. Elime iki yüzüğümü, boynuma Tolunay'ın yıldönümümüzde aldığı minimal kolyeyi taktım. Çok hafif makyaj yaptım.

Ve evet, 22 dakika 47 saniyede hazır olmuştum.

Kendime ne yakıştırdıysam onu giydim. Ve gerçekten de güzel oldum... Kimseye uymasam bile kendime uysam yeterdi!

Arabaya bindikten sonra, yağmur eşliğinde ofise doğru yol aldım. Kırmızıda durdum. Doruk'un bugün veya yarın randevusu var mı diye telefonumdaki ajandadan işlerimi kontrol ettim. Hayır, yakın tarihlerde randevu almamış.

Yeşil ışık yandı. Geçme zamanıydı. Umarım sorularıma da en yakın zamanda yeşil ışık yanar diye içimden dua ettim.

14

Çok ünlü bir televizyon yüzü olan kadın oyuncu seansın kırk beşinci dakikasında, "Derin Hanım, işin özeti aslında şu," dedi. "Her yerimi yaptırmak istiyorum. Hiçbir yerimden memnun değilim. Burnumdan, göğüslerimden, kaşlarımdan... Hepsini yaptıracağım. Kocama bu isteğimden bahsettiğimde, o da yaptırmamı söylüyor. Beni bu konuda destekliyor. Siz ne düşünüyorsunuz şimdi, yaptırmamamı mı söylüyorsunuz?" diye sordu.

Alımlı, güzel ve estetik gerektirmeyen haliyle cümlelerini bağdaştıramadığımdan, şaşkınlık içerisinde onu izliyordum. Kafasına bu düşünceleri kimin yerleştirdiğini merak etmiştim. İnsanların başkalarının beyinlerine bu kadar çok bilgiyi, özellikle gereksiz olanları, nasıl çat diye yerleştirebildiklerini gördükçe, insan denen varlığın manipülasyona ne kadar açık olduğunu fark ediyordum. Ve danışanımı gözlemlerken, aynı zamanda toplumun yarattığı kadın figürünü de seyrediyordum. Onu yaratmışlar, ondan beklentilerini kadına yüklemişler, kadın bu beklentiyi hem toplumdan hem kocasından almış ve şimdi kaybolmuş bir şekilde, küçük bir çocuk gibi, "Ne yapmalıyım Derin Hanım, lütfen söyleyin?" çığlıkları atıyordu.

"Burnunuzdan, göğüslerinizden, kaşlarınızdan siz mi rahatsızsınız yoksa bu rahatsızlığınız nedeni toplumun ve kocanızın üzerinizde oluşturduğu baskı mı? Samimi bir şekilde kendinize ilk başta bunu sormalı, cevabınızı öğrenmelisiniz," diyerek onu yönlendirmeye çalıştım. Bir süre, su yeşili gözleri gözlerimde takılı kalıp sorumu algılamaya uğraştı. Bileğindeki takılarıyla oynarken, kendisine yardım etmelerini dilercesine hepsini bir aşağı bir yukarı hareket ettiriyordu. Zihnindeki karışıklıktan kurtulup daha yüksek bir ses tonuyla, "Ay kocamı takar mıyım sizce? Takmıyorum ki. Sadece onun da onayladığını söyledim. Toplum da umrumda değil o kadar. Ben artık kabullendirdim kendimi. Hem ekran için bir dolu filtre var artık... Yaşlılık belli olmuyor bile. Hem ben yaşlı mıyım ki? Değilim," dedi. Çelişkileri, cümlelerine ve gözlerine yansıyordu.

"Ee o zaman..." diyerek tekrar sözü ona bıraktım, konuşmasını ve kendisine cevap bulmasını bekliyordum.

Saatini kolunda düzelttikten sonra anlatmaya başladı:

"Belki de dediğiniz gibi bu fikir bana dayatılmıştır... Mesela bakın, şimdi sizinle konuşurken hatırlıyorum, bir gün sette bir makyöz bana makyaj yaparken, 'şuralarınıza botoks yaptırsanız çok güzel olur,' demişti. Ve ben, o söylemeden önce aslında hiç farkında değildim o gerekliliğin. O günden sonra her sabah aynada yüzümü yıkarken, o makyözün gösterdiği yeri görmeye başladım. Hem de o gün ona, 'yok canım gerek yok, ne işim olur benim botoksla motoksla,' dediğim halde. Kocama hiç söylemedim bunu. Kimseye bahsetmedim. Ama bir hafta, ya da yanlış olmasın, on gün kadar sonra, bir davet dönüşünde, kocam da arabada bana o kadının bahsettiği yerler hakkında aynı cümleleri kurdu. Makyözün gösterdiği yerleri işaret ederek, 'botoks iyi olabilir belki şuraların için' dedi. Arabada ağlamamak için zor tuttum kendimi..."

Bir kişi, kendi vücudunda bir yerini veya bir özelliğini başkası yüzünden beğenmemeye başladığında ve bunu içselleştirdiğinde, bu, dış faktörlerin, yani diğer insanların da ilgisini çekerdi. Başka bir danışanım da, "Göğüslerim çok küçük ama kimse fark etmiyor çünkü ben bununla barışığım," demişti. Çünkü o kadın bunu sorun etmiyordu, bu yüzden kimsenin algısı kadının bedenindeki herhangi bir yere odaklanmıyordu. Her ne kadar toplumda, kadın bedeni metalaştırılmış ve güzellik beklentisine dönüştürülmüş olsa da, danışanlarımın bunu yenebileceğine emindim. Bahsettiğim kadın yenmişti, daha doğrusu savaşmamıştı bile. Çünkü sorun etmiyordu! Yani bu kadının sorunu psikolojik değil, daha çok sosyolojikti.

"Sakın kendinize bunu yapmayın. Bence siz cevaplarınızı iyi biliyorsunuz. Neyi içselleştirdiğinizi de. İçselleştirdiğiniz şeyleri sorgulayın. Başkasının size yönelttiği bazı şeyler, onların da kendileriyle alakalı yarattığı başka çözümlemeler olabilir. Konu her zaman siz değilsinizdir," dedikten sonra samimi bir gülümsemeyle konuyu sonlandırdım.

"İyi geldiniz... Görüşmek üzere," cevabını aldıktan sonra, danışanımla vedalaştım.

"İyi geldiniz." İşte bu dünyanın en güzel cümlesi benim için. İyi ki bu işi yapıyorum hissinin gücünü bir kez daha fark etmemi sağlamıştı.

Danışanım gittikten sonra, Öykü'yü aramak istedim. Sanırım dayanamayıp Doruk'un randevusunu soracaktım. Yanlış anlar mıydı? Hayır, neden anlasındı ki? Başkalarını da her zaman böyle sorup takip ederdim sonuçta.

"Öykücüğüm selam, müsait misin?" dedim.

"Evet Derin Hanım, müsaitim, buyurun."

"Doruk Yücedağ. Randevusu ne zaman acaba?" diye sordum. İçimde heyecan değil ama nasıl anlatsam, başka bir his vardı.

"Bakıyorum bir saniye..."

Vereceği cevabın beklentisinin soğuk telaşı sardı ruhumu.

"Son seansından sonra bir daha randevu almamış Derin Hanım."

Kızgınlık değil. Öfke değil. Ama bir şeyler söyleme isteği vardı içimde. Öykü'ye değil ama Doruk'a ve belki kendime.

"Tamam canım. Kolay gelsin," diyerek kapattım telefonu.

Neden kayıt oluşturmadığının cevabını bulmak zor değildi. Geçen gün o bir not göndermişti, şimdi de ben aynısını yapacaktım. Bu ayıp, günah ya da yasak değildi. Ama bunları şu an kendime açıklayacak durumda değildim zaten! Neyse, sadece soru soracaktım. Notu yollayacağım adresi girdim.

Alıcı: dorukyucedag@yucedag.com.tr

Merhabalar Doruk,

Nasılsın? Umarım her şey yolundadır.

Bir sonraki randevuyu ne zamana aldın acaba?

Gidişatla alakalı bazı yönlendirmelerde bulunmam gerekebilir.

Sevgiler,

Derin Sözeri

Gönderdim ve sonrasında kendimi korkusuz hissettim. Gerçekten korkusuz muydum? İnsan yanlış şeyler yaparsa mı korkusuz olurdu, yoksa korkusuzluğun bunlarla alakası yok muydu? Doruk'u merak ediyordum. Ve terapiye devam etmesini istiyordum. Onda bana iyi gelen bir şey vardı. Ne olduğunu bilmiyordum. Ama yakında bunu adım gibi bileceğime emindim.

Ama şimdi, her şeyi bir kenara bırakıp ofisten çıkmanın ve bir an önce Tolunay'ın konferansına gitmenin en iyisi olacağını düşünüyordum.

15

Tolunay'ı konferansta konuşurken görmek, onu diğer başarılı insanların yanında izlemek, konuşurken cümleleri seçmedeki özeni, mantıklılığı ve profesyonelliği beni her zaman etkilemişti. Ona sahip olmak, beni her zaman gururlu hissettirdi. Ama o sadece iyi bir insan olsaydı ve bu duyguları bana yaşatmasaydı, yine aynı gururu hisseder miydim? Birbirimize bakışımız, birbirimizle 'gurur' duyuşumuz illa sebeplere bağlanmak zorunda mıydı? Çok kitap okuması, kendini çok geliştirmesi, kendine çok şey katması, kitleler tarafından alkışlanması, çok sevilmesi, çok para kazanması mı gurur duyma kriterleriydi? Yoksa iyi bir insan olmak, gurur duymak için başlı başına yeter miydi? Neden "Seninle gurur duyuyorum," demenin zamanı vardı da, günlük konuşmalarda çok yeri yoktu ki? Neydi bu 'gurur'un kaynağı?

Tolunay'ı rahat görebileceğim bir köşede, sandalyeme oturdum ve bir anda üstümün başımın buraya uygun olup olmadığını düşündüm. Ama gayet uygundum.

Bütün konuşmacılar sahneye çıkmadan önce dinleyiciler yerini aldı. Sanırım 400'e yakın insan şu an aynı yerde, aynı şeyi bekliyordu. Tolunay heyecanlı mı bilmiyordum ama ben böyle şeyler yapsam kesin heyecanlanırdım. Önce sunucu sahneye çıktı ve konferansın içeriğinden bahsetti. Daha sonrasında konuşmacılar alkışlar eşliğinde, teker teker oturumdaki yerlerini aldılar... Evet, işte Tolunay da oradaydı! Heyecanını belli etmemeye çalıştığı yüzünden okunuyordu. Belki de bunu sadece ben anlayabiliyordum.

Açık oturum şeklinde diğer konuşmacılarla birlikte, 'insan beyninin bilinmeyenleri ve insan türünün dijitalleşip küreselleşen dünyadaki geleceği' üzerine konuşuyorlardı. Diğerleri de en az Tolunay kadar bilgili, kültürlü ve saygın kişilerdi.

Tolunay'ın bahsettiklerini, evde onunla baş başayken dinleme fırsatı bulmuş olmak bana kendimi daha da şanslı hissettirdi. Yine de büyük bir hevesle dinledim.

Konferans bittiğinde Tolunay'ı dışarıda bekledim ve geldiğinde sabah giydiklerinin ona ne kadar yakıştığını fark ederek onu yüzümde kocaman bir gülümsemeyle karşıladım. Benimle heyecanlı bir şekilde konuştu.

"Gelmeyeceğini düşündüm. Bu tarz etkinliklerimden sıkıldığını zannediyordum. Canım Derin'im," diyerek sarıldı. Bu çocuk sarılmayı ne çok seviyordu! O sarılırken, ben de başım onun omzunda, çocuk gibi sevincini paylaştım.

Evet, aslında ben de gitmeyeceğimi düşünmüştüm ama nedense görmek istemiştim onu. Hem keyifli de geçmişti zaten! İyi ki gelmiştim.

"Senin hiçbir etkinliğinden sıkılmam ki ben!" dedim ve birlikte konferansın yapıldığı salonun çıkışına ilerledik. Yürürken ben de onun kollarının içine kıvrılıp daha çok sokuldum. Bunu yapmayı çok seviyordum. Ceketi sıcak gelmiş olacak ki, "Dur canım, şunu çıkarayım," dedikten sonra ceketini eline aldı.

"Nereye gitmek istersin buradan?" diye sordu ve en sevmediğim şeyi yapıp benden gidilecek yer önerisinde bulunmamı istedi.

"Gün senin günün hayatım. Sen belirle, ben uyarım..." diye cevapladım.

Neyse ki, bu konuda zorlanmadım ve hemen, onun o gün konferansa beraber geldiği akademisyen arkadaşlarıyla plan yapmanın güzel olabileceğini önerdim. Onları aradıktan sonra hep beraber Taksim'de şık bir mekânda yemeğe çıktık ve ardından gece bir şeyler dinlemeye gittik. Tolunay biraz sarhoş olsa da bundan rahatsız olmadım. Gece kutlama için bir şeyler yapacağımızı düşündüğümden, arabamı da bırakmıştım zaten. Eve döndüğümüzde, kıyafetlerini çıkarıp onu yatağa yatırmaya çalıştım. Tolunay'ın bugün rahatlamayı gerçekten hak ettiğini düşündüğüm halde, bana sırnaşıp, "Gel biraz," dediğinde sevişmek istemedim. Belki sevişmek beni de rahatlatırdı ama bilemiyordum. Ya şu an sevişmeyi istemiyordum ya da Tolunay'ı. Ne hissettiğime karar veremiyordum...

Oysa ben de artık rahatlamayı hak etmemiş miydim?

16

Uyandığımda, Tolunay'ı yanımda bulamadığımda şaşırmadım. Zaten bugün de dersi vardı. Kesin erkenden hazırlanıp çıkmıştı. Kendi mesleğimi bu yüzden de bir başka seviyorum. Danışanım ne zaman olursa, genelde o zaman ofise giderdim veya gerçekten bir araştırmamı ofiste yapmak istiyorsam, o zaman ofiste çalışırdım. Ama evde vakit geçirmeyi de seviyorum. Ama Tolunay öyle değildi. Dersi olsa da olmasa da genelde okulda durması gerekebiliyordu çünkü araştırmalarını yapabileceği en güzel ortam okuldu. Bunun sebebi hem kütüphanelerinin zenginliği hem de danışabileceği, fikir alışverişinde bulunabileceği insanların orada olmasıydı.

Lavaboda yüzümü yıkayıp kuruladıktan sonra, "Tata ta taaa!" diyerek, kapının eşiğinde sabah sabah tüm pozitifliğiyle Tolunay beliriverdi. Altında sadece şortu vardı, şortunun üzerinde de Noel Babalar... Üzerindeyse hiçbir şey yoktu. Saçlarını biraz düzelttirmesi gerekse de, yine de gözüme şirin görünüyordu.

Onu öyle gördükten sonra gülümseyerek, "Sen neden evdesin? Okulun yok muydu bugün?" dedim. Bugün, bu saatte evde olmasına şaşırmıştım.

"Hayır, bugün yok. Daha doğrusu ektim. Yani ekmek demeyelim de başka birine pasladım çünkü senin de bildiğin üzere ekmek imkânsız gibi bir şey. Bugün benim vermem gereken dersi Erkan Hoca verecek. Çünkü seni özledim," diyerek banyoda bana doğru yaklaştı. Küçücük mekânda gülerek ondan kaçmaya çalıştım. Hiç içimden sevişmek gelmiyordu. Öpmek de. Tolunay, oyun oynar gibi beni yakalamaya çalıştı. Evet, yüzümde gülümseme vardı ama aslında içim bu mutluluğu paylaşmıyordu. Sonunda beni kapının yanındaki duvara sıkıştırdı ve bir yandan boynumu öperken bedenini bana yaslayıp konuşmasına devam etti. Bir yandan eli vücudumun arka taraflarında geziniyordu diğer yandan beni yakalamış olmasının zaferini yaşıyordu, bense hâlâ benim için okulu ekmesine şaşırmaya devam ediyordum. Onda bir değişiklik vardı. Çünkü Tolunay okulda derslerini kolay kolay ekecek biri değildi. Eğer gerçekten çok mühim bir mesele, örneğin konu ailesi olursa bunu yapardı. Benim içinse; ancak çok mühim bir işim varsa ve bu da onunla çok alakalıysa yapardı. Kimbilir o şu an neler düşünürken, ben neler düşünüyordum.

"Dur Tolunay... Daha yemek bile yemedim," dedim.

"Yemek yemen şart mı? Ben varım mesela... Beni ye!" diyerek yine çocukça davranıp ona gülmemi bekledi. Cinsel hayatımızı renklendirmeye çalıştığını görüyordum ve onu itmiyordum ama nazikçe çekilerek bir anda banyonun dışında buldum kendimi ve mutfağa doğru ilerledim.

"Masada kahvaltı var," diyerek içeriden bağırdı. Masanın üstündeki kahvaltıdan çok kendi telefonum ilgimi çekti. Gece burada mı unutmuştum? Sanırım Tolunay'ı odaya taşırken telefonumu masanın üstüne fırlatıvermiştim.

Derken, telefonu elime aldım ve Doruk'un bana hâlâ geri dönmediği gerçeğiyle yüzleştim. Surat asık ve uzun süre gözüm telefonun ekranına takılı kalmış olacak ki, Tolunay bir anda önümde dikilip, "Sevdiği çocuğun aramasını telefonun başında çaresizce bekleyen ergen kızlara benziyorsun şu an," dedi. Bir eliyle de sabahlığımın üstünden göbeğime dokundu. Hemen telefonumdaki sayfayı kapatıp Instagram'a girmiş gibi yaptım. Instagram'a dün gece yüklenen fotoğraflara bakıyormuş gibi yaparken, "Çok ergenim çünkü çok âşığım, nereden anladın?" dedim, aynı onun bana takıldığı gibi. Tolunay'dan bir şeyler mi gizliyordum? Sanırım, artık kendi duygularımla yüzleşmem şarttı.

"Onu zaten biliyorum..." dedi, büyük bir özgüvenle. "Neye bakıyorsun gerçekten?"

"Hiç, dün akşam çekilmiş fotoğrafları yüklemiş bizimkiler. Onlara bakıyordum," dedim.

Bilmediklerini ona söylemek ister miydim? Hayır, sanırım istemezdim. Çünkü hâlâ ben de neler olup bittiğini tam olarak bilmiyordum. Mesela ortada elle tutulur, somut bir şey var mıydı? Yoktu... Ama az önce, sanki hissetmiş gibi dışarıdan ergen gibi göründüğümü söylemesine takılmıştım biraz. Şu an gerçekten de bir şeyler dışarıdan belli oluyor muydu? Eğer öyleyse bu belli olan şey neydi? Doruk'tan hoşlanmam mı? Ondan bir haber beklemem mi? Gerçekten başka bir ruh halinde olmam mı? Ya da hakikaten dışarıdan görünenle, içeride yaşanan aynı mıydı? Hayır, belki de bana öylesine takılmıştı. Her şeyi çok büyütüyordum, bunları büyütürsem Tolunay benden ve bir şeylerden daha çok şüphelenebilirdi. Şüphelenmesine gerek var mıydı?

Tolunay'a bunların hiçbirini soramayacağımdan, kahvaltımı ettikten sonra kıyafetlerimi hızla giyip saçlarımı da güzelce topladıktan sonra, yürüyüşe çıkmayı seçtim. İki haftadır yürümediğimi fark etmiştim. Bebek-Emirgan arasında yürürken, yine aklımdaki bazı sorular peşimi bırakmadı. Onlar da arkamdan beni takip ediyorlardı sanki. Telefonumda yüklü olanlar arasından Adele'in albümünü seçtim, onun sesi eşlik etti kafamın içinde dönüp duran seslere. Ama cevapsız sorularıma Adele'in sesi de yardımcı olamıyordu. Oysa ben, bazen şarkılardan da cevaplar gelebileceğine inanırdım. Ya da yürürken, karşıma çıkan bir reklam panosunun üzerindeki bir yazı da günümü aydınlatabilir, hayatımda bir cevaba karşılık gelebilirdi. Eğer insan çevresinde olup biteni doğru okumayı bilirse tabii. Ama bugün pek böyle bir şey olmayacak gibiydi.

Üzerimde eşofmanım ve gri yağmurluğumla, Adele ile birlikte yürüyüşümüzü tamamlamış hissettim. Bu yüzden, "Şu bankta biraz otursam mı?" diye sordum kendi kendime ve durup oturdum. Bankta otururken, önümden yürüyüp geçen insanları izledim. Bir kadın, diğer bir kadınla bu akşam pişireceği yemeği konuşuyordu. Sonra, on yedi yaşlarında olduğunu düşündüğüm bir çocuk, elinde son model telefonu ve kulağında son ses müziği, havanın kapalı oluşuna bile aldırış etmeden yürüyüş yapmaya çalışırken, dışarıdan sadece telefonun içinde yürüyormuş gibi görünüyordu. Yanındaki çocuk da aynı şekildeydi... İkisi de kendi dünyalarındaydı, hiç arkadaş gibi durmuyorlardı. Birlikte yürüdüklerini çok sonra fark ettim. Oysa eskiden böyle miydi? İki arkadaş dışarı çıktığında telefona bile ihtiyaç duymazdı, çantasına atardı ya da cebine koyardı. Bu yüzden şimdiki insanlar dışarıya çıktıklarında gerçekten dışarı çıkmış olmuyorlardı. Yine o telefonlarının içine hapsolmuş, ayrı dünyaların içinde yürüyor, koşuyor, yaşıyor gibilerdi. Bu beni korkutsa da, daha mühim şeylerden korkmam gerektiğini düşünerek, tekrar Doruk konusuna döndüm.

Banktan kalkıp bu sefer Bebek istikametinde yürürken, Doruk'a ikinci bir e-posta göndermeyi düşünüyordum. Ama ne diyecektim ki? Neden bana cevap vermiyorsun ya da terapiye devam etmiyorsun mu? Hayır, hiçbirini diyemezdim. Hiçbir danışanıma böyle bir şey demezdim. Hiçbir danışanımı bir yürüyüş esnasında düşünmezdim bile. Düşündüysem de başka şeyler için, onunla iletişime geçebilmek için değil... Neden onun geri dönmesini bu kadar çok istiyordum?

Birden yürüyüş modundan çıkıp koşmaya başladım. Yağmurluğum beni az önce başlayan yağmurdan korusa da, düşüncelerimden koruyacak bir yağmurluğum yoktu. Kafamın içindekiler de üzerime yağarken, hızlı hızlı koşmaya devam ettim.

Bir yandan da arkama bakıyordum; sorular aynı hızla arkamdan beni takip etmeye devam ediyorlardı.

17

Doruk'un, mesajıma cevap vermeyişinin bugün dördüncü günüydü. Günleri saymıyordum, sadece bugün randevularımı kontrol edip geçmiş günlerin analizini yaparken fark etmiştim. Ya da gerçekten sayıyor ama bunu kendime itiraf etmek istemiyordum. Ama şimdi etmiştim işte. Kendine dürüst insan, bir süre zorlansa da sonunda birçok şeyden kurtulur.

Neden bana cevap vermediği üzerine birçok fikrim vardı aslında. İşleri çok yoğun olabilirdi. Yurt dışında, seyahatte olabilirdi. Gelen mesajları kontrol edemeyecek kadar büyük bir ailevi sıkıntısı olabilirdi. Ya da bunların hepsinin dışında, gerçekten terapiye artık devam etmek istemiyor olabilirdi. Ama eğer istemiyorsa da, bunun tepkisi mesajlarıma sessiz kalmak mı olmalıydı? Belki de ona göre, evet, böyle olmalıydı.

Her neyse. Bugünkü danışanım için hazırdım. Danışanlarım benim ufkumu açmaya, farklı hayatlarda seyahat etmeme imkân sağlamaya devam ediyordu.

Ofise ulaştığımda, odama girmeden önce Öykü'yü selamlayıp bana bir Türk kahvesi yollamasını istedim.

Bugünkü danışanımın adı Ece Koroğlu'ydu ve onunla ilk kez tanışacaktım. Gelmesine on beş dakika kalmıştı ve kendisinden doldurmasını istediğimiz kâğıtları Öykü odama bırakmıştı, ben de onları inceliyordum. Cinsellikle alakalı bir sıkıntısı olduğunu seziyordum. Çünkü işaretlediği cevaplar, bana hem cinsellikle ilgili bir sıkıntıyı hem de bir depresyon sürecini gösteriyordu. İntiharla alakalı da birkaç yanlış fikri olabilirdi.

Masa telefonumdan arayan Öykü, "Derin Hanım, Ece Hanım geldiler. Siz de hazırsanız, alalım mı?" diye sordu.

İncelememi de bitirdiğimden, "Tabii, hazırım, alabilirsin," dedim. Masamdan kalkarken kapım tıklatıldı, "Gelebilirsiniz," diyerek seslendim. İçeriye saçları uzun ve parlak kahverengi, gözleri Araplarınki gibi iri, dudakları siyahilerinki gibi kalın, sevimli ama vücut dili biraz tedirgin, 1.65 boylarında bir kız girdi. Tepkilerimi hızlıca kavramak, beni çok acele tanımak isteyen bakışları vardı. Üzerimdeki giysileri bile süzüyordu.

"Hoş geldiniz Ece Hanım," diyerek elimi uzattım.

"Hoş bulduk," diyerek elimi sıktı. "Nereye oturayım?"

"Nasıl isterseniz, nasıl rahat ederseniz..."

Oturabileceği yerlere göz gezdirdi.

"Bazısı bana daha yakın olmak için şuraya oturuyor, bazısı daha uzakta durmak için şuraya..." diye odamdaki koltukları tanıttım.

Kimi koltuk daha yakın, kimisi daha uzaktı. Mesela Doruk hep bana daha yakın olanı tercih ederdi...

Ece uzak olanı seçip koltuğun ucuna oturdu. Ben de kendi yerime geçip onun konuşmasını beklemeye başladım. Kucağıma da notlarımı yazabilmem için kâğıtlarımı aldım.

"Nereden başlayacağımı bilmiyorum aslında..." diyerek söze girdi.

"Nereden başlamak istersen, oradan başlayabilirsin. Vaktimiz çok, acelemiz yok," diyerek onu rahatlatmaya çalıştım ve 'siz' ifadesini bırakıp 'sen' ifadesine geçtim. Bunun ona daha iyi geleceğini gibi hissediyordum. Eğer danışan kendini rahat hissetmezse, sizinle iletişim kuramaz ve bu da terapinin boşa gitmesine sebep olurdu.

"Şöyle başlayabilirim..." diyerek konuşmaya hazırlandı. Otururken elleri bacaklarının arasındaydı. Dışarıdan rahat görünen genç kız, benim odamda hiç de rahat değildi.

"Bir üniversitede sosyoloji okuyorum. Diğer taraftan yan dal olarak felsefe bölümünde eğitim alıyorum. Yani iki bölümü aynı anda okuyorum. Bu biraz zor ama aslında seviyorum, hem okulumu da seviyorum."

Onu dinlerken, yüzündeki tedirginlikten tam kurtulamamış olduğunu fark ettim. Çok şey söyleyeceğini hissediyordum. Kendisi için çok sancılı geçen bir süreçten bahsedecek gibi duruyordu...

"Okulumda sıkıntılı giden hiçbir şey yoktu. Severek gidip geliyordum. Öğretmenlerimle aram iyiydi. Hatta okulumda hoşlandığım bir çocuk da vardı. Adı Can."

"Hı hı," diye mırıldanarak, dikkatle onu dinlemeye devam ettim. Sıkıntılı bir şey yoktu demesi, bana sıkıntılı bir şeylerin yakın zamanda gerçekleştiğini söylüyordu.

"Henüz ona açılamamış olsam da bir gün açılmayı düşünüyorum. Sadece kendimi henüz ona açılmaya hazır hissetmiyorum."

"Neden hazır hissetmiyorsun?" diye sordum, erkeklere nasıl bir yaklaşımı olduğunu öğrenmeye çalışıyordum.

"Kendime güvenmediğim için olabilir."

Ece'nin kişiliğini yakından tanımak için, annesiyle babasını da sormam gerektiğini hissedip ailesini sordum.

"Ayrılar. Ben annemle büyüdüm... Babam hafta sonları beni alırdı. Durumu iyiydi. Hafta sonlarımı onunla dışarıda yemek yiyerek, AVM'lerde gezerek geçirirken, hafta içlerini annemle ve annemin ailesiyle geçirirdim."

Can'a yaklaşımının babasıyla da alakalı olabileceğini bildiğimden, babasına yönelik sorularımı sormaya devam ettim.

"Ne zaman ayrılmışlardı?"

"Ben yedi ya da sekiz yaşlarındayken."

"Peki babanla aranız nasıl şimdi?"

"İyi, arayıp sorar ama duygusal bağımız çok yok. Oturup neler yaşadığımı babamla çok paylaşmam, paylaşamam. Biraz mesafeli biridir. Çünkü o da kendi babasıyla mesafeli büyümüş..."

Çoğu baba gibi, dedim içimden ve babaların bu yanlış tutumlarının çocukları üzerindeki derin etkisine yine sinirlendim. Bu görevini yerine getiremeyeceksen, babalığın neleri gerektirdiğini bilmiyorsan, ne diye baba oluyorsun diye bağırmak geldi içimden. Çünkü babayla arasındaki mesafesini aşamayan birçok çocuk, erkeklerle de o mesafeyi aşmakta zorluk çekebiliyordu. Tıpkı şu an Ece'de olduğu gibi...

"Aslında bunlar o kadar da önemli değil. Yani Can meselesi aslında şu an gündemim değil. Benim gündemim farklı... Farklı olmak zorunda kaldı," diyerek devam etti. Ellerini bacaklarının arasından çıkarıp bu sefer üst üste koydu, onlarla oynayıp duruyordu. O ellerine bakarken, yüzüme bakmamaya özen gösterdiğini fark etsem de onu dinlemeye devam ettim.

"Okulda başıma bir felaket geldi."

Gözlerini ellerinden ayırıp gözlerime bakmasını istiyordum, korkmamasını... Ama şu an ne anlatacağını bilmediğimden, bu beklentim de gereksizdi.

"Geçen hafta, okulun kütüphanesinde akşam saatlerinde çalışmaya gitmiştim. Araştırmam gereken birkaç konu vardı. Bu konuları ay sonuna kadar hazırlayıp yetiştirmem gerekiyordu. Bu yüzden de araştırmam gereken şeyler biriktiğinden işim biraz uzun sürmüştü ama bizim okulun kütüphanesi okulun öğrencilerine geç saatlere kadar açık olduğundan, bunu çok umursamadım... Zaten annem de okulda çalıştığımı biliyordu. Okulda ne olabilirdi ki? Ben de dalmışım, saat dokuz olmuştu. Sanırım okulda benim dışımda pek kimse kalmamıştı. Kütüphanenin penceresinden dışarıya baktığımda öyle görünüyordu. Ama bu beni çok da korkutmamıştı."

Okulda ne gibi bir felaket yaşanabileceğini düşünüp ihtimalleri art arda beynimde sıralamaya çalışırken, Ece'yi dinlemeye devam ediyordum.

"Saati fark ettikten sonra toparlanmaya başladım, çalışmaya evde devam ederim diye planladım. Kütüphane görevlisi de beni tanır ve bana güvenirdi. Senelerdir orada çalışırdım çünkü. Artık selamlaşır, konuşur olmuştuk. Bu yüzden o, benden yarım saat önce, sen kapatırsın diyerek kütüphaneden çıkmıştı."

Anlatmaya devam ederken başını yerden kaldırdı. Bu sefer de kendine odanın içerisinde, benim dışımda başka bir köşe belirleyip oraya odaklandı.

"Kütüphanede işlerim bittikten sonra oradan çıktım. Okulun içinde yürümeye başladım. Kütüphane, binanın en üst katındaydı. Merdivene ulaşmak için uzun bir koridordan geçmem gerekiyordu. Bu arada, zahmet olmazsa su alabilir miyim?"

Artık gözleri dolu doluydu.

"Tabii," diyerek oturduğum yerden kalkıp hemen Öykü'yü aradım. Öykü, çabucak suyu getirip Ece'nin önündeki sehpaya bıraktı. Bu arada ben de hafifçe iterek, peçeteliğin de yanı başında olduğunu işaret ettim.

Ece teşekkür edip konuşmasına kaldığı yerden devam etti.

"Merdivenlere doğru yürürken, okuldaki bir hocamı gördüm. Üzerindeki kıyafetler biraz dağılmış gibiydi, gömleğinin düğmeleri fazlaca açıktı ama yine de garip durmuyordu. Ondan bir ders almıştım. Beni durdurup, yaklaşarak 'Neden bu saatte okuldasın?' diye sordu. Ben de kütüphanede işim olduğunu söyledim. Sevdiğim ama çok da yakın olmadığım, bir şeyler konuşup danışmadığım bir hocaydı. 'Ne işin vardı, ne üstüne çalışıyorsun?' diyerek benimle konuşmaya başladı. Elinde de karton bir bardak vardı, bir şey içiyordu. Ne içtiğini göremiyordum ama alkole benziyordu çünkü nefesi alkol kokuyordu, sanırım viskiydi. Kendisine ilgilendiğim şeyleri anlattım. Anlatırken bir yandan da dışarıya bakıyordum, hava çoktan kararmıştı. Taksiyle mi otobüsle mi gitsem diye düşünüyordum bir yandan... Ben anlatırken, bana biraz daha yakınlaşmaya çalıştı. Onun yakınlaşması ani olduğundan, anlamlandıramadım. Beni dinlerken o da boynuma bakıyor, derslerimle alakalı cevapları boynuma yaklaşarak veriyor, saçlarımı elleriyle düzeltmeye çalışıyordu..."

Bir taciz vakası dinleyeceğimi hissetmiştim. Artık danışanımın gözlerinde yaşlar yoktu, şimdi korkusuzca adamın yaptığı pisliği kusmak üzereydi. Çünkü suçlunun kendisi olmadığının bilincinde, akıllı birine benziyordu. Dışarıdaki, "Kadın tahrik etmeseymiş o zaman!" diye düşünen cahil ve tehlikeli topluluğun yaptığı gibi, sağlıksız ataerkil düşünceleri içselleştirmemişti.

"Yakınlaşması devam ederken, 'Ben de yardım edebilirim sana,' diyerek konuşmaya başladı. 'Teşekkür ederim hocam ama ben gitmeliyim,' dedim. Ellerimde kitaplarım, onu ve bedenini aşmaya çalıştım. Gittiğim tarafa doğru o da yön değiştirdi. 'Nereye canım, dur bi,' diyerek kitaplarımı elimden alıp yere bıraktı. Okulda kimse olmadığından, bağıramadım da. Ne yapacağımı bilmiyordum. Çünkü adam sarhoştu! Bunları yaşarken, donup kaldığımdan ve karşımdaki kişi hocam olduğundan ne yapacağımı kestiremiyordum. Beynim durmuş gibiydi. Karşımdaki insan hem saygın biriydi benim için hem de aşağılık biri. Gerçekten hareketsiz kalmıştım... Beni duvara yaslayıp bedenini üzerime resmen gömerek, hızlıca dudaklarıma yapıştı ve ellerini, giydiğim taytın üzerinden klitorisime götürdü. Duvara yapışıp kalmıştım. Sesini çıkaramayan bir zavallıydım o an. Dudaklarıyla boynuma ve kazağımı çıkarıp göğüslerime doğru inmeye çalışırken, 'Hocam lütfen,' diyerek bir anda sesimi yükselttim. Yeterince bağıramasam da, sesim boş okulun koridorunda yankılanınca bir anda durdu."

Ece'yi dinlerken, onun okuduğu okulu ve soruşturulması

gereken adamı araştırmak istemiştim. Ama şimdilik bu adamla değil, Ece'yle ilgilenmem daha doğruydu. Anlatmaya devam ederken gözleri yine yaşlarla doldu.

"İnanır mısınız? Bu, dünyanın her yerinde her toplumda birçok kadının başına geliyor, birçok kadın aynı durumu yaşıyor derlerdi de, yine de benim başıma geleceğini düşünmezdim."

Bu sefer gözyaşları durmadan akıyor, peçeteleri sehpanın üzerinden hızlıca çekip duruyordu. Onu dikkatle dinlemeye devam etmeliydim çünkü yaşadığı travmanın zehri, artık dışarıya taşıyordu...

"Onun, 'Ne yapıyorum ulan ben?' gibi bir cümle kurduğunu hayal meyal hatırlıyorum. Sonra da 'Hadi git sen,' gibi bir şey dediğini. Ben de yerdeki kitaplarımı alıp, koşar adımlarla arkama bakmadan merdivenlerden aşağı indim. Hayatımın en korkunç günüydü. Ama bir sosyoloji öğrencisi olarak, çok önemli bir şeyi de görmüş oldum. Eğitimli insanların da korkunç şeyler yapabileceklerini!"

Ece aklı başında bir kızdı, bu çok ama çok belliydi. Peki bu olayı başka birine anlatmış mıydı?

"Hayır, kimseye anlatmadım..."

"Peki bir daha o hocanla karşılaştın mı?"

"Karşılaşmadık."

Bir yandan seansın süresi de bittiğinden, Ece'ye, "Zor, çok zor bir şey yaşamışsın. Ama bunun üstesinden birlikte geleceğiz. Haftada iki kez bana gelmen gerekiyor. Burada konuştuklarımız, bu dört duvar içerisinde kalacak ve seninle konuştuklarımız üzerine daha sonra düşünmen gerekecek... Bunu bir süreç olarak düşün. Her şey, eskisinden de güzel olacak, ben senin bu süreci atlatacağına inanıyorum," dedim.

Ayağa kalkarken, bir an ona sarılmak geldi içimden. Ama Ece şu an her şeyden çok anlaşılmaya ihtiyaç duyuyordu. Tıpkı dünyanın her yerinde, tacize ve tecavüze uğrayan insanların ihtiyaç duyduğu gibi.

Ben masama ilerlerken, o kapıyı açmadan evvel birden bana doğru döndü ve ağlamaktan şişen gözleriyle bakarak, "Okuduğum okulu da, bunu bana kimin yaptığını da sormadınız?" dedi.

Onu, istemediği bir şeyi söyleme mecbur bırakmamak için ertelemiştim sorularımı. Yoksa zamanla bu konunun üzerine gidecek ve Ece'ye yaşadığı olayın hukuksal sürecini de anlatacaktım...

"Evet, hepsini uygun bir zamanda sormayı ve dinlemeyi planlıyordum. Ama yine de şimdi söylemek istersen söyleyebilirsin," dedim.

"Bana tacizde bulunan adam sizin sevgilinizdi," dedi.

"Tolunay Karaca."

18

Ofisten nasıl çıktığımı, karşıma çıkan kapıları nasıl itip açtığımı, arabama nasıl koştuğumu, o arabayı nasıl çalıştırdığımı, çantamdan anahtarı nasıl çıkardığımı, arabayla eve giderken neler düşündüğümü, kendimi nasıl toparlayacağımı, trafik ışığının kırmızı mı yeşil mi sarı mı yandığını, aç mı tok mu olduğumu, üzerime giydiğim şeyin üzerimde olup olmadığını, kulağımın duyup duymadığını, saatin yedi mi sekiz mi yoksa dokuz mu olduğunu, Ece'ye ne dediğimi, kendime ne söylediğimi, Öykü'ye ne anlattığımı, kafamın içinde konuşan Freud'a, Lacan'a, Yalom'a ne cevap verdiğimi, dünyaya hangi lafları savurduğumu; hiçbirini hatırlamıyordum.

Şu an gözlerimde yaşlarla, Tolunay ile senelerce paylaştığımız odadaydım. Seyahatlerde kullanmak için aldığım bavulumu açtım, kıyafetlerimi hiçbir düzen olmadan, kırışıp kırışmamalarını umursamadan içerisine dolduruyordum. Hızlı hızlı, bu evden kaçmak istercesine. Hayır, kaçmak güçsüz bir kelime, kurtulmak istercesine. Çünkü benim kaçacak bir şeyim yoktu ama kurtulmam gereken çok büyük bir şey vardı. Eşyalarımı doldururken, kendimi de bu bavulun içerisine tıkıp, fermuarımı hızla kapatmak ve bu evden de, bu evin içindeki anılardan da çok uzağa gitmek istiyordum. Tolunay böyle bir şeyi nasıl yapardı? O kadar kendini geliştirmiş, okumuş, kendine birçok şey katmış bir erkek nasıl bir öğrenciye tacizde bulunur ve sonra bunu hiçbir şey yapmamış gibi hafızasından silerek yaşamaya devam ederdi? Bunu nasıl sindirirdi? Nasıl yaptıklarından sonra evde hiçbir şey olmamış gibi davranırdı? İnsanlar nasıl hiçbir şey olmamış gibi yaşayabiliyorlardı? Alışkanlık mıydı bu? Karakter miydi? Bu sonradan mı öğrenilirdi, yoksa doğuştan mı gelirdi? Her şey bu kadar nasıl kolay olabilirdi? Bir kadını, bir erkeği, bir canlıyı böyle üzen biri nasıl gülerek yaşayabilirdi? Nasıl bir daha rahat rahat benimle sevişmek isterdi? Bu kişiyi ben nasıl yatağıma almıştım? İçime almıştım? Kalbime almıştım? Nasıl, nasıl, nasıl?

Ben şu an Tolunay'ı değil, birbirimizle paylaştığımız bedenlerimizi, parayı, bilgi birikimlerimizi, anılarımızı, çocukluklarımızı, yediklerimizi, içtiklerimizi, birbirimize gösterdiğimiz merhameti, vefayı, yardımı değil, yani tanıdığım birini değil, hiç tanımamış olduğum birini terk etmeye hazırlanıyordum. Ben Tolunay'ı değil, başka birini sevmişim. Kesinlikle sevdiğim Tolunay değilmiş. Yabancı biriymiş. Ben Tolunay'ı tanımamışım ki! Ne salakmışım, ne aptalmışım. Kafamı duvarlara vurmak istiyordum, hatta vuruyordum. Yine de yetmiyordu. Hayır, kendime zarar vermeyecektim. Benim bir suçum yoktu! Sevmekten başka suçum yoktu. Sevince, gözlerime inen perdelerden başka suçum yoktu. Aptallığımdan başka suçum yoktu. Peki bu yabancının adı neydi? Bilmiyordum. Bu Tolunay, benim tanıdığım Tolunay değildi. Benim tanıdığım, kafamda yarattığım bir karakterdi demek ki. Ve demek ki ben onu sevmiştim. Ben bir karakter yaratmıştım ve bunu Tolunay'da bulduğumu sanmıştım. Bu aşk değildi! Ben hiç âşık olmamışım. Ya da herkesin yaşadığı aşk böyle bir şey miydi? Kafanda yarattığın bir karakteri, hiç alakası olmayan bir insanın içinde aramak mıydı? Makyajım akmış, yüzümün her yerine bulaşmıştı ama ben aynaya bakmaya devam ediyordum. Çünkü o aynadan biri bana, "Bak işte, tanıdım sandığın birinin içinden hiç tanımadığın biri de çıkar ve sen böyle kalakalırsın. Yüzün gözün dağılır. İnsanları tanımak için okuduğun psikoloji de yetmez, felsefe de, sosyoloji de. Çünkü bilgi bir yerde sınırlı kalır, tecrübe ise bilginin önüne geçer. Duygu, bilginin önüne geçer. Ama unutma ki, toparlanmak için bazen dağılmalısın!" der gibi bakıyordu. Hem ağlıyordum, hem de bir yandan güçlü olmak için kendime öğretiler sunuyordum. Çünkü ben her şeyin üstesinden böyle gelmiştim. Böyle yapmak zorunda kalmıştım. İsteyerek yapmadım ilk başta, zorunda kaldığım içindi hepsi ama zamanla bu zorunluluk, benim tedavim olmuştu... Kendimle konuşa konuşa, aynalara sarıla sarıla atlattığım acılar aklıma geliyordu. Tek başına büyümenin, anne baba nedir bilmemenin sonuçlarından biriydi bu. Kendi kendine öğütler vermek, kendi kendine yardım etmek...

Çoğu şeyimi bavuluma koymuş olmalıydım. Şimdi gidip yüzümü yıkamalıydım. Oturduğum yerden kalkıp banyoya doğru gittim. Yüzümü yıkarken, bir yandan da diş fırçamı, macunumu, kremlerimi, fön makinemi; her şeyimi aldım. Tek bir saç telimi bile bu evde bırakmak istemiyordum. Ne kendimi hatırlatmak istiyordum, ne de onun bana kendini hatırlatmasını. Beni hemen unutsun istiyordum...

Yüzümü yıkadıktan sonra biraz sakinleşmiş olmalıyım ki, kapanan telefonumu ancak şarja koyabildim. Açtığımda Tolunay'ın iki kez aramış olduğunu gördüm. Lanet olsun! Onunla konuşmak, onu görmek istemiyordum. Peki bu gece ne yapacaktım? Bavul karşımda duruyordu. "Nereye gideceğiz?" der gibi bakışıyorduk. Cevabı bulmak neyse ki zor olmadı çünkü biri vardı. Ne olursa olsun benim için orada bekleyen biri vardı. Lidya. Evet, Lidya'ya gidecektim. Üzerimi bile değiştirmeden, son kez odaya baktım. Bu odada yaptığımız şeyler, bu odaya ilk girişim, bu odayı birlikte dekore edişimiz, aldığımız yatak, perde, minder, ayna, makyaj masam, onun dolabı, benim dolabım, Tolunay'la buradaki ilk sevişmemiz, hepsi aklıma geldikçe midem bulandı. Nasıl biriyle seviştiğimi, nasıl biriyle öpüştüğümü, bunu kendime nasıl yaptığımı düşündükçe kahroluyordum. Sinirle bir dolabın camını kırmış olduğumu ancak geçirdiğim sinir krizinin sonrasında algılayabildim. Pişman değildim. İyi ki de kırmışım! Kırılsın. O, bir insanın, bir kızın, bir canlının canını kırdı, o kızın hayallerini kırdı, cinselliğe olan algısını bozdu, gönlünü kırıp un ufak etti. Ben onun evindeki bir camı kırmışım, çok mu? Gidip içeriyi de dağıtacaktım. Odadan çıkıp salona ilerledim. Salondaki tabloları yere attım. Bunları aldığımız seyahati hatırlıyordum. Bu tabloları merdivenlerden eve nasıl taşıdığımızı hatırlıyordum, kapılardan geçirmek için neler çektiğimizi hatırlıyordum. Ama artık hatırlamakla işim bitti. Ona ait hiçbir şey bilmek istemiyordum. Masanın üzerindeki kitaplarını yerlere fırlattım! O bunu hak etti ve ben hak ettiğinin çok azını yapmıştım. Ağlamaya devam ettim, duramıyordum. Artık gitmeliydim. Daha fazla kalmamalıydım. Ağlayacaksam da burada olmazdı... Burası artık bana ait değildi. Buradaki hiçbir şey Derin değildi...

Derken, kapının dışından bir ses geldi. O sesle birlikte kilidin içinde anahtar döndü. Tolunay! Hızlı adımlarla bavulumu almak için odaya koştum. Bavulumu sürükleyip tekrar içeri döndüm.

"Neler oluyor Derin?" dedi, utanmadan. "Bu evin hali ne? Ne yapıyorsun? Nereye gidiyorsun?"

"Sen neler olduğunu çok daha iyi bilirsin. Sen çok adi birisin. Sen var ya, insan denilen yaratığın yüz karasısın, en korkunç halisin."

Gözlerinde şaşkınlıkla, sanki yaptığı şeyi unutmuş ya da hiç yapmamış gibi karşımda duruyordu. Onun bu hiçbir şey olmamış gibi, her şeyden habersiz tavrından anlamalıydım. O gün neden okula gitmediğinden, bana neden hep iyi davrandığından anlamalıydım. Bunun altında başka şeylerin yattığını anlamalıydım. Salak Derin. Ama nereden bilecektim ki? Hayır, suçlu ben değildim.

"Çabuk çekil önümden, seninle konuşmak dahi istemiyorum. Konuşulmayı bile hak etmeyen birisin."

Bu sözle gözlerimden akan yaşlar hızlandı, gözyaşlarımın bavulumun üstüne aktığını görüyordum. Tolunay bu sefer, her şeyi öğrendiğimi anlamış olmalı ki, "Lütfen," dedi. İki eliyle gitmemem için beni tutmaya çalışırken, "Ellerini üzerimden çek çabuk," diyerek geri çekildim ve bu kez sertçe onu geçip evden çıktım. Arkama bile bakmadan, hızlı adımlarla asansörü bile beklemeden, merdiveni hızla inmeye başladım. Arkamdan kapıyı kapatmadığımdan, evin ışığı merdivende önüme düşüyordu. Apartmanda bavulum o kadar çok ses çıkarıyordu ki, muhtemelen herkes bir şey olduğunu anlayacaktı. Ama umrumda değildi. Benim bir suçum yoktu. Suçlu biri varsa o da Tolunay'dı. Onu suçuyla baş başa bırakmaktan başka çarem yoktu. Bu yükü taşıyamazdım. Bu suça sarılamazdım, bu suçla sevişemezdim. Bu suçu sadece terk edebilirdim.

Ve terk ediyordum.

Dışarıda, yolun ortasında, bavulumu önüme doğru alıp çantamdan telefonumu çıkarmaya çalıştım. Lidya'nın numarasını bulup hemen aradım. Ellerimin titrediğinin farkında bile değildim. Ne zamandan beri titriyorlardı acaba? Uzun süre çaldıktan sonra, Lidya telefonunu son anda açtı.

"Evde misin?" diye sordum, ağlamaklı sesimle.

"Derin. Sakin ol. Ne oldu? On beş dakikaya evde olurum," dedi.

"Tamam, ben de yarım saate gelebilirim zaten. Tolunay'ın içinden başka biri çıktı. Artık onunla yaşayamam. Bir süre sende kalabilir miyim?"

19

1 ay sonra...

Başkalarına söylediğin şeyler, kendi yapmak istediğin ama yapamadığın şeyler mi oluyordu acaba? "Onu aklından çıkar artık, yeter," derdim mesela. Hâlbuki ben kendi aklımdan öylece kolay çıkaramazdım. "Amma da büyüttün," derdim. Hâlbuki büyüttüğüm şeylerin kendim bile farkında olamazdım... Belki bu her zaman geçerli değil ama sanırım genelde böyle.

"Bak, eğer ona olan aşkının derininde başka bir şeyin yattığını öğrenirsen, aşk dediğin şeyin sadece simgesel ve çokça nesnesel bir şey olduğunu, senin zihninin onu nesneye dönüştürüp anlamlandırdığını anlarsın aslında. Çocukluğuna uğrarsan da, kaynağını görürsün..."

Senelerce bunları okudum. Senelerce bunları cevaplamam için önüme verilen sorulara, uzun uzun benzer cevaplar yazdım... Sonunda da çok güzel bir dereceyle mezun oldum. Mezuniyet, hayatın kendi derslerinden geçmeye yeter miydi? Yoksa tekrar tekrar çalışman mı gerekirdi? İşte orası muammaydı...

Tolunay ile ilişkimiz biteli bir ay oldu. Bu bir aylık süre zarfında, Tolunay'dan ayrılır ayrılmaz karar verdiğim gibi, Lidya'da kaldım. Ona ilk gittiğim ânı hatırlıyorum da, gerçekten perişan haldeydim. Evinin merdivenlerini nasıl güçlükle ve çaresizlikle çıktığımı hatırladıkça içim burkuluyordu. Hüzünleniyordum. Ama geçti... Artık kendimle bunları konuşmuyordum.

Ece'yle bu süreçte terapiye devam ettik. Onunla görüşmeden önce, içimde, kendi işimde profesyonel olmam gerektiğini kendime hatırlattım. Gecelerce onu anlamaya zorladım kendimi. Kendimden çok onu düşündüm. Belki en zor seanslarımdan birkaçını onunla yaptım ama Ece'ye avukat tutması için yardımcı oldum, üstelik psikolojisini iyileştirmek için ondan hiçbir ücret talep etmedim. Bu süre zarfında, belki de Tolunay'ın yarattığı utancı kendi kendime onarmaya çalıştım... Davasında onun yanında olmaya devam edeceğime dair hem ona hem de kendime söz verdim.

Lidya'ya gelince... Ona olayı değiştirip, "Tolunay'la artık yürümüyor," diye anlatsam da, gerçekleri diğer birçok gerçeğim gibi içime gömsem de, acımın geçtiğini ve çokça hafiflediğini hissetmesini istedim. Lidya'ya gerçeği anlatsam bir şey olmazdı ama Tolunay'a bakışı o kadar çok değişirdi ki, Lidya için ayrıca bir pişmanlık daha yaşardım. Ona anlattıktan sonra, suratında belirecek ifadeler yüzünden uzun bir süre daha uykusuz gecelerim olabilirdi. Bu yüzden ona anlatmadım. Mahremiyet, sınırlarını koruyabilmen gereken özel bir yerdi. Eğer o sınırlar aşılırsa, bir süre sonra sana ait o yerin çöktüğünü ve artık senin olmadığını görürdün. Yalanımın bununla ilgisi olmasa da, mahremiyetimin çoğunu kendim için saklamak istememin bununla çok alakası vardı.

Ayrıca üzüntünle üzülenleri üzmemenin, gerçek sevginin bir ifadesi olduğunu düşünüyordum.

Lidya'da kaldığım sürenin üçüncü haftasında, artık bir eve çıkmam gerektiğini hissetmeye başladım. Lidya ile her şey güzeldi ama kendi özel alanımın olmasına alışmıştım. Buna muhtaçtım. Özel alan, kimsesizler yurdunda büyürken, en çok özendiğim şeydi. Hayat bana bu armağanı verdiğindeyse, bunun hem ne kadar değerli hem de ne kadar özel bir şey olduğunu anlamıştım. Bu, ancak yokluğunda değeri anlaşılabilen, güzel bir şeydi. Kendi yatağımda uyumayı özlüyordum. Uyumadan önce, uyuyamadığım için kendi evimin tavanına bakmayı özlüyordum. İnsan bakacağı tavanı bile özler miydi? Eğer çocukluğunda kendine özel alanı olmamışsa, özlerdi... Kendi evimin mutfağında yemek yemek istiyordum. Kendime yemekler yapmak istiyordum. Beni en çok iyileştirecek olan şeyin yine içimdeki güç olacağını biliyordum.

Lidya, her ne kadar tek başına yaşadığı için beni dilediğim kadar evinde misafir etmek istese ve bu süre zarfında beni güzel yemeklerle, güzel şarap geceleriyle, hatta güzel hediyelerle çok mutlu etse de, kendi ayaklarımın üzerinde durma, kendi evimde yaşama kararım kesindi. Kararımı değiştirmeye çalışıp, "Bu kadar telaşlanmanı anlamıyorum, kal biraz daha, sonra bakarız," dese de, ben çoktan harekete geçmiştim.

Birkaç gün internetten evlere baktım. Bu ev bakma işinin ne kadar sıkıcı olduğunu da bu süreçte anladım ve neyse ki, araştırmalarımın üçüncü gününde, beğendiğim birkaç evi gidip gezdim. İlk iki evi hiç beğenmesem de gezdiğim son ev o kadar içime sindi ki... Apartmanın girişindeki, "Welcome To Your New Life" yani "Yeni Hayatına Hoş Geldin" yazısı bile, bu evi seveceğimi söyler gibiydi. İçeri girdiğimde, duvarları yeni boyanmış, mutfağı yeni yapılmış, yepyeni bir ev karşıladı beni. Ferahtı. Telaşsızdı. Rahattı. Evin içinde çocuklar gibi koşmak istiyordum! Bu ev, belki de yepyeni bir Derin'e tanık olacaktı! İç dünyam nasıl da dış dünyama yansımıştı. Salondaki yere kadar camlar, etraftaki yeşil alanlar, kafamı pencereden dışarı uzatınca burnuma çarpan temiz hava ve bana yetecek kadar büyüklükte iki oda... Hem site olduğu hem de bahçesinde az sayıda bina barındırdığı için kalabalıktan uzak olması, tenha oluşu, ofisimdeki gibi beyaz rengin evin içine hâkim olması! Her şeyi mükemmeldi. Emlakçı Emrah Bey'le biraz pazarlık yaptıktan sonra, evi hemen tuttum.

Emrah Bey'le kontratı imzaladıktan sonra ayrıldık. Geriye sadece ev için eşyalar almak, Lidya'daki eşyalarımı taşımak ve yapılacak birkaç ufak iş kalmıştı. Hiçbiri gözümde büyümüyordu, aksine hoşuma gidiyordu.

Lidya'ya haberleri vermek için telefonumu elime aldığımda, ekranda bir bildirim gördüm. Neredeyse bir aydır ortalarda görünmeyen Doruk Yücedağ bir e-posta yollamıştı. Açmadan önceki heyecanım, yaşadığım acıların üzerine ilaç gibi gelmişti. İçimde bu mesaja heyecanlanmamam gerektiğini söyleyen bir sesle, heyecanımı yaşamam gerektiğini söyleyen ses kavga etse de; yüzümde gülümsemeyle okumaya başladım. İçimde uçuşan değil de ağzı kulaklarında gülen bir kelebek vardı sanki...

Gönderen: dorukyucedag@yucedag.com.tr

Öykü Hanım'dan az önce randevu aldım.

Yarın görüşmek üzere.

Bir kelebeğin kanat çırpışının, dünyanın öbür tarafındaki insanların hayatlarını etkilemesi gibi, bir insanın varlığı da benim hayatımı bu kadar çok etkileyebilir miydi?

Sanırım yeni hayatıma hoş geldim...

20

Lidya'daki eşyalarımı yeni evime taşıdığım gün, onunla birlikte koştura koştura birkaç yeni eşya almaya gittik. Tolunay ile yaşadığımız evdeki birçok eşyamı almamış, hepsini orada bırakmıştım; o eve de, Tolunay'a da bir daha dönmek istememiştim. Artık kendi kendime, yeni eşyalarla yeni bir hayat kurmak istiyordum. Henüz her ihtiyacımı alamamış olsam da, en azından şu an bir yatağım, büyük bir koltuğum ve salona aldığım masayla sandalyelerim vardı. Televizyon uzun süre olmasa da olurdu, biliyorum ki izlemesem de çok şey kaybetmezdim. Eğer ülkede bilmem gereken bir şeyler olursa, buna sosyal medyadan da ulaşabilirdim. Şimdilik en önemlilerini hallettiğimi düşünüyordum. En güzeli de, dün kendi evimde uyudum. Bu hengâmenin ortasında, kendi evimde uyuyabilecek kadar her şeyi hızlı halledebildiğim için de kendimle gurur duyuyordum. Küçükken de her şeyi hızlı hallederdim zaten. Okulda hocalarımızın resim dersi için alınmasını istediği malzemeleri koşarak kırtasiyeden alır öyle dönerdim yurda... Hemen başucuma koyar, kullanmak için hevesle beklerdim. Bu belki işimi garantiye almaktı, belki de bir daha hiçbir zaman hiçbir şeyin eksikliğini kendime yaşatmak istemememdendi. Annemle babamın eksikliği üzerimde yeterince yük ve ağırken, bir de buna başka şeyler eklemekten kaçınmaktı...

Şimdiyse yeni evimin yeni boyanmış tavanındaki avizeme bakıyordum. Bugün, uzun zamandan sonra Doruk'la yapacağım seansı düşünüyordum. Düşünürken, pencerenin olduğu tarafa doğru döndüm ve yorganıma biraz daha sarıldım. Hava bugün güneşli ve sanki benim içim de aynı renkteydi. Bir de açıklıkla, utanmadan söyleyebilirim ki heyecanlıydım. Yüzümde tatlı bir gülümseme bile vardı! Çünkü sanırım bir ayı geçti ve Doruk bu süre zarfında hiçbir zaman randevu almadığı için onunla karşılaşamadık... Bakalım bugün neler olacaktı? Yataktan kalkıp yüzümü yıkadım, henüz odama dolap alamadığım için kıyafetlerimi bavulumdan çıkarıp ütüledim. Neyse ki Lidya'da fazladan bir ütü olduğundan, ütü almama gerek kalmayacaktı. Kıyafetlerimi ütülerken, Doruk'la bugün neleri konuşmam gerektiğini kendime soruyordum. En son ona çözümlemelerimden bahsetmeye çalışmış, onun rüyasını dinlemiştim. Beni rüyasında görmesine sevinmiş ancak sevinmemiş gibi yapmıştım. Sonra da sevgilim olduğunu ona söylediğimde kendini geri çektiğini görmüş ve bunu gecelerce anlamlandıramamış ama sonunda birkaç çıkarım yapmıştım. Her ne kadar yaptığım çıkarımın sonu benim için imkânsız gibi görünse de, şu an hissettiğim duyguyu kendime itiraf etmek zorundaydım. Heyecanlıydım. Aklımda bu heyecandan başka hiçbir şey yoktu.

Kahvaltımı edip, bugün Doruk'la saat iki buçuktaki randevuma yetişebilmek için, bir buçukta evden çıktım. Ofise vardığımda, Lidya beni lobide karşıladı ve onunla sohbet etmeye başladık.

"Ne kadar uzun süre oldu seninle görüşmeyeli?" dedi gülerek. Ne güzeldi, üzerinde çok tatlı krem rengi bir elbise vardı.

"Niye, özlemedin mi beni? Dün 'Ne olur kal, gitme,' diyen sen değildin sanki... Yalvardın be!" diyerek ona karşılık verdim.

"Şaka yapıyorum şapşal, özledim tabii ki... Şuraya geçelim mi, danışanların önünde konuşmayalım," diyerek beni olduğumuz yerden başka bir yere çekiştirdi.

"Nasıl oldun? Tolunay'dan haber var mı?"

"Gayet iyiyim... İnsan kendi kendinin psikoloğu da olabiliyormuş. Hatta belki de en iyi psikolog kendi kendini çözendir. Ve galiba artık o seviyedeyim!"

Bunu samimiyetle, içimden gelerek söylemiştim.

Lidya, "Çok sevindim," diyerek yüzünde bir rahatlamayla baktı bana. Ancak ardından, "Tolunay sorumu cevaplamadın?" diyerek, aynı soruyu tekrarladı.

"Artık kendisi mevzubahis olmasın lütfen. Cümle içinde bile kullanmayalım adını. Onun hakkında konuşmak istemiyorum. Bu şahsı lütfen bana bir daha sorma," dedim. Tolunay'dan ona çok az bahsetmem, ısrarla onun hakkında soru sormasına sebep oluyordu, biliyordum. Dün gece de yine mesajla benzer şeyler sormuştu ancak bu konuyu Lidya'nın zihninde de bitirmeye kararlıydım. Her ne kadar o, gerçekleri bilmediği için, çok mühim sebepten ayrılmadık diye düşünse bile.

Cümlem biter bitmez, Lidya'nın beni çektiği köşedeki su sebilinin arkasından, su almak için bize doğru yürüyen Doruk'u gördüm. Dışarıdan, toplantısına ara vermiş yakışıklı bir şirket yöneticisine benziyordu bugün. Onu uzun süredir görmediğim için hiç olmadığım kadar heyecanlandım. Sabah hissettiğim heyecan bunun yanında hiçbir şeymiş. Lidya'ya heyecanımı çaktırmamaya uğraştım.

"Selamlar Doruk."

Hem gülümsüyordum hem de mesafeliydim.

Oysa onun yüzündeki gülümseme, tıpkı ilk karşılaştığımızdaki gibi. Yeniden sıcacık. Bu süre zarfında sanki tekrar eski ısısına kavuşmuştu sanki. Doruk bugün bir mevsim olsaydı bahar olurdu...

"Selamlar Derin, nasılsın?" dedi, elindeki plastik bardağa sebilden su doldururken.

"İyiyim teşekkürler," diye cevaplayıp hızlıca Lidya'ya doğru döndüm.

"O zaman çıkışta tekrar konuşuruz canım."

"Tamam. Doruk Bey senin danışanın sanırım değil mi?" diye sordu ve Doruk'u cümlesi içinde geçirdiği için kısa bir 'merhaba' gülümsemesiyle selamladı. Doruk da ona aynı şekilde karşılık verdi.

"Evet, benim danışanım. Birazdan randevusu var."

Nedense, Lidya, Doruk'a olan anlamlandıramadığım duygularımı hissedecek diye ödüm kopuyordu.

Lidya, "Ben yerime geçiyorum, görüşürüz," dedikten sonra uzaklaştı. Ben de Lidya gittikten sonra yüzümü Doruk'a döndüm.

"Şimdi içeri geçebiliriz dilersen."

"Buyurun lütfen," diyerek bana öncelik verdi. Uzun ve güzel elleriyle yaptığı bu kibarlık o kadar hoşuma gitti ki, küçük bir kız çocuğu gibi gülümseyerek önüne geçtim.

Ardından, odamın kapısını açarken duyduğum heyecanı kendime bile belli etmemek için derin bir nefes aldım. Arkamda Doruk'un kapıyı açışımı beklemesi, nefes alıp verişini neredeyse ensemde hissediyor oluşum, içimi farklı bir duyguyla kapladı. Şu an ne Tolunay ne de başka bir şey umrumdaydı. Tek istediğim duygularımı kimsenin fark etmemesiydi... Buna kendim de dahildim. Ama biz senelerce insanın duygularını bastırmaması gerektiğini öğrenmemiş miydik?

Doruk yerine oturduktan sonra, onun bugün sanki bir iş görüşmesine gidecek gibi giyinmiş olduğunu tekrar fark ettim. Üzerinde beyaz gömleği, lacivert ceketi ve ona uyumlu lacivert pantolonu vardı. Her haliyle hoş görünmek zorunda mıydı?

"Ceketimi çıkarıp, şuraya bıraksam olur mu?" Koltuğun yanının müsait olup olmadığını sordu.

"Tabii, bırakabilirsin," dedim. Üzerindeki ceketi çıkardıktan sonra, beyaz gömleğinin içinde gözüme ilişen kaslı kolları ve geniş omzu, bana uyumak için en huzurlu yermiş gibi göründü. Bu fikri kafamdan atmak için, "Ceketi şuraya da alabilirim," diyerek ona doğru yaklaşırken, bacaklarım Doruk'un uzun bacaklarına değdi. Ceketi almaya çalıştığım saniyeler boyunca, oradan hiç ayrılmak istemedim. İlk defa ellerim dışında onun teninde bir yere değdiğimi fark ediyordum. Bacaklarımız ilk defa tanışıyordu. Ve sanırım birinin bacaklarına değmek hiçbir zaman bu kadar güzel hissettirmemişti... Ceketini aldıktan sonra, kapı eşiğine kadar yürüyüp oradaki askıya astım. Bu kısa tanışıklığın sıcaklığını fark etmemiş olması için dua ettim.

"Ee, ne var ne yok?" diye söze başladım ve Doruk'la yaptığımız görüşmelerde oturduğum köşeme geçtim. Danışanlarımın içinde, en çok Doruk'a yakın oturduğum aklıma geldi bir an. Şu an yaptıklarımla, bu gece sağlam bir şekilde hesaplaşacağım diye geçirdim içimden.

"İyiyim ne olsun, sende ne var ne yok?"

"Hiç, ben de sevgilimle ayrıldım, yeni evime taşındım, kendime yeni bir düzen kurdum," demek isterken, "İyiyim ben de. Koşturmaca işte," diye cevapladım.

"Güzel... Sanırım bir aşk acısının içindesin sen de," diyerek Lidya ile sohbetimizi duymuş gibi konuştu.

Onun nasıl öğrendiğini anlasam da kaşlarımı çatıp yine de sordum.

"Nereden biliyorsun?"

"Lobide otururken istemeden kulak misafiri oldum," dedi, yüzünde biraz muzip biraz da utangaç bir ifadeyle.

"Evet, doğru duymuşsun," dedim. Doruk'un bana tekrar ilk gün olduğu gibi gülümsemesinin altında yatan sebebi şimdi daha iyi okuyabiliyordum. Sanırım gerçekten benim biriyle ilişki içinde olmam yerine, yalnız olmamdan daha çok hoşlanıyordu.

"Sanırım şimdi bir ay ara vermeden seanslara devam edebilirsin," dedim ben de, korkusuzca. Bu sözümle aslında aramızdaki psikolog-danışan ilişkisini ihlal ettiğimin farkındaydım. Ama onun meydan okumasına cevap vermek istemiştim. Böyle bir şeyi daha önce hiç yaşamamış olduğumdan, kendimi de cevaplarımı da acemi ve profesyonellikten çok uzak buluyordum. Profesyonel olmayan her davranışımdan sonra içimi sıkıntı kaplıyordu.

"Peki o zaman neler yapıyorsun Derin?"

Yüzünde serseri bir gülümseme oluştu ve konuşmaya devam etti.

"İşlerim dolayısıyla gelemedim bunca zaman," derken, sanki yalan söylediğini gülümsemesiyle de onaylıyormuş gibi görünüyordu.

"Dürüstlükten yana olduğunu sanıyordum oysa ki," dedim. Kendimi hiç bu kadar açık oynarken yakalamamıştım.

"Gerçekten... Şaka değil. Birçok işim vardı. Özellikle babamın üzerime yıktığı işler, son zamanlarda çok yoğundu bu durum. Psikoloğa gelecek vakit bulamadım diyemem tabii ama kafa bulamadım diyebilirim."

Bu sefer yüzündeki gülümseme gitmiş, yerine ciddi bir ifade gelmişti. Bense hâlâ bir danışanımla bunları konuştuğumuza inanamıyordum...

"Peki... Nasıl gidiyor her şey?" diye konuyu değiştirmeye çalıştım. Onun, benim yalnız olmamdan hoşlandığını artık tamamen anlayabiliyordum. Bu yüzden sevinmesi, içimde hem güzel hem de sıkıntılı bir duygu yaratmaya devam ediyordu. Bu konuyu onun kafasında da uzatmamalıydım. Benim yalnız olmamı istemesinin altında ne yatıyordu? Bunu irdeleyebilirdim ama onun kafasından bunu atmak ilk önceliğim olmalıydı. Ama içimden, onun yanındaki koltuğa geçip güzel elleriyle oynamak, gömleğinin düğmelerinin arasından vücuduna dokunmak, dokunurken yavaşça kafamı onun omzuna yaslamak ve bacaklarımı bacaklarının arasına yerleştirip saatlerce öyle durmak ve sonra da başımı kucağına koyarak, ellerini saçlarımda gezdirmesini rica ederek uyumak geçiyorken nasıl yapacaktım? Hem bu kafamdaki şey, gerçek dünyada karşılık bulamazdı, bulmalıydı. Eğer bulursa, mesleğimi kaybedebilirdim. Çocukluğumdan beri hayalini kurduğum mesleği, itibarımı, her şeyimi kaybedebilirdim.

"İyi... Senin anlattığın çok şeyi beynimde tekrar kendi kendime düşündüm. Söylediklerin ister istemez aklıma geldiler de diyebiliriz. Sanki çözümlemeler de başlıyor gibi. Kendimi daha iyi hissediyorum."

"Birinden mi hoşlanıyorsun ya da bir ilişkin mi var?"

Sorumun altında şahsi başka bir merak da mı barındırıyordum?

"Hayır... Ya da evet... Yani aslında bunlarla alakası yok. Sadece sorunlarımın bana değil, birçok başka etkene bağlı olduğunu sayende gördüm. Sen bana çok şey kattın Derin."

Bunu söylerken sesindeki samimiyeti duyabilmiştim. Gerçekten böyle düşündüğü için söylüyordu. İkimiz de gerçek bir an yaşıyorduk.

"Sana bir şeyler kattığıma sevindim... Bunun için varım zaten. Peki şu anda bir ilişki kurmak hakkında ne düşünüyorsun?"

Konuyu yeniden bana olan minnettarlığına değil, ona ve psikolojisine bağlamak istiyordum. Bana olan minnettarlığını dile getirişinden hoşlanıyordum, gerçek oluşundan da... Ama bunu dinlememeliydim. Onun başka şeylerini dinlemeliydim. Görevim buydu. Görevimi yapmalıydım. Kendine gel Derin, lütfen...

"İlişki... Evet eskisi gibi düşünmüyorum. Her kadının annem veya hayatıma giren diğer kadınlar gibi olmayacağını biliyorum. Bunları kafamdan çıkardım. Bu korkuları kendimden uzaklaştırdım. Korkularımı bırakmayı öğrendim. Bunların çoğu da senin anlattıkların sayesinde oldu. Ama bir sıcaklık arıyorum. Bunu nasıl anlatabilirim bilmiyorum ama..."

Öne doğru eğilip ellerini açtı.

"Mesela ellerini ellerime yaklaştırabilir misin?"

Danışanlarla fiziksel yakınlık asla olmaması gereken bir şeydi. Olması için arkasında bir amaç, bir teknik barındırması şarttı. Ama sorusunun karşılığında, sanki hiç düşünmeden, okulda hiçbir şey okumamış gibi, düşünmek diye bir kavram yokmuş gibi, tamamen hayvanlar gibi, içgüdülerimle davrandım.

Onun gibi olduğum yerde öne doğru eğildim, ellerimi havada asılı bıraktığı ellerinin üzerine koydum. Elleri o kadar sıcak ve güzeldi ki, elleriyle buluştuğum anda, gözlerim de gözleriyle buluştu. Kenetlenmiş gibiydik. Ama sanki bir an hareket edecek olsak, bu sihir bozulacak gibiydi. Çünkü şu an ne psikolog Derin Sözeri'ydim, ne de ofisimde işbaşındaydım. Sadece insandım, hatta sadece içgüdüleriyle hareket eden bir hayvandım. Tek hissettiğim tarif edilmez bir huzurdu. Böylece kalakalmak istiyordum. Onun el çizgilerinin üstünde yaşamak istiyordum.

"Ben bunu arıyorum. Ama bulamıyorum," dedi. Gözlerini gözlerimden ayırmıyordu.

Birden ellerimi sertçe çektim.

"Bu bulunmayacak bir şey değil," dedim ve koltuğuma hızlıca yeniden yerleştim. Doruk'un yüzünde hissettiği hayal kırıklığına dair bir ifade belirdi. Belki bu yüzün adı umutsuzluk da olabilirdi.

"Bulunmayacak bir şey olup olmadığını bilmiyorum. Aradığım şeyi söyledim sadece," dedi, bir yandan da kendini geri çekmiş, konuşmasına öyle devam ediyordu. Kendine güveni, korkusuzluğu beni daha çok sinirlendiriyordu. Hem onun bu kadar rahat oluşuna kızıyordum hem de bu kadar cesaretli olmasına. Ama kızdığım şeyden hoşlanıyordum da... Bu aynı anda nasıl oluyordu?

"Aslında dünyada hiçbir şeyin bir anlamı yoktur. Aradığımız şeylere biz anlamlar yükleriz," dedim.

Üzerimdeki gerginliği atmak istiyordum. Doruk'sa hiç gergin değil, sadece biraz sıkıntılı gibiydi.

"Sen hiçbir şeye anlam yüklemez misin? Senin için hiçbir şeyin anlamı yok mudur?"

"Yüklerim. Ama ben kontrol edebildiğim şeyleri severim. Eğer benden izinsiz şekilde bazı şeyler anlamlanırsa rahatsız olurum." Bu, kendimi korumak için oluşturduğum bir kalkandı ve aslında şu an Doruk'a olan hislerim, benim iznim olmadan geliştiği için, cümlemle kendini apaçık ortaya koymuştu. Bunları Doruk'la paylaşmamalıydım. Danışanlarımın hiçbiriyle bunları paylaşmıyordum. Paylaşmamıştım.

"Kontrol edebildiğin şeyler gerçekliğini kaybediyorlar bence," dedi. Ellerini dudaklarının üstündeki bıyık çizgisine götürerek cevabımı bekledi. Hem merakla cevap almak istiyordu, hem de korkusuz bakışları vardı.

"Kontrol etmediğin zaman, gerçekten ne hissettiğini bulabilirsin bence. Tabii, ben senin gibi bilgimle konuşmuyorum. Sadece içimdeki sesler bana bunu söyletiyor," diye ekledi.

Haklı gibiydi. Bundan önce hayatıma giren herkes, ki buna en çok Tolunay dahildi, benim kararımdan sonra şekillenmişlerdi. Tolunay'a olan hislerim hiçbir zaman benim kontrolümün dışında gelişmemişti. Öyle kontrolsüz bir aşk yaşamamıştım. Ama şu an olan şey... Kontrollü olmamı gerektiriyordu.

Peki, bunun nedeni Doruk'un danışanım olması mıydı yoksa benim ilk defa âşık olmam mıydı?

21

Ofisten eve döner dönmez, çok gergin hissettiğimden kendimi hemen yeni evimdeki küvete attım. İçini sıcak suyla doldurdum ve üzerimdekileri tek tek çıkarıp çırılçıplak içine girdim. Suya girmek her zaman bana iyi gelirdi. Hem kendi sessizliğimde kendimi dinlerdim, hem de çıplaklığımla baş başa kalırdım. Bazen suyla bile konuşurdum. Olup biteni anlatırdım... Anlattıkça, suyla beraber onların da gittiğini hissederdim. Hem duygular dinlenince daha çok anlaşılırlarmış. İnsanlar gibi onların da dinlenmeye ihtiyaçları varmış... Şimdi bana bir şeyler söylüyorlardı ama onlar konuştukça, kulaklarımı suya daha çok daldırıyordum. Çünkü suya daldırdıkça onları daha zor duyuyordum... Duymak istemediğim şeyler söylediklerinde hep böyle yapardım.

"Doruk'tan," diyorlardı, "hoşlanıyorsun!"

Küvetin içinde ne kadar süre öyle kaldığımı bilmiyordum ama telefonum Öykü'nün aramasıyla çalmadan önce, gözlerim kapalı şekilde suyun içinde öylece kımıldamadan duruyordum.

"Efendim Öykü?"

"Derin Hanım selamlar, rahatsız ediyorum. Doruk Bey yarın için tekrar randevu almak istedi. Ben yarının erken olabileceğini düşündüm ama kendisi ısrarla bugünkü seansın iyi geldiğini, yarın için de ihtiyacı olduğunu söyledi. Sizi randevunun teyidi için rahatsız ediyorum. Yarına alalım mı? Ne yapalım?"

Yarın için randevu mu? Neden? Bu çok erkendi... Çok, çok erken! Bugünden yarına ne olabilirdi ki? Doruk bu aciliyette bir danışan değildi ki. Üstelik ben, bugünün şaşkınlığı içerisinde, Doruk'la henüz ne yapmam gerektiğini bile kestirememişken...

"Hayır, yarın dolu olduğumu söyle lütfen. Haftaya al," dedim Öykü'ye ve sesimin sinirli tonunu o da fark etti.

İçimde pişmanlık duygusuyla kendimi tekrar suya bıraktım. Doruk konusunda bir şeyler yapmalıydım. Eğer bunu Lidya'ya anlatırsam, bana kesinlikle meslek etiği açısından Doruk'la terapiyi bırakmam gerektiğini söylerdi. Bunun hem danışan için iyi olmayacağını söylerdi, hem onun bu davranışlarının ve konuşmalarının bambaşka sebepleri olabileceğini iddia ederdi, hem de benim için endişelenirdi. Ama ben neden kendim için endişelenmiyordum? Endişelendiğim tek şey mesleki itibarımdı. Doruk'un konuşmalarını ve hareketlerini düşündüğümdeyse, gerçek olmayan veya tedirgin edici hiçbir taraf göremiyordum. Ama yine de yanlıştı! Çok yanlış!

Şu an hiç kimseye ihtiyacım olmadan, kendi evimde kendi küvetime girebiliyorsam, bu ekonomik özgürlüğümün sebebi çok emek verdiğim mesleğimdi. Bunu kaybedemezdim. Bir erkek için bunu feda edemezdim. Bugünkü el ele duruşumuz da neydi öyle? Ya bacaklarımızın birbirine dokunuşu? Hayır, hiçbiri etik değildi...

Peki ama ya duygularım? Gerçekten kontrolsüz olduğum için mi bugün böyle hissetmiştim? Doruk'tan hoşlanıyor muydum? Aşkı ilk defa mı tadıyordum?

Çocukluğumda, başımda bir anne ve baba olsaydı, onların arasındaki sevgiye şahit olsaydım; gerçek sevgi nasıl bir şey, neye benzer belki anlayabilirdim... Belki o zaman daha kolay çözerdim kendimi. Kim bilir, belki de şu an hissettiklerim gerçekti. Ama her gerçek sevginin peşinden gitmeli miydim? Daha da önemlisi, neden bu kişi bir danışanımdı ki?

Suyun içinden çıktıktan sonra bornozumu üzerime aldım ve bavulumdan çıkardığım elbiselerimi ütülemeye başladım. Keşke kendi düşüncelerimi de ütüleyebilseydim.

Bir karar vermem gerekiyordu.

Aslında karar belliydi, Doruk'u bir başka psikoloğa yönlendirmeliydim. Hissim gerçek ama eğer hislerimin peşinden gidersem, dünyanın gerçekliği buna izin vermeyecekti. O gerçeklik, mesleğimi elimden almak isteyecekti...

İçime dolan korku yüzünden bir anda ütüyü bırakıp telefonuma koştum. Ben çok yanlış bir şey yapmıştım. Çok pişmandım. Bunların hiçbiri olmamalıydı. Çok hatalıydım. Ama hâlâ kendimi bu yanlış yoldan döndürebilirdim.

Telefonumu elime alıp Doruk'a hızla bir mesaj yazdım:

> Selam Doruk,
>
> Bana danıştığın konularla ilgili seni başka birine yönlendireceğim. Çünkü bu aralar çok yoğunum. Levent'te, Murat adında bir psikolog arkadaşım var. Sıkıntı çektiğin konularda o da sana çok iyi gelecektir, bana güvenebilirsin. Numarasını Öykü Hanım sana iletecek.
>
> Seninle tanıştığıma çok memnun oldum.
>
> Kendine iyi bak,
> Derin Sözeri

Mesajı gönderdim. Gözlerim dolmuştu. Üzerimdeki bornozumla yatağa uzandım ve ilk kez hissettiğim bir gerçek bana eşlik etti. İlk defa, birini kaybetmek istemiyorken kaybedişime ağladım.

22

Ertesi gün öğlen saatlerinde, Berk gözlerinden yaşlar akarak karşımda anlatıyordu.

"Derin Hanım, ben bunları hak edecek ne yaptım söyler misiniz?" Berk 21 yaşında mimarlık okuyan bir üniversite öğrencisiydi. Ailesiyle İstanbul'da yaşıyordu. Maddi durumu iyiydi, güzel bir eğitim geçmişine sahipti ve bir abisi vardı. Berk son üç senedir eşcinseldi. Aslında hep öyleydi ama kendisi bunu üç sene önce fark etmişti. Acaba toplum baskısı olmasa veya bu baskıyı az hissetse, o da heteroseksüeller gibi kendi kimliğini çocukluktan beri yaşayabilir miydi? Bunu düşünmeden edemiyordum.

Berk'in, erkek eşcinsellerin toplumdaki algısından uzak bir dış görünüşü vardı. Yani feminen değildi. O toplumun, "erkek eşcinseller feminen olur" yargısına uymayan binlerce erkekten sadece biriydi. Hatta bu odanın dışında, başkalarının "ağır abi" dedikleri türden bir imajı vardı. Aslında bu tanımlama bile ne kadar çirkindi. Berk'in anlattığına göre, yaşı büyük teyzeler onu gördüğünde bekâr kızları için iyi bir damat adayı olduğunu söylüyorlarmış. Berk de bunlara gülüyormuş.

Ben, Berk'i iki senedir tanıyordum. Bana ilk geldiğinde, önce cinsel yönelimiyle barışmayı öğrendi ve sonra da yaşadığı topluma göre bunu yaşamayı. Hiçbir süreç kolay olmasa da, sonunda çok huzurlu ilişkiler yaşadı ve kendini topluma göre değil, kendine göre şekillendirdi.

Onunla konuştuğumuz her seansta, heteroseksüelliğin eşcinsellikten bir farkı veya üstünlüğü olmamasına rağmen, toplumda heteroseksüellerin eşcinseller kadar zorlanmayışları aklıma gelirdi. İnsanların yarattığı normlar yüzünden, yaradanın yaratışına acımasızca saygısızlık yapıldığını düşünürdüm... Oysa ülkede herkes, yaratılanı yaradandan ötürü sevdiğini söylerken, sıra eşcinsellere gelince durum böyle olmazdı. Nasıl da ikiyüzlüydü bu "insan" denen varlık... Nasıl da acımasızdı. Sevgilerinin sınırı nereye kadardı acaba? Sadece kendilerine benzeyenlere yetecek kadar mı?

Kimse okumayıp sorgulamadığından, kitle psikolojisi ve önyargılar eşcinsellerin hayatlarını cehenneme çeviriyordu. Oysa cinselliğin mitolojisinde, insanın var olduğu ilk zamanlardan itibaren eşcinsellik, heteroseksüellik gibi normal sayılmıştı. Ama ne yazık ki, binlerce yıl geçmesine rağmen, toplumlar bunu henüz aşamamıştı. Bu da sayısız insanın hayata küsmesine, aileleriyle dargın hayatlar yaşamalarına, hatta intiharlarına sebep olmuştu. Olmaya da devam ediyordu. Kendi hayatına benzemeyen hayatları görmezden gelip reddedenler, acımasızlıklarını günah olarak görmüyor, eşcinselleri dışlamaya devam ediyorlardı. Oysa nefretin, ötekileştirmenin ve dışlamanın, bir insanın hayatına kastetmek olduğunu bilmiyorlardı...

Berk bana uzun süredir geliyordu. Ondan o kadar çok şey öğrendim ki. Ondan, şartlar ne olursa olsun kendimle barışmayı öğrendim. Toplumun dediğine değil, kendi söylediğime inanmam gerektiğini... Evet, bunları genelde ona ben söylüyordum ama benim de hayatımda bunu yapamadığım zamanlar oluyordu. Onunla konuşurken ben de gücüme daha çok inanıyordum. Berk o kadar güçlüydü ki, konuştuklarımızı tek tek başardı.

Ailesini de karşısına aldı, toplumu da... İlk geldiğinde duygularından emin değildi. Toplumsal normlar onu, haddinden fazla kendini sorgulamaya itmiş; kızlarla, sonu mutsuz olacak ilişkilerin içine sokmuştu. Konuşmaya devam ettikçe, kendine samimi itiraflarda bulundu. Daha sonrasında da diğer olumlu süreçler başladı.

Ama Berk'e anlattıklarım, onun bunları idrak etmesi ve daha sonrasında bunu henüz idrak edemeyenlerin içinde yaşamaya devam etmesi, hem zor hem de güçlü olunması gereken bir süreçti. Neyse ki ailesi okumuş, bilgili insanlar olduğundan, çocuklarını dışlamamış, birkaç kez bana da danışarak, Berk'i Berk olduğu için sevmeye devam etmişlerdi. Ona her bakışımda, onun ne kadar güçlü bir çocuk olduğunu görüyordum.

"Bana başka birini sevdiğini söyledi, bunu nasıl kaldırabilirim?" dedi ağlaya ağlaya. "Beni sevdiğine o kadar çok inanmıştım ki, şimdi bir başkasını seviyor oluşuna katlanamıyorum. İçim acıyor, kalbim acıyor, paramparça hissediyorum."

O, paramparça dedikten sonra, ben de Doruk yüzünden kendi içimde dağılan parçalarımı hatırladım. Ama şimdi Doruk'u düşünme vakti değildi, hatta şimdi değil bir daha hiçbir zaman... Ben yapmam gerekeni yapmıştım.

Kafamdaki Doruk'u uğurlamaya çalıştıktan sonra, oturduğum koltuğun ucuna doğru gelerek Berk'e doğru yaklaştım.

"Hatırlıyor musun Berk? Küçükken babanın telefonunda bir mesaj yakalamıştın. O mesajda, babanın başka birine onu sevdiğini yazdığını görmüştün. O konuyu irdelemiştik seninle..."

Gözlerindeki yaşları elindeki peçetelerle durdurmaya çalışarak, "Evet," diye yanıtladı.

"Şimdi de benzer bir durumla karşı karşıyasın, farkında mısın? Sevdiğin çocuğun başka birini sevmesiyle, babanın başka birini sevmesi... Sevdiğin çocuğu babanın yerine koyarak, kendine annenin duygularını yaşatıp bilinçaltında anneni anlamaya çalışma savaşı veriyor olabilir misin?"

Berk'e bunu sorduktan sonra, yorumuma ne cevap vereceğini bir süre bekledim. Gözlerini ayakkabılarına dikti...

"Ben annemi anlamak istemiyorum," dedi. Sesinde biraz öfke, biraz hüzün vardı.

"O zaman sence neden annenin yapacağı hareketleri yapıyorsun? Senin anlattıklarına göre annen de böyle ağlamıştı ve ne yapacağını bilememişti. Şimdi sen de aynı durumda gibisin. Çünkü ailelerimizin davranışları, fark etmeden bazen bize de geçer, biz bu davranışları bilinçsizce ilişkilerimizde uygularız. Anneni anlamak istemediğini biliyorum ama anlamak için fark etmeden çok çaba harcadığını görmelisin. Belki de anneni anlayabil diye böyle bir ilişkiyi çektin hayatına. Hatırlarsan sen küçükken annen de benzer şekilde aldatılmıştı..."

Berk gerçekleri duyabilen bir çocuktu. Herkes duyamaz, duysa da kaldıramazdı. Ama Berk, ona ne söylersem bunu dinliyor, analiz ediyor, bazen evde düşündüğü şeyleri telefonuna not alıp getiriyor, terapiye çok olumlu sonuçlar veriyordu. Şimdi de fark etmeden, ilişkisinde annesinin rolünü benimsemiş, onu anlamak için bilinci çalışır olmuştu.

"Haklı olabilirsiniz," dedi, bu kez sesi rahatlamış gibiydi.

"Peki nasıl kurtulacağım?"

"Sen çok zeki bir çocuksun, ihtiyacın olan doğru cevabı kendi kendine vereceğini biliyorum..."

Partneriyle yaşadığı şeyleri bir an tekrar düşünüp gözden geçirmiş olacaktı ki, konuşmaya devam etti.

"Şimdi düşünüyorum da... Ona aynı annemin babama verdiği tepkileri verdim zaten. Evini dağıttım. Masaları indirdim. Kapıları çarptım. Annemin yaptıklarının aynısını yaptım. Ve annem de bu durumu kabullenmişti. Ben de kabullenir gibi oldum. Vazgeçmesini söyledim. Annem de bize babamın o kadından vazgeçtiğini söylemişti..."

Bir süre sessizlik oldu. Kendi cevaplarını kendi buluyordu.

Çünkü insan sorularının cevaplarını kendi içinde taşıyan bir kutuydu; ben sadece o kutuyu açıyordum.

"Ama sanırım buradan çıktıktan sonra her şey aynı olmayacak. Çünkü ben annem olmak istemiyorum!"

Berk'i uğurlarken, bir sonraki seansa geldiğinde partneriyle ilişkisini bitirmiş olacağını çünkü annesini içselleştirmekten vazgeçeceğini hissediyordum. Hem zekiydi, hem dediklerimi çabuk kapıyordu, hem de gerçekten diğer insanlar gibi sadece mutlu bir hayat yaşamak istiyordu. Annesinin üzerindeki kalıntısı, ister istemez ilişkilerine yansısa da üstesinden geleceğine emindim.

Berk gittikten sonra, saat yedi olmuştu ve akşam Lidya'nın doğum günü olduğundan, eve gidip hazırlanmam, daha sonra dokuz civarında evden çıkmam gerekiyordu. Lidya saat on gibi kutlama alanında olmamı söylemişti. Eve gidip kendime bir yemek sipariş verdim ve yemeğimi yedikten sonra hızlıca duşa girdim. Akan su vücudumda gezerken aynı esnada benim de içime Doruk'un gözleri, dudakları, elleri, bacakları aktı. Aklıma gelişinden rahatsız olsam da buna izin verdim. Bir süre suyun altında öylece kaldım. Doruk, o kadar sık gözlerimin önüne geliyordu ki; ona değen bacağım, elimi elinde tutuşu... Onu özlediğimi, şu an yanımda olmasını istediğimi fark ettim. Ama bunların hiçbirinin anlamı yoktu. Ona çoktan veda etmiştim. Suyu kapatırken, Doruk'un konusunu da kapatabilir miydim?

Duştan çıktıktan sonra odama geçip, gece için aldığım krem rengi elbisemi giydim. Saçlarımı da hızlıca kendi kendime fönledim. Elbisemin üzerine bir zincir kolye taktım. Boynuma da bir kolye doladım. Hafif bir makyaj yaptıktan sonra, hazır olacaktım. Aynanın karşısındayken, telefonumdan bir müzik açtım. Müzik olmadığında, daha çok düşünmeye başladığımı fark ettiğimden, güzel bir melodi bana iyi gelebilirdi. Yeni aldığım makyaj masamın karşısına oturmuş, bir yandan müziği dinliyor bir yandan da dudaklarıma elbiseme uyacak bir ruj sürüyordum.

Allığımı sürerken, müziğin beni keyiflendirdiğini ama aynaya bakarken hâlâ gözlerimde Doruk'u gördüğümü fark ettim. Kendi gözlerime baktığımda bile sanki onu görüyor gibiydim ya da onu görmek istiyordum. Bu hep böyle mi sürecekti?

Hazırlanıp arabaya bindiğimde saat dokuzu geçmişti. Lidya bana saat onda orada olmamı söylediği için ve gideceğim yer yirmi dakikalık uzaklıkta olduğundan, yetişeceğimi düşünüyordum ve yetiştim de. Arabayı valeye bıraktıktan sonra doğum gününün kutlanacağı salona girdim. Her yer ışıl ışıldı ve Lidya'nın tüm arkadaşları oradaydı. Kalabalık bir arkadaş grubu aynı saatte toplanmıştı. Kendimi Lidya'nın hayatında çok özel hissettiğimden, onu hiç kıskanmıyordum. Nasıl olsa Lidya'nın beni nasıl sevdiğini biliyordum. Sanırım bu aramızdaki arkadaşlığın sağlamlığına dayanıyordu veya çocukluğumuzda kurduğumuz o özel bağa... Herkesi selamladım. Sonra Lidya'nın yanına geçip ona aldığım hediyeyi verdim.

"İyi ki doğdun benim biricik Lidya'm. Umarım yeni yaşın en güzel yaşlarından biri olur bir tanem," diyerek aldığım saati şık kutusuyla takdim ettim. Sonra da, "Bu ne güzellik kızım! Harikasın..." diye beğenimi belli ettim. Her zaman güzeldi ama bugün ayrı bir güzel olmuştu. Prensesler gibiydi. Herkesin gözünün onda olması bana da iyi geliyordu. Çünkü Lidya da ben de küçükken hep sevilmeyi hayal eden insanlardık. Aile sevgisi, arkadaş sevgisi, sevgili sevgisi; hepsi bizim için çok anlamlıydı ve önemliydi. Aile sevgisinden mahrum kalsak da, Lidya şimdi diğer sevgilerin hepsine sahipti.

"Yaa Derin! Ne gerek vardı buna? Sana inanmıyorum! Bir de bu marka mı! Kaç para verdin kızım sen buna?" derken, ona ettiğim iltifatları duymamıştı bile.

"Sen deli misin! Böyle söylenir mi? Sus lütfen. Bu senin doğum günün ve senin bana kattıklarının yanında, bunun maddi değeri hiçbir şey. Lütfen böyle düşünme ve güle güle kullan!"

Lidya'ya kocaman sarıldığımda beni teşekkür yağmuruna

tuttu. Daha sonra onu diğer arkadaşlarıyla da ilgilenmesi için masadaki köşesine doğru uğurladım ve masada benim için ayrılan yere geçtim. Lidya çok mutlu görünüyordu. Onun mutlu olması ben daha da mutlu ediyordu. Lidya'nın arkadaşlarından Oğulcan da yanımda oturmuştu. Oğulcan, Lidya'nın üniversiteden arkadaşıydı, ben de oradan tanıyordum. Onunla da selamlaştıktan sonra yemeklerimiz geldi. Yemeklerimizi yerken sorulmamasını dilediğim şeyi bir anda sordu:

"Tolunay nerede Derin? Sen neden yalnız geldin?"

"Ayrıldık biz."

"Gerçekten mi? Neden yahu? Çok yakışıyordunuz."

Oğulcan'ın sarkıntılık yapmayacağını düşünüyordum ama bakışlarıyla bana 'yalnız kalmış kızlar sevgiye açtır' klişesini hatırlatmıştı.

"Son zamanlarda anlaşamıyorduk, ayrıldık. Sende ne var ne yok?" diyerek Tolunay konusunu kapatmaya çalıştım.

"Ben mi? Ben hâlâ yalnızım," dedi.

"Bugün çok güzel olmuşsun bu arada," diye ekledi.

"Teşekkürler Oğulcan," diye cevap verdikten sonra telefonumun titrediğini hissettim. Oğulcan'la çok muhabbet etmek istemiyordum. Tipim değildi. Tipim olsa da istemezdim. Aklım dolu, kalbim sanki daha doluydu... Cebimden telefonumu çıkardıktan sonra, hayatta hiçbir ismin beni ekranda gördüğüm isim kadar heyecanlandırmadığını fark ettim.

Doruk Yücedağ.

"Ben lavaboya kadar gideceğim," diyerek Oğulcan'dan müsaade etmesini istedim ve sıkış tıkış oturduğum yerden girişe doğru yürüdüm. Kalbim o kadar hızlı atıyordu ki, yürürken giydiğim topuklu ayakkabıların sesini duyamadığımı fark ettim. Utanmasam çok sıkışmış gibi davranacak, koşacaktım. Ama soğukkanlı davranıp sadece hızlı hızlı yürümeye çalıştım. Kızlar tuvaleti bomboştu, sadece bir kız ellerini yıkıyordu.

Boş kabinlerden birine girdiğimde heyecandan direkt klozetin kapağını kapatıp üzerine oturdum.

Gönderen: dorukyucedag@yucedag.com.tr

Derin,

Bana şu an hayatımda senin kadar iyi gelen hiçbir şey yok. Hatta bundan önce de olmamış. Lütfen bana bunu yapma. Hayatımın hiçbir döneminde bana hiç kimse senin kadar iyi gelmedi. Hiç kimse beni sen gibi dinlemedi. Hiç kimse sen gibi konuşmadı. Ben seni arıyormuşum Derin. Bulduğum bir şeyi kaybetmek istemiyorum. Yaşadığım bir dert beni sana getirdi. Ben şimdi neredeyse bu derde şükrediyorum. Beni tekrar başka bir yere gönderme.

Lütfen devam etmeme izin ver.

Doruk

Bu mesajı okurken hissetmem gerekenler, sinir, öfke ve bir danışanın ısrarına karşı kızgınlık olmalıyken, tam aksine yüzümde durduramadığım bir gülümseme ve tatlı bir heyecan hissediyordum. Hatta heyecanım gitmiş, mesajıma böyle cevap verdiği için heyecanın yerini mutluluk almıştı. İnsanın nasıl hissettiği ve nasıl hissetmesi gerektiği arasında ne büyük bir uçurum olabiliyormuş...

Oturduğum yerden yüzümü görebilsem, şu an yüzümde kocaman bir gülümseme göreceğimden emindim. Geçen gün Doruk için ne kadar ağladıysam, şimdi o kadar gülüyormuş gibi hissediyordum. Ama bu gülümsemenin içinde o kadar büyük bir hüzün vardı ki... Bu hüznü susturamıyordum. Şu an mutluluğum ağlamak kadar rahatlatıcı olamıyordu. Oysa ne kolay ağlamıştım ama şimdi öyle kolayca mutlu olamıyordum. Olsam da arkasında hep bir pişmanlık beni bekliyordu. Çünkü Doruk benim dışarıda tanıştığım biri değil, danışanımdı... Çünkü, çünkü, çünkü... O kadar çok çünkü vardı ki! Onunla aramızda bir şeyler olabileceğini hissederken, nasıl devam ederdim? Bunu kariyerime nasıl yapardım? Bunu biri öğrenirse başkalarına nasıl açıklardım?

Peki, şimdi ben doğru olanı mı yapmalıyım, yoksa beni mutlu edecek olanı mı? Doğru olan Doruk'a veda etmemdi, beni mutlu edecek olan Doruk'u görmeye devam etmemdi.

Mesajı üç kere okuduktan sonra telefonu cebime koydum. Ellerimi yüzüme götürdüm. Yüzümdeki gülümseme çoktan silinip gitmişti.

"Derin, orada mısın? Birazdan pastayı keseceğiz. Çabuk ol," diye bağırdı Lidya. Sesi hafif çakırkeyif geliyordu.

"Geliyorum," diyerek cevap verdim.

"Lidya ben danışanıma âşık oldum," diyemezdim.

Fark ettim de, bu ara diyemediklerimde ne çok saklanıyordum.

23

Bütün gece, aklım telefonumda saklı metinde, bedenim ise Lidya'nın doğum günündeydi. Oğulcan sürekli yanımda beni yaşamıma dair sorularla boğmaya çalışsa da, aklımın başka yerde oluşu sorularına yanıt vermemi zorlaştırmıştı. O ne derse, genelde sadece gülümsedim veya "aynen", "doğru" gibi yanıtlar verdim. İnsanlar deliler gibi içerken, benim tek düşündüğüm şey, masadaki kadehlere bakarak bu işin içinden nasıl çıkacağımdı. Kadehler, şişeler, yemekler önümden geçip giderken, benim aklımdaki şeyler yerinde duruyordu. Sanki havada asılı kalmış gibiydiler.

Eve döndüğümde saat neredeyse dört olmuştu. Yorgunluktan kendimi hızlıca yatağa attığımda makyajımı temizlemediğim aklıma geldi ve her kadın gibi sinirden gözlerimden yaşlar akacak halde, odamdaki ebeveyn banyoya geçtim. Yeni evime bu sürede öyle alışmıştım ki evde dilediğim gibi hareket edebiliyor, kimsenin üzerimde söz hakkı olmamasının huzurlu özgürlüğünü yaşıyordum. Aynada kendime baktıkça, yüzümde korkusuz bir ben gördüm. Yüzümü yıkayınca, makyajımı çıkarınca, saçlarımı toplayınca da kaybolmayacak bir korkusuzluk gibiydi bu. Aynada kendime baktıkça, tanışmadığım bir tarafımla tanışıyor gibiydim. "Ne bakıyorsun bana öyle?" diye sorabileceğim, tanışılması gereken yabancı biri gibi aynadan bana bakıyordu yansımam. Onu bir süre izledim. Mühim bir konuda kararını almış gibi bana bakıyor, gülümsüyor ve aldığı kararından memnuniyet duyuyordu. Kararı neydi, ne zaman almıştı? Yoksa bu bilinçaltım mıydı, içtiğim birkaç kadehin etkisi mi?

Üzerimdekileri hızlıca çıkarıp bir köşeye fırlattım ve yatağıma girdim. Bu yatakta tek başıma uyumak istemiyordum, şimdi sarılabileceğim bir beden olsaydı çok mutlu olabilirdim. Belki bu fikrim yarın sabah değişebilirdi ama şu an böyle istiyordum. Şimdi biri olsaydı, -bu birinin kim olduğu da beynimin içinde yankılanıp duruyor ama adını söylemek bile istemiyordum-, yavaşça ona sokulur, omzuna başımı koyar, tenimi yavaşça onun tenine dokundurur ve sonra onunla kenetlenip büyük bir hazla uykuya dalmayı isterdim. Gözlerim dolsa ve gerçek yalnızlığım tokat gibi yüzüme çarparak üşütse de kalbimi, bu hep böyle yalnız kalacağım anlamına gelmiyordu. Olumsuz düşüncelerden sıyrılmak zorundaydım.

Sabah telefonumun sesiyle uyandım. Saate baktım, dokuz buçuktu. Pazar günü bu saatte beni uyandıran kim olabilirdi? Doruk mu? İsmini düşünmek bile, vücudumu germeye yetti.

Telefonumun içindeki farklı dünyaya girip beni arayanın kim olduğuna baktım. Tolunay. Yatağımda şöyle bir doğruldum, önüme düşen saçlarımı topladım ve beni hadsizce aramasına dayanamayıp bir mesaj attım. Bu yüzsüzlüğüne cevap vermeliydim.

> Sen ne hadle beni arıyorsun? Ne diyeceksin? Yüzsüzlük denilen şeyin ne olduğunu bilmiyor musun sen? Benim seninle görüşecek hiçbir şeyim yok. Şu an yazdığım kelimeler bile çok sana, bir daha beni arama.

Mesajı gönderir göndermez, telefonumu kapatıp bir yerlere fırlatamadan hızlı bir cevap geliyor:

Nolur yapma Derin. Lütfen beni bir dinle.

Hemen telefonun ayarlarına girip, numarasını engelledim. Bir daha beni arayamasın, bana mesaj atamasın istiyordum. Tolunay benim için yaşamıyordu artık. İsmini duymak, telefonumda mesajını okumak, arkadaşlarımdan haberini almak; hiçbirini istemiyordum. Onun ismini yaşadığı halde benim için ölmüş olanların hanesine ekledim. Bazı insanlar vardır, yaşadıkları halde artık sizin için yokturlar, dışarıda da görmezsiniz, çevrenizde de konuşmazsınız... İşte bu yaşarken bir çeşit ölüm değil midir? Tolunay da benim için ölüydü artık. Yaşayan bir ölü.

Tolunay'ın sabah sabah bana yaşattığı siniri üzerimden atmak ve akıtmak için en güzel çözüm yine suydu. Yataktan kalkıp duşa girdim. Tolunay'a söylene söylene üzerimdekileri çıkarırken, aklıma yine tek bir isim geldi. Doruk. Ve dünkü notu. Kendi çıplaklığımla kalınca tekrar onu hatırladım. Belki de onu aklımdan hiç çıkaramıyordum...

Bugün geç olmadan ona cevap vermeliydim. Ama ne diyecektim ki? Ne yapmalıydım? En önemlisi, ben gerçekten ne hissediyordum? Bana ne oluyordu? İş ahlakına bu kadar bağlı, sınırları belli kurallarla çevrili şekilde kendi mesleğini en iyi şekilde yapmaya çalışan Derin, sana ne oluyordu? Aklından ne geçiyordu? Hiç sana yakışıyor muydu?

Duygularıma odaklanmaya çalışırken, başımdan aşağı dökülen su da hislerimi suluyor, onları filizlendirerek büyütüyordu sanki. Artık bunu kendime söylemeliydim. Artık itiraf etmeliydim. Ben Doruk'tan hoşlanıyordum. Bunun başka bir açıklaması yoktu... Olamazdı. Yüzünden, teninden, sesinden, oturuşundan, konuşmasından, konuşurkenki yüz ifadelerinden, bacağıma değen bacağından, gözlerindeki saflıktan, çocukluğuna kadar her şeyinden hoşlanıyordum... Hatta belki de hayatımda ilk defa birinden hoşlanıyordum. Çünkü Tolunay bana hiçbir zaman böyle hissettirmemişti, Tolunay'dan öncekiler de böyle duygular uyandırmamıştı bende. Hiçbir erkeği böylesine düşünmemiştim. Onları sevmemiş değildim ama sevgiyi zamana yaymıştım. Kimilerini zamanla daha çok sever ya insan. Mesela, o konuştukça sever, ilgisini fark ettikçe sever... Geçmişimdeki çoğu insanı hızlıca beynimde tararken, Doruk'un böyle olmadığını fark ediyordum. Kesinlikle Doruk onlar gibi değildi... Ben Doruk'u neredeyse ilk günden beri, ilk andan beri... Seviyordum. Bu belki ağır bir kelime ama hoşlanıyorum mu demeliydim? Çok hoşlanıyorum mu diye bahsetmeliydim ondan? Kendime ifade edememelerim, duygumun ağırlığını hafifletmiyordu. Belki de bunu dile dökememem, ne kadar yoğun bir duyguyu tattığımın göstergesiydi. Kendime itiraf ettiğim için rahatlamıştım. Bir yanım pişman, bir yanım huzurluydu. Gerçekleri gömersem, onlar bilinmek için daha çok çırpınacaklardı. Artık onları yaşatmalıydım. Yanlış da olsa, yasak da olsa, yaşatmak zorundaydım.

Duştan çıktım, kendime buzdolabından kahvaltılık bir şeyler çıkarmaya başladım. Portakal suyumu bardağa doldurdum. Üzerimde bornozum, önümde kahvaltım... İtiraf ettim, peki güzel ama şimdi ben ne yapacaktım? Seanslarımıza devam mı edecektim, onu ret mi edecektim? Sorularım da karşımdaki sandalyeye geçip oturdular. Sanki ben onlara bakarken, onlar da bana bakıyorlardı. Duygularımı mı dinlemeliydim, mantığımı mı? Bugüne kadar meslek hayatımda hiçbir zaman etik kuralları dışına çıkmadım. Her danışanımla aramda mesafeli bir ilişki oldu. Çoğuyla mesajlaşmadım bile... Ama Doruk, sınır ihlali yapıyordu. Sınır ihlali şöyle dursun, aslında apaçık benimle başka şeyler yaşamak istiyordu. Ona evet dersem ve bu ortaya çıkarsa... O zaman işimden ayrılırdım. Ayrılmak ne kelime, kovulurdum ve bir daha hiçbir yerde iş bulamazdım. Para kazanamazdım. Sonunda, kendimi geçindiremezdim. Kısaca aç kalırdım! Neden? Bir aşk uğruna... Değer miydi?

Ama ya ona evet dersem ve bu ortaya çıkmazsa?

O zaman, belki de evrende bu yaşıma kadar hiç tatmadığım bir duyguyu tadardım, belki de hiç olmadığım kadar mutlu olurdum.

Sorularım karşımdaki sandalyeyi terk ederken, mutfaktaki aynadan yansıyan Derin, nasıl da kıkırdayarak bana gülüyordu.

Kararını çoktan vermiş, gururlu ve mutlu bir şekilde.

Aynaya bakmaktan vazgeçtim ve kahvaltımın son lokmasını ağzıma atarken, telefonu elime alıp Öykü'nün numarasını çevirdim. Öykü telefonun başında beni bekliyormuş gibi hızlıca telefonumu açtı ve o açar açmaz uzatmak istemiyormuş gibi direkt konuya girdim.

"Doruk Yücedağ'a yarın için randevu verebilir misin?"

24

Ertesi gün, Doruk'la saat ikideki randevumuz için evden hızlıca çıktım. Saatler hemen ikiyi göstersin istiyordum. Yolda birçok kez prova yaptım. "Doruk lütfen sana önerdiğim kişiye git," veya, "Doruk, bu terapinin faydalı olacağını düşünmüyorum," gibi cümleler kuruyordum. Buna rağmen içimden bir ses, Doruk karşımda olduğunda işlerin bambaşka ilerleyeceğini söylüyordu. Çünkü hayat, sen ne planlarsan planla, bazen bazı kararları kendi almak ister. Sen kontrol edemezdin, kontrol ettiğini zannettiğinde bile akışa kapılıp giderdin.

Öykü'yü selamladıktan sonra odama geçip kapımı kapattım. Odamdaki dağınıklığı toparlayıp diğer danışanlarımla ilgili yazdığım kâğıtlarımı ayrı ayrı dosyaladım. Öykü, odamdaki telefondan beni aradı.

"Lidya Hanım sizi görmek istiyor ama Doruk Bey de geldiler. Ne yapalım?"

"Doruk'u al lütfen. Lidya'yla daha sonra görüşürüm."

Lidya'nın beni şu heyecanlı halimle görmesini istemiyordum. Çünkü sanırım hayatımdaki en gergin günlerden birini geçiriyordum. Yüzümün gözümün ne hale girdiğini her zaman kontrol edemiyor olabilirdim. Lidya da bunu çok net görebilirdi. Beni affet Lidya.

Öykü, "Tamam Derin Hanım, Doruk Bey'i odanıza alıyorum," dedikten bir dakika sonra, ben odamdaki aynada son halime bile bakamadan Doruk kapıyı çaldı.

"Girin," dedim ve ayağa kalkıp uzun zamandır giymediğim eteğimi hızlıca düzelttim.

Doruk, "Merhabalar," diyerek kısa kestirdiği saçlarını düzeltip beni yüzünde gülümsemeyle selamladı. Yeni saç şekliyle öyle yakışıklı görünüyordu ki, gözümü ondan almak istesem de, bunu hiç yapamayacakmışım gibi hissediyordum. Kirli sakalları hâlâ duruyordu, üzerindeki siyah gömlekten yine güzel boynu ve hafif göğüs kasları görünüyordu. Onu karşımda görmekten öyle mutluydum ki, kalbimin titreyişini ellerimde hissediyordum. Aldığım karardan pişmanlık duymayı geçtim, şu an tam tersine mutlu hissediyordum. Onu görmek her şeye bedeldi.

"Beni neden bu kadar zorluyorsunuz Doruk Bey?"

Elimi selamlaşmak için uzatmadan, sadece masanın kenarına tutunarak sorumu sordum. Yüzümdeki ifadenin ciddi durup durmadığından bile emin olamıyordum.

"Ne güzel olmuşsun bugün," diyerek bu kez hızlıca bir giriş yaptı. Ona çok mu yüz vermiştim? Ne yaptığımı kestiremiyordum.

"Psikoloğunu iltifatlarla mı kandıracaksın?"

"Öncelikle Oturabilir miyim Derin Hanım?" dedi, sesi birden ciddileşirken. Yine de hanımlı beyli konuşmamızın altındaki flörtleşmeyi fark etmemek mümkün değil diye düşünüyordum.

"Tabii," diyerek, onu her zamanki koltuğuna oturttum. Ben de yerime, yani karşısına geçtim. Aramızdaki sehpaya değen bacaklarıma baktığını görebiliyordum. Ben bakışını yakalarken, onun da heyecan duyduğunu ancak bunu saklamak konusunda benden daha iyi olduğunu fark ettim.

"Seni iltifatlarla kandırmak benim işim değil. Sen de iltifatlarla kandırılabilecek biri değilsin Derin. Kesinlikle değilsin... Hem öyle biri olsaydın, benim seninle işim olmazdı," dedi. Gözlerindeki korkusuzluğu görebiliyordum. O da yanlış olan bir şeyi istediğinin farkındaydı. Ama gerçek bir şey hissettiği için peşimden geliyordu sanki. Onu dinlemeye devam ettim.

"Sana teşekkür bile edemeden, beni tahtaya kaldırılmış çocuklar gibi sınava tâbi tuttun Derin," dedi ve bu sefer ciddiyeti bırakıp biraz gülümsedi. Gülümseyişinin altındaki rahatlamış Doruk'u gördüm. Onun rahatlayışıyla öyle huzurla doldum ki, bu seansı onunla sonsuza kadar yapmak istedim.

"Seni sınava tâbi tutmak değildi niyetim. Kafam çok karışık. Bana yanlış bir şey yaptırıyorsun."

"Ne gibi yanlış bir şey yaptırıyorum? Bana çok iyi geldin, bu yüzden de seni bırakmak istemiyorum Derin."

"Etik dışı bu, Doruk!"

"Peki, aşk sağlıklı bir şey mi sence?"

Ayağa kalkıp odamda ilk defa gezinmeye başladı. O odanın içinde gezerken, ben de onu izliyordum.

"Aşk çok sağlıklı bir şey olsaydı, insanların hayatında bu kadar çok sorun doğurur muydu sence?"

Odadaki büyük masanın üzerindeki şamdanı eline alıp incelerken, sorusuna bir soru daha ekledi. Oturduğum yerden o kadar güzel görünüyordu ki bu manzara, odanın diğer tarafına değil de bana doğru yürümesini istedim. Ama bu arzumu bastırmam gerekiyordu.

Elime bir kalem alıp ellerimin arasında oynar gibi yaparak, "Aşkın sağlıklı bir şey olup olmadığı meçhul ve bu, kişiden kişiye değişen bir konu. Sen benim danışanımsın Doruk," dedi.

Elindeki şamdanı yerine bırakıp tüm heybetiyle ve korkusuzca bana doğru döndü.

"Danışan, senin camiana ait bir kavram. Dışarıdaki dünyaya bak mesela, dışarıda danışanın değil sadece bir arkadaşınım."

Ardından, masanın öbür tarafından bana doğru yürümeye devam ederken adımları hızlandı.

"Yanlış mı düşünüyorum yani? Bu kavramlar da hayat gibi değişemez mi? Danışanın, arkadaşın olamaz mı? Kim belirliyor bu kuralları?"

Konuşurken birden yanı başımda beliriverdi.

Elleriyle saçlarımı okşar gibi yaparken, "Seni bulmuşken, bu kadar pis bir dünyanın içinde sana rastlamışken, bana Derin'i kaybettiremeyeceksin. Bunu aklından çıkar Derin," dedi.

Elleri saçlarımda gezerken, bir cevap bekliyormuş gibi bana bakıp duruyordu. Oturduğum yerden kafamı kaldırıp gözlerine baktım.

"Seni daha çok hayatımda istiyorum Derin," diyerek konuşmasına devam etti. Bense konuşmuyor, konuşamıyordum. Dilsiz gibiydim. Doruk'tan etkilenmemek mümkün değildi, hele de bana şu an bu kadar yakınken. Vücudumla temas halindeyken nefesim kesilecek gibi hissediyordum. Elleri saçlarımda gezerken, yer değiştirip omzuma indi. Kendimden beklemediğim bir hamleyle, elini bu kez ben tuttum. Ona doğru bakmaya devam ederken, yaptığım hareketten cesaretlenip eğilip dudaklarımı öpmeye başladı. Dudaklarım dudaklarıyla ilk kez tanışırken, ellerim onun ellerini kavramaya, ellerini okşamaya başladı. Dudaklarıyla tanışmak öyle garip geliyordu ki, vücudumun içindeki organların nasıl hareket ettiklerini hissederken bir anlığına dünyadan koptuğumu da hissettim. Ellerini sıkıyordum, o da elleriyle benim ellerimi okşuyordu. Altdudağımı tanımasına izin verirken, ben de onun üstdudağını tanımaya çalışıyordum. Bunlar, hayatımda öptüğüm en güzel dudaklar olabilirdi... Bu dokunuş, hissettiğim en güzel duygu olabilirdi. Doruk, uzun süredir kafamı karıştıran, hislerimi kontrol edebilmeyi bana unutturan, gerçek aşkın belki de bedenlenmiş haliydi.

Birden yaptığım şeyin, ofisimde, odamda gerçekleştiğine uyandım ve bunu fark eder etmez ayağa kalktım.

"Doruk, lütfen duralım!"

Utanmış vaziyette bana arkasını döndü ve koltuğuna oturdu. Ona kızma zamanını çoktan geçmiştim sanırım. Artık sadece korkuyordum.

"Bugüne kadar hiç kimse bana bu kadar iyi gelmemişti Derin. Az önce yaptığım hareket ileri gitmekse, özür dilerim. Senden çok hoşlanıyorum. Seni hayatıma almama izin ver. Lütfen!"

Rahatsız olduğumu düşündüğü için özür diliyordu, oysa hiç rahatsız olmuyordum. Psikolog Derin bundan rahatsızlık duyuyordu, diğer Derin değil. Hislerimi ona anlatsam, belki o da çok mutlu olacaktı ama yapmıyordum.

Yaptığı şeyin sonuçları çok kötü olur diye çok istese de onu bırakmak zorunda kalan çocuklar gibi karşımda oturuyordu. O kadar tatlı görünüyordu ki, ona kızamıyordum. Ama ben yanlış yaptım, etik dışı davrandım. Şu an bu yaptığım şey bu odadan dışarı çıkarsa, ben ne yapardım? Öykü duyarsa, Lidya duyarsa, camiadakiler duyarsa, ben nereye kaçardım?

"Sana nasıl güveneceğim Doruk? Az önce yaşanan şey bu odadan çıkarsa ben biterim. Hayatımdaki her şey biter."

Yüzümdeki tedirginliği okuduğunu hissedebiliyordum.

Oturduğu yerden, bana doğru tekrar yavaşça eğilip kollarını bacaklarının üzerine dayadı ve cevapladı.

"Yaşayacağımız şeylerin sonuçlarına katlanmaya hazırım. Bu bir sır olarak kalabilir. Kimseye söylemek zorunda değiliz. Her şey seninle benim aramda kalır. Bu mesleğin için ne kadar tehlikeli, detayını bilmiyorum ama ben ilerisini düşünüyorum. Yurt dışında sana ofis bile açarım, yeter ki hayatımda ol... İmkânlarım, bu duygularımızı yaşamak için yeter. Bu pencerenin, bu odanın dışında seni tanımak için neler vermezdim. Ama madem seni bu odanın içinde tanıdım, bunun da başka bir yolu olmalı..."

Kendimi tamamen Doruk'a bırakıp hiçbir şey düşünmemek istiyordum.

Ama ya kendimi ona bıraktığımda ölürsem?

25

Annemi mi daha çok seviyordum, babamı mı? İkisini de tanımamıştım, şu an da tanımıyordum ve gelecekte de tanımayacaktım. Peki, ikinci soru; annemle mi yaşamak isterdim babamla mı? Bunu da hiçbir zaman bilememiştim, şu an da bilemiyordum ve gelecekte de bilemeyecektim. Geçmiş, şimdi ve gelecek zaman. Hayatta, üç zaman diliminde de cevabını aynı şekilde verebileceğim sorulardı bunlar. Zaman bükülür, değişkenlik gösterir, herkeste algısı farklıdır ama benim gerçeğim tüm zaman dilimlerine gömülmüştü ve aynıydı. Tüm zaman dilimlerinde annesiz ve babasızdım. Ama bu, aile sevgisi aramayacağım anlamına gelmiyordu. Bu, aile sıcaklığını evrende benimle aynı zaman diliminde yaşayan, bedeninde benim için bu sevgiyi taşıyan biri olmadığı anlamına gelmiyordu. Bu bedeni bulmayacağım anlamına gelmiyordu. Onu şimdiki zaman diliyle buluyor, gelecek zaman diliyle bulacak ya da geçmiş zaman diliyle çoktan bulmuş olabilir miydim? Bunu yine herkesten gizli, kendi içimde tekrar düşünüyordum. Doruk Yücedağ, bana bu yaşıma kadar hiç hissetmediğim bir duyguyu, aile sıcaklığını; hem kahverengi gözleriyle, hem de beraberinde yüzüne kocaman yayılan gülüşüyle, çocuksu ve sıcak elleriyle ve en önemlisi, bugün bana sarılan dudaklarıyla hissettirmiş olabilir miydi?

Unutamadığım, ara ara kendini hatırlatan çocukluğum ve kimsesizliğim, başkalarından gizleyip kendimle konuşa konuşa geçti. Okul gösterilerinde, "Annenle baban nerede?" diye sorular soran velilere, düşünceli olmayı muhtemelen çok geç yaşta öğrenecek ve bunu ileride kendi çocuklarına öğretmeyi de unutacak acımasız çocuklara, "Çalışıyorlar," cevabını vermek; bu soruyu sormasınlar diye etraflarında dolaşmayıp, onların geçmediği yerlerden yürümek, zamanımı öyle geçirmeye çalışmak, bir alışkanlık haline gelmişti. Eğer sormuyorlarsa, muhtemelen öğretmenlerimin ya da durumu bilen başka birilerinin onlara, "Arkadaşlar Derin'in annesi ve babası yok, lütfen onu incitecek sorular sormayın," demelerindendi. Her şeyin bu kadar farkında olmam, hem bir yüktü omuzlarımda hem de insanları tanımam için koca bir fırsattı. Onlardan kaçarken kendi gerçekliğimle daha çok baş başa kalmamsa, benim tatsız mücadelemdi. Başkaları gösteri yaparken, okulun gidilmeyen köşelerinde oturmak, arkadaşlarımı aileleriyle görmek istemediğim için hızlıca okul servisine koşmak, servisin içinde başımı bacaklarımın arasına eğip gözyaşlarım akmasın diye kendimi sıkarak oturmak, mücadelemin en zorlu taraflarıydı. Kimsesizliğimi yaşamak zorundaydım. Şimdi o yaşlarıma geri dönebilseydim, kendime, mücadele etmek zorunda değilsin, sadece sana verilen hayatı yaşamayı öğrenmek zorundasın derdim. Çünkü insan mücadeleyi değil, yaşamayı öğrendiğinde rahatlıyor.

Bu yüzdendir ki, herkesin gittiği değil kendi seçtiğim yollardan yürümek, hayatım boyunca âdeta misyonum haline gelmişti. Belki çok düşünmek, belki acımasızlığı da, mücadeleyi de, gerçekliği de, duyguların değerini de küçük yaşta öğrenmiş olmak bana kendim gibi olmayı armağan etmişti. Şimdi yine, herkesin gittiği yoldan değil, kendi yolumdan gidiyor ve danışanım olan Doruk Yücedağ'a âşık oluyordum. Belki de şimdiki zaman, geçmişin farklı boyuttaki tekrarından başka bir şey değildi...

Doruk'tan ayrıldıktan sonra eve geldiğimde, bir süre sadece salondaki koltukta oturdum. Üzerimden çıkarmadığım kıyafetlerim ve omzumdaki çantamla, ne kadar süre öyle kaldığımı hatırlamıyorum ama tek bir noktaya bakıp uzun süre kıpırdamamıştım. Kendime geldiğimde akşam olmuş, saat onu geçmişti. Saatler hep geçerdi zaten ama saatler geçerken, insan bir yerlerde hep takılı kalıverirdi. Saatin bozukluğunu mu gösterirdi takılı kalması, yoksa insanın zamanı durdurmak istemesinden miydi bu tartışılır. Ama benim saatimdeki akrep ve yelkovan, Doruk'la geçirdiğimiz anlarda donup kalmıştı sanki.

Ve soruların kimi iş ahlakından, kimi vicdanımdan, kimi toplum baskısından, kimi de çocuk Derin'in duygularından, üzerime üzerime geliyorlardı.

"Ne yapacaksın şimdi? Nasıl onunla öpüştün? Aptal! O senin danışanındı, onu tedavi etmen gerekiyordu, onunla öpüşmen değil! Bunu kendine nasıl yaptın? Ya yarın işten kovulursan?" İş ahlakı ve etiği bunları söylüyordu kulağıma.

Ardından vicdanım konuşmaya başladı. "Eğer içinde bir rahatsızlık yoksa, doğru ve yanlış denilen kavramlardan uzak bir yerdeysen ve orada sadece bir duygu hissediyorsan ve bu duygu sana kendini iyi hissettirmişse, unutma ki yaptığın şeyin yanlışlığı veya doğruluğu sadece topluma göredir, gerçeğe göre değil. Seni iyi hissettiren yerlere uç!"

Toplum baskısı, dünyanın her yerinde olduğu gibi şeytanın sese bürünmüş haliyle ve kesin hükümleriyle, bağırarak konuşmaya dâhil oldu. "Danışanıyla öpüşen birine güvenmek mi? Onun nasıl bir iş ahlakı olabilir ki? Kimse bunu istemez! Kimse seninle bir daha çalışmak istemez! Dünyanın en iyi psikoloğu da olsan istemez!"

Hepsinin ardından kaşlarımı çatarak başka bir sesi dinledim.

"Ben sanırım âşık oldum. Bana bunu yaşattığın için teşekkür ederim sana..."

Konuşan derinlerde yaşattığım çocuk Derin'di. Ranzasında

uyuyan, okulda utangaç olan, kendi halinde yaşayan, tek derdi mutluluk ve sevgi olan, zararsız, minik Derin. Ve âşık olduğu için teşekkür ediyordu. Toplum, iş ahlakı veya başka bir şey... Hiçbiri benim için, bu Derin'den daha önemli ve öncelikli değildi.

Gözlerimde, ömrü kısa olacak çünkü muhtemelen birazdan duracak olan yaşlarla beraber, koltuğumdan kalktım. Bu sefer bir karar da benimle beraber koltuktan kalktı.

Doruk Yücedağ'a karşı olan sevgim için her şeyi karşıma almaya hazırdım.

"Çünkü eğer ben kendi hayatımın arkasında durabiliyorsam, herkesin karşımda durması önemsizdi."

Kararım bana kendimi iyi hissettirdi. Çünkü kesin, güçlü ve netti. Bu kararımı kutlamak istiyordum ama birlikte kutlayacağım tek bir kişi vardı, o da Lidya'ydı. Ben kutlamaya hazırdım ama o hazır mıydı? Lidya'nın daha hiçbir şeyden haberi yoktu. Yaşananları ondan gizlememem gerekirdi ama kendimden bile gizlediğim bir şeyi, ona çabucak nasıl anlatabilirdim ki? Doruk'a gelince, aldığım kararı ona söylemem için, biraz süre geçmesi gerekiyordu. Çünkü Doruk'u henüz istediğim kadar tanımıyordum.

Anlık bir kararla Lidya'yı aradım. Telefonu açar açmaz, "Ne yapıyorsun?" diye, direkt soruyla karşıladım onu. Ve cevabını beklemeden devam ettim. "Bize gelmeye ne dersin? Sana yeni aldığım aromalı çaylardan yaparım, en sevdiklerinden, kokulu olanlardan."

"Yaa... Çok güzel olurdu..." Duraklaya duraklaya konuşuyordu. "Oturuyorum, bir şey yapmıyorum ama tam da pijamalarımı giymişken aradın!" dedi. Daha fazla ilgi beklediği için naz yapan genç kızlar gibiydi.

"Ne olacak Lidya? Pijamalarınla atla arabana gel. Hadi bekliyorum."

Neyse ki onu ikna etmem zor olmadı, yarım saat sonra bendeydi. Lidya gerçekten pijamalarıyla gelmişti. Ben de o gelene kadar, ona uygun bir kombinle karşısına çıkmak için hazırlanmıştım. Çaylarımızı hazırladım ve oturup konuşmaya başladık.

"Ne o yüzünde güller açmış resmen, Tolunayla mı bir şeyler oldu yoksa?"

Tolunay der demez o güller solmuştu muhtemelen ve yüzüm, üzerinde insanların yürüdüğü ezilmiş çiçeklere benziyor olmalıydı.

"Ne Tolunay'ı Lidya? Lütfen bana bir daha Tolunay deme. Tolunay benim için bitti. Hatta öldü." Onu kırmadan ve uzatmasını istemediğimi belirterek konuşmama devam ettim. "Başka biri var!"

Salondaki kanepede, birden oturduğu yerde çocuk gibi zıplayacak sandım.

"Ne? Kim?"

Lidya'ya ismini söylemeden önce ne şekilde bahsetmem gerektiğini hiç düşünmemiştim. Yolda olduğu süre içerisinde de bunu kurgulamamıştım. Bu benim için zor bir şeydi ama ne olursa olsun onun beni anlayacağını düşünüyordum. Belki de üzerimde bu rahatlık olduğundan hiçbir şeyi planlamak istememiştim. Hem insan kurgu yerine gerçeği dinlerse, her duyduğunu anlayışla karşılayabilirdi. İnsanın anlayışlı bir varlık olduğuna dair sağlam inancımı asla kaybetmek istemiyordum.

"Kızmayacağına söz verir misin?"

Yüzümde hem muzip bir gülümseme hem de gerginlik vardı. İki ifadeyi de beraber taşımak zorunda kalmıştım.

"Çatlatma, hadi söyle! Neden kızacakmışım?"

Lidya'nın kızacağını ama zamanla alışacağını düşünerek, çocukluğumdan beri yanımda ve arkamda oluşuna güvenerek, uzun zamandır kabullenmeye çalıştığım gerçeğimi bir çırpıda söyledim.

"Danışanım Doruk Yücedağ'a karşı bir şeyler hissediyorum."

Lidya oturduğu yerde, ağzı açık şekilde bir süre kalakaldı. Ama yüzünde kızgınlık yoktu, sadece şaşkınlık ifadesi taşıyordu. Onun ağzından çıkacak bir söz pek çok şeyi değiştirebilirdi. Hem gergindim hem de rahatlamıştım. Olan olmuştu bile.

"Vay!" dedi, ilk tepkisi bu olmuştu.

"Ne zamandır var bu peki ve neler oluyor? Anlat..." Şaşkınlığını kendinden de benden de gizlemeyerek, sorularını sıralamaya başladı.

Doruk'la aramdaki süreci ona uzun uzun anlattım. Doruk'un terapiyi bırakmasını, ardından tekrar gelmesini, daha sonra terapiyi bırakması için benim onu yönlendirişimi ama bu kez onun istemediğini... Nihayetinde benim de onu bırakmayı göze alamadığımı. Hepsini.

Anlatacaklarım bittiğinde, yüzündeki şaşkınlık ifadesi hâlâ silinmemişti.

"Sadece seninle gurur duyduğumu söylemek istiyorum," dedi. Yüzümde kocaman bir gülümseme oluşacaktı ki devam etti.

"Yalnız... Bu, yaptığın şeyi desteklediğim anlamına gelmesin. Yaptığın kesinlikle yanlış. Kesinlikle etik dışı. Ama seni ilk defa yüzünde böyle bir gülümsemeyle görüyorum. Demek ki gerçekten âşık oldun. Çünkü bu ifadeye daha önce hiç tanık olmamıştım."

Tam da ondan beklediğim tepkileri vermişti. Söylediklerini dikkatle dinledikten sonra, yanına gidip Lidya'ya sarıldım. Sarılırken gözyaşlarımın omzuna aktığını hissediyordum.

"Sen bir şeyleri karşına almışsan, gerçek bir şeyler bulmuşsun demektir. Her zaman yanındayım, ne olursa olsun," derken, onun omzu uçsuz bucaksız bir deniz ve benim gözyaşlarımsa o denize yağan bir yağmurdu sanki.

Gece boyunca Doruk hakkında konuşmaya devam ederken, saat bir gibi aniden telefonuma bir mesaj geldi.

Yarın sabah onda kapındayım. Eğer senin de iznin olursa...

Mesajı atan Doruk'tu, bugün birbirimizden telefonlarımızı istediğimiz için mesaj atmadan duramamışa benziyordu. Bu kadar hızlı olacağını beklemiyordum ve bu kadar hızlı buluşmak isteyeceğini ise hiç aklıma getirmemiştim. Dışarıda buluşmak, ofisten birilerinin bizi görme ihtimalinden dolayı tehlikeli olabilirdi.

Lidya kimin mesaj attığını yüzümdeki gülümsemeden anlamıştı.

"Ne diyor?"

"Yarın görüşmek istiyor."

"Dışarıda mı?"

"Evet."

"Dikkat etmelisin Derin. Tekrar söylüyorum, ne olursa olsun yanındayım ama bu, yaptığın şeyi doğru kılmaz. Umarım sonunda korktuğum şeyler başına gelmez."

"Merak etme sen..."

Neden merak etme dediğimi bilmeden, içimdeki korkusuz duyguların bana bunu söylettiğini fark ettim.

"*Olur. Görüşürüz,*" diyerek Doruk'a telefonla konumumu yolladım.

Lidya yarım saat sonra evine dönmek için kalkınca, ben de hemen sabah olsun diye o gider gitmez uyudum.

Hiçbir zaman, çabucak yarın olsun diyerek erkenden uyumamıştım.

Galiba, ben gerçekten daha önce hiç âşık olmamıştım.

26

Doruk sabah onda geleceğinden, ben gece uyumadan önce alarmımı sekiz buçuğa kurmuştum. Ancak heyecanım beni alarmdan önce uyandırmıştı bile. Heyecanlı olduğum zamanlarda hep böyle olurdu. Hızlıca bir duş aldıktan sonra, saçlarımı kuruttum. Ne giyeceğim konusunda dolabımın karşısında on beş dakika vakit kaybettikten sonra, güzel bir bluz ve mavi bir jean seçip hazırlandım. Saçlarıma fön çekip hafif bir makyaj yaptım, ardından parfümümü sürdüm. Saat dokuz buçukta hazırdım. Ama o yarım saat geçmek bilmedi. Ben de o esnada aynanın karşısında birkaç prova yaptım.

"Günaydın," mı demeliydim? "Merhabalar," diyerek mi arabaya binmeliydim? İlk defa birinin arabasına binerken nasıl bir giriş yapmalıyım diye düşünüyordum. Daha önce hiç hissetmediğim duygular kapımı çalmıştı ve artık onları eve davet etme zamanı gelmişti.

Neyse ki saat onda, "*Geldim,*" diye mesaj attı Doruk. Aynada kendime bir kez daha baktıktan ve parfümümü birkaç kez daha sıktıktan sonra, merdivenlerden aşağı indim. Doruk'un mat siyah bir Audi A6'sı vardı. Eğer Doruk'a yakışacak bir araba söyleyecek olsaydım, gerçekten bu arabayı söylerdim. O da diğer herkes gibi, kendini yansıtan bir araba seçmişti. Arabaların, insanların karakterlerini yansıttığını gözlemlemiştim.

"Günaydın," diyerek arabaya bindim ve yavaşça Doruk'a yaklaşarak onu öptüm. Arabanın içinde, fonda kısık seste adını bilmediğim Fransızca bir şarkı çalıyordu. Doruk yine çok hoş görünüyordu.

"Günaydın," diyerek ve gülümseyerek beni karşıladı. Üzerinde parlak beyaz bir gömlek ve altında koyu siyah bir pantolon vardı. Saçları o kadar güzel parlıyordu ki, dokunmamak için kendimi zor tutuyordum.

Arabayı tekrar çalıştırdı ve yoldan gözünü ayırmadan, "Çok güzel kokuyorsun," dedi.

Teşekkür ettim ancak nasıl davranacağımı bir türlü kestiremiyordum. Rahatlayıp zamana bıraksam, iyi olacaktı.

"Nereye gitmek istersin?" diye sorduğunda, sanki o da biraz heyecanlı gibiydi. Yoksa o da benim gibi ilk kez birine âşık mı oluyordu? Heyecanlı konuşması onu daha sevimli bulmamı sağlıyordu.

Üzerimdeki gerginliği atmak için bir öneride bulundum. "Bilmem, Emirgan'da bir yere gidebiliriz ya da Bebek'te falan..."

"Aslında Arnavutköy'de bildiğim çok güzel bir yer var. Oraya gidelim mi?"

"Tabii olur. Benim için hiç fark etmez. Bana sorma çünkü hem iyi kahvaltı veren yerleri bilmem hem de kahvaltıları çok sevmem aslında..."

"Kahvaltı önemlidir, gittiğimiz yerin kahvaltı servisi çok güzel, göreceksin. Pişman olmayacağına söz veriyorum."

Yüzümdeki ifadeyi görmek için kafasını yan çevirerek bana baktı. Bir eli direksiyondayken, diğer eli bana çok yakındı. O arabayı sürerken, eline dokunmamak için kendimi zor tutuyordum. Sanki dokunursam kendimi daha fazla kaptıracakmışım gibi hissediyordum. Tensel olarak Doruk'tan etkilendiğim o kadar ortadaydı ki, bunu bütün hücrelerimle biliyordum. Tertemiz bir teni vardı ve hep güzel kokuyordu. Bugün de yine hem arabasının içi hem de kendisi mis gibi kokuyordu.

İçimden konuştuklarımı duymuş gibi, arabayı sürmeye devam ederken eliyle bacağıma dokundu.

"Çok güzel olmuşsun," dedi. Elinin bacaklarıma dokunuşu, içimde özelliklerini bilmediğim ama faydalı olduğuna emin olduğum bir ilacın dolaşması gibiydi. Elini hiç kıpırdatmadan aynı yerde dakikalarca tuttu.

"Teşekkür ederim. Sen de çok hoşsun," dedim. İlk defa Doruk'a iltifat etmiştim. Şaşırarak bana baktı.

"Senden bunu duymak... Bugün güzel geçecekmiş gibi geliyor bana! Teşekkür ederim Derin Hanım!"

Elini tekrar direksiyona götürdü.

Arnavutköy'deki mekâna gittiğimizde, Doruk'u hemen tanıdılar. Herkes onu hoş karşıladı. Muhtemelen hep gittiği bir yerdi. Kalabalık olmasına rağmen bizi ayakta bekletmediler ve güzel bir yere buyur ettiler. Denize çok yakındık. Masaya oturduğumuzda, Doruk masaya birçok şey söyledi. Acıkmış gibiydi. Benimse gerginlikten bir şeyler yiyecek halim yoktu.

Doruk'un siparişi masaya geldiğinde bir an hepsini nasıl yiyeceğimizi düşündüm, sofrada bir tek kuş sütü eksikti...

Ortadan kendi tabağına peynir çeşitlerinden servis ederken, bir yandan da benimle konuşmaya başladı.

"Anlat bakalım..."

"Neyi anlatayım?"

"Her şeyi ama her şeyi bilmek istiyorum."

"Her şeyi bilmek istersen hiçbir şeyi bilemezsin," dedim tatlı bir tavırla.

"Sabah sabah bu felsefe... Tabii, Derin Sözeri olmak böyle bir şey herhalde!"

O da benimle tatlı tatlı atışıyordu. Her gülümsediğinde hayatıma güneş doğuyor gibiydi.

Ben de ortaya serpilmiş kahvaltılıklardan tabağıma birkaç çeşit aldım, bir yandan da konuşmanın nasıl ilerleyeceğini merak edip duruyordum.

"Hadi anlat... Derin kimdir, nerede doğmuştur, neler yapmıştır? Seni daha çok tanımak istiyorum."

"Hiç tanımadığım bir anneden doğdum," diyerek başladım. Yüzünde şaşkınlık yoktu ama hafiften kaşları çatılmıştı. Masaya doğru yaklaştı. Bunu, beni daha iyi dinlemek için yapmıştı. Oysa çok kısık sesle konuşmuyordum ama... Biraz daha açıklamak istercesine anlatmaya devam ettim.

"Annemle babamı tanımıyorum yani. Beni bırakıp gitmişler. Kimsesizler yurdunda Lidya ile beraber büyüdüm. Başka arkadaşlarım da vardı ama Lidya'yla hiç kopmadık. Ofiste de görmüşsündür. İkimiz de psikoloji okuduk, üzerine yüksek lisans ve daha sonra ofis açtık..."

Ben rahat rahat konuşurken, hikâyemin Doruk'a enteresan geldiğini hissettim. Ama bu kadar ilgilenmesinin yanında, sanki benimle gurur duyuyormuş gibiydi.

"Evet, biliyorum Lidya'yı gördüm. Birbirinize sahip çıkmanız ne kadar güzel. En güzeli de senin kendini böyle güzel yetiştirmen..." Kendini yetiştirmek, benim için ne kadar anlamlı bir sözdü.

Teşekkür ettim. Bunları rahatça anlatıyor olma hali seneler içinde kendiliğinden gelişmişti. Çünkü tüm bunlar, benim canımı acıtan detaylar olmaktan çıkmış, artık gerçekliğim olmuştu. Tabii ki can acıtan tarafları da vardı ama çoğu çözümlenmişti ...

"Öyle işte... İstanbul'da büyüdüm. Hep burada okudum. Muhtemelen önümüzdeki senelerde de burada yaşarım diye düşünüyorum. Gerçi belli de olmaz ama..."

"Eminim birçok şey atlatmışsındır," dedi şefkatli bir ses tonuyla.

"Evet, tabii ki. Anne ve babasıyla büyüyenlere nazaran daha zorlu bir hayatım oldu. Ama ben anne ve babayla büyümek nasıl bir his hiç bilmedim ki. Belki de benim için o kadar zor olmamıştır."

Doruk beni dinlerken benim herkesten daha farklı olduğumu hissediyor gibiydi. Çünkü ister istemez farklıydım. Farklı olmak isteyenlerden değil, olmak zorunda kalanlardandım.

Kendine masadaki özel çaydanlıktan çay doldururken, geçmişimden konuşmanın canımı sıkacağını düşünmüş olacaktı ki hemen konuyu kendisine getirmişti.

"O zaman biraz da ben anlatayım. Gerçi sen beni biliyorsun! Ne anlatacağım ki?"

"Evet, ben seni daha iyi biliyorum... Şanslıyım."

Beni üzeceğini düşünüp konuyu uzatmayışı tatlı bir davranıştı ama bunlar benim için üzülerek anlatılan konular değildi artık. Belki bunu ona daha sonra açıklayabilirdim.

"Kendini yetiştirmiş birini bulduğum için ben daha şanslıyım bence," diye cevap verdi.

Daha sonra bu kahvaltının doğru zaman olduğunu düşünerek, konuları sonraya bırakmanın gereksiz olduğuna karar verip tekrar kendi yaşantımı anlatmaya koyuldum. Çocukluğum hakkında uzun uzun konuştuk. Yurttaki hayatımı, ilkokul ve lise yıllarımı, psikolojiyi neden seçtiğimi, geçmişte nasıl ilişkiler kurduğumu, gelecekten neler beklediğimi... Doruk'a her şeyi özet geçerek anlattım. Gözleriyle beni takip ederken, sanki çok önemli bir şey anlatıyormuşum gibi beni pür dikkat dinliyordu. Oysa sadece öylesine bir şeyler anlatıyordum. Yani her insanın yaptığı gibi, sadece hikâyemi paylaşıyordum. O ise beni herkes gibi dinlemiyordu. Önemli olan da buydu.

Arnavutköy'deki kahvaltıdan çıktıktan sonra saat bir olmuştu. Arabaya bindiğimizde, "Şimdi ne yapalım?" diye bu kez ben sordum. Doruk'la aramızdaki gerginlik geçmiş gibiydi. Sanki duvarlar tek tek kalkıyor, merdivenler tek tek çıkılıyor, kapılar tek tek açılıyordu.

Yola bakarak biraz düşündükten sonra o da beni başka bir soruyla cevapladı.

"Aslında bizim çiftliğe gidebiliriz. Atları sever misin? Benim çok eskiden beri baktığım bir atım var. Babam hediye etmişti. Ara ara onu ziyarete giderim. Eğer istersen birlikte gidebiliriz."

"Olur," dedim. Daha önce hiç at çiftliğine gitmemiştim. Dahası, Doruk'un geçmişine ait bir şeylerle tanışmak, onun hayatına dâhil olmak beni heyecanlandırıyordu. Ona dair her şeyi daha detaylı bilmek istiyordum. Hatta bugün hiç bitmesin istiyordum. Kahvaltıdan sonra ayrılmadığımız için çok mutluydum. Çünkü saat beşe kadar hiçbir işim yoktu. Arabada yine Fransızca bir şarkı çalıyordu. Doruk'un Fransızcayı sevmesi hoşuma gitmişti.

"Kim söylüyor bunu? CD'den çalıyor sanırım," dedim.

"Zaz'ın *Paris* albümünden. 'Sous le ciel de Paris.'"

"Çok güzelmiş..."

Gülümsedi. Rahatladığımı görmekten mutlu olmuştu.

Arabada bir süre hiç konuşmadık. Sessizlik biraz canımı sıktığından bozmak istedim.

"İçimde hâlâ yanlış bir şey yaptığıma dair bir inanç var Doruk." Aslında pek yoktu ama Doruk'un beni rahat görmesini nedense istemiyordum. Bunu istemeyen, muhtemelen mesleğiyle yaşayan tarafımdı. Bir yandan arabanın ortadaki ekranına bakıp CD'deki şarkıları değiştiriyor, bir yandan da ne diyeceğini merak ediyordum. Elini, konsolun ortasındaki ekranda gezinen elime götürdü.

"Bu ellerin var ya, eğer onlar beni yanlış olmasına rağmen tutuyorsa, sen şu an çoğu şeyi karşına alıp bu arabada yanımdaysan, tuttuğum eller hayatta hiçbir zaman bırakılmamaya değerler," dedi.

Elimi alıp birden öptü. Diğer eli hâlâ direksiyondaydı. Her şey hem hızlı gelişiyor hem de olması gerektiği gibiydi... Hiç rahatsız olmuyordum. Öptükten sonra, elimi bir süre kendi bacağının üzerinde tuttu. Yine yüzüme doğru dönüp benim ne tepki verdiğimi ölçmek ister gibi baktı. Doruk'un içinden geldiği gibi davranması, hiç kasmaması, çok düşünmeden içgüdüsel hareket etmesi, bana onun ne kadar gerçek biri olduğunu gösteriyordu. Saftı... Oyunsuzdu... Maskesizdi... Olduğu gibiydi. Başparmağımla, işaret parmağımla, orta parmağımla, yüzük parmağımla, serçe parmağımla; tek tek hepsiyle oynadı ve onları kendi ellerinde gezdirdi. Doruk'un elleri, ellerimi öyle çok sevmişti ki, sanki bedenimdeki her noktayı ayrı ayrı tanımak istiyorlar gibiydi. Beni sevmeye ellerimden başlamıştı... Kalbimdeki gülümseme yüzüme yayılıyordu.

Yirmi dakika yol gittikten sonra çiftliğe geldik. Arabadan inerken, "Burayı çok seveceksin," dedi.

Üstü kapalı, büyük bir yere gelmiştik. Ama ortada hiç at yoktu.

"Hani atlar?" diye sordum.

"Bugün kimse binmiyor demek ki..." dedi.

Elimi tuttu. "Gel," dedi. "Atlar arka tarafta."

Yürürken ilk kez elini tuttum ama az sonra geri çektim.

Arka tarafa geçtiğimizde, atları ziyaret ettik. İçeride on ya da on beş tane at vardı. Doruk, yürürken bazen bir elini omzuma koyar gibi yapıyor, bazen de sadece dikkatle bana bakıyordu.

Doruk'un atının yanına geldiğimizde, "İşte bu da benim can gözlüm," diyerek kendi atını sevmeye başladı. Bembeyaz bir atı vardı. Çok güzel görünüyordu. At onu görür görmez hareketlendi. Doruk o kadar candandı ki, atını öpüyor, bir insanmış gibi onunla kucaklaşıyordu.

"Can koymuştum atımın adını. Koşulara da çıktı, birçok kez kazandı da. Ama artık yaşlandı."

Atının gözlerine baktığımda, Doruk'a karşı olan sevgisini görebiliyordum. Doruk daha rahat sevebilsin diye, durduğu yerden neredeyse hiç kıpırdamıyordu. Doruk'un uzun zamandır sorumlu olduğu bir şeye böylesine sahip çıkmış olması, atın Doruk'u gördüğündeki sevgisi ve tepkisi, kalbimde Doruk'a daha da çok yer açıyordu.

Doruk'un atını sevdikten sonra diğer atlara da baktık. Doruk, çiftlikte hepsinin nasıl bakıldığını anlattı. Atlar hakkında bilmediğim ilginç detaylardan bahsetti. Bana bir şeyler katmaktan memnun ifadesi o kadar tatlı görünüyordu ki... Atların ayakta da uyuyabileceklerini, yaklaşık M.Ö. 4000 yılında evcilleştirildiklerini, karada yaşayan hayvanlar arasında en büyük gözlere sahip olan hayvanlar olduklarını ve atların, saygı, şefkat, iletişim ve güven konusunda problemleri olan insanlara yardımcı olabilen, şifacı tarafları olduklarını anlattı. Hatta insanların seslerindeki farklı duyguları bile anlayabildiklerinden bahsetti. Hayvanların şifacı yanlarıyla ilgili şeyler okumuş olsam da sanırım atların bu yanını hiç duymamış, duysam da Doruk'un yanındayken unutmuştum. O bir yandan bana bir şeyler anlatırken, ben de içimden babasının Doruk'a bilinçdışı geliştirmiş olabileceği bir detayı düşünüyordum. Belki de at bu görevi üstlenmişti. Belki de babası, Yiğit'le Doruk'un arasında yaptığı ayrımcılığın farkında olduğundan, Doruk'un çevresine karşı olan güvenini de at vasıtasıyla tazelemeye ve sağlıklı tutmaya çalışmıştı. Tabii bu derin anlamları hiç düşünmemiş, sadece bilinçdışı bir davranışla buna sebep olmuş olabilirdi. Doruk anlatırken, onun anlattıklarından etkilenmemi istiyor gibiydi. O kadar hızlı ve heyecanla anlatıyordu ki.

"Biraz yavaş anlat, arkandan at koşturuyormuş gibi konuşuyorsun," dedim.

"Bakayım... Yok hepsi odalarında," dedi gülmemi bekleyerek.

"Kötü bir espriydi," dedim.

Bu sefer yaptığı espriye gülmememe güldü. "Mutlu olunca hep böyle olur," diye ekledi.

Gözünün üzerimde oluşu bana kendimi iyi hissettiriyordu.

"Acıktın mı?" diye sordu.

Doruk'a dönüp heyecanlı bir, "Evet," patlattım. Kahvaltıdan bu yana oldukça zaman geçmişti.

"Tamamdır. Burada çok lezzetli ekmek arası köfte yapan bir yer var, ister misin?" diye sordu.

"Tabii ki!" diyerek teklifine atladım.

Hem bir at sahiplenecek kadar durumu iyi bir adamdı hem de tenha bir yerden ekmek arası köfte yiyebilecek kadar mütevazı.

Aldıklarımızı arabada yemeyi tercih ettik çünkü Doruk'un beni saat beşteki seansıma yetiştirmesi gerekiyordu. Arabaya tekrar bindiğimizde, Doruk'un bir elinde direksiyon diğer elinde köfte-ekmek vardı.

"Sabah kahvaltı, sonra hayatımın bir parçasını seninle tanıştırmış olmak ve ardından arabada köfte-ekmek! Çok güzel bir gün oluyor Derin."

Her şeyiyle o kadar olduğu gibiydi ki. Ona tekrar baktım. Ben ne kadar farklıysam, aslında o da o kadar farklıydı. Çünkü etrafta gerçek kimse kalmamışken, o tüm gerçekliğiyle burada, yanımda oturuyordu.

Yolda giderken, bir yandan dışarıyı seyredip bir yandan da hayatımın en güzel günü bitiyormuş gibi hissediyordum. Doruk'un yanından hiç ayrılmak istemiyordum.

Ofisin önüne geldiğimizde, "Çok güzel bir gündü, her şey için teşekkürler," diyerek Doruk'u yanaklarından öpmek için yaklaşmıştım ki, birden tereddüt ettim. Dudaklarım dudaklarına kaydı, kaymak istedi ve ben de izin verdim.

Etiler'de tenha bir sokakta olduğumuzdan ve kimsenin görmeyeceğini bildiğimden, dudağına kısacık bir öpücük bıraktım. Elimle onun yanağını okşadım.

"Görüşürüz," dedim.

"Görüşürüz," dedi.

Arabadan inerken camı açıp, "Seansın bitince yaz bana olur mu?" diye bağırdı.

Gülümseyerek arkama bakıp, "Olur," der gibi başımı salladım. O uzaklaşırken, bizi birinin görüp görmediğini kontrol etmek için etrafıma bakındım. Kimseler yoktu. Hem olsa da, kim Doruk'un benim danışanım olduğunu biliyordu ki? Lidya, Doruk, Öykü ve ben. Lidya tamamdı, Öykü'nün zaten ruhu duymazdı.

Özgürdüm.

Hızlıca ofisin merdivenlerini çıktım ve bu sırada telefonumun titrediğini hissettim. Mesaj gelmişti.

Kesin seni birazdan özleyeceğim.

Bugün kalbimdeki mutluluk yüzümden taşacak gibiydi.

27

Eğer sizi mutlu eden biriyle bir gün geçirmişseniz ve o gün henüz bitmemişse, günün devamı da en az başlangıcı kadar güzel geçerdi. Çünkü insanın vücudunda, iliklerine kadar etkisi kalırdı. O etki öyle büyüktü ki, üzerinizden geçmez, gitmezdi. Tüm gün boyunca yerleşir, kendine ruhunuzda sıcacık bir ev kurardı. O mutluluğu yürüdüğünüz yolun üzerine, taşıdığınız çantanın içine, açtığınız telefonun hoparlörüne kadar yayar ve yanınızda taşırdınız.

Doruk'un mesajını okuduktan sonra ofise girerken böyle hissediyordum. Bu adına kiminin aşk, kiminin mutluluk, kiminin sevgi, kiminin flört, kiminin de mucize dediği bir etkiydi. Peki benim lügatimdeki yeri neydi? Çünkü dünyayı herkes kendisine göre anlamlandırırdı. Doruk'un anlamı henüz daha yeni girmişti hayat sözlüğüme, tek bildiğim çok anlamlı bir kelime olacağıydı. Şimdilik bu kadarını bilmek bile benim için yeterliydi.

Öykü ofisin kapısını açtığında, "Geç kaldım sanırım," cümlemle ve telaşımla karşılaştı.

"Hayır Derin Hanım, Demet Hanım'ın gelmesine henüz on

dakika daha var. Soluklanabilirsiniz, geç kalmadınız," diyerek beni rahatlatmaya çalıştı.

"Ah... İyi bari. Geciktim sandım," dedim ve hemen üzerimdekilerden kurtulmak için portmantoya doğru yürüdüm. Daha sonra odama geçtiğimde, Doruk'un etkisi, yüzümdeki kocaman gülümsemeyle hâlâ beni takip ediyordu. Şu an, odamdaki aynada bunu görebiliyordum. Kendimi mutlu ettiysem, bu yeterli değil miydi? Zaten dünyanın, insanın kendini mutlu edebilmesi üzerine dönmesi gerekmiyor muydu? Dünyanın benden istediği görevi yerine getirmeye başlamıştım. Çünkü daha önce aynaya baktığımda kendimi hiç bu kadar mutlu hissetmiyordum. Yaptığım şey yanlış, yasak olsa da...

Ara ara İzmir'de, ara ara İstanbul'da yaşayan, otuzlarında bir avukat olan Demet Hanım içeri girdiğinde, onunla kaçıncı randevumuz olduğunu hatırlamaya çalışıyordum. Kapıda tokalaşırken beşinci randevumuz olduğunu hatırladım. Demet Hanım'la yaptığımız seanslarda bir hayli yol katetmiştik.

"Nasılsınız Derin Hanım?" diyerek başladı konuşmasına. Her zaman önce nasıl olduğumu soran, kibar bir kadındı. Bu kibarlığının altında mesleki tecrübeleri de yatıyordu.

"İyiyim çok teşekkürler, siz nasılsınız?" diyerek yanıtladım ve sözü ona bıraktım.

"Ben de iyiyim. Derin Hanım size en son geldiğimde, abim ve babam üzerine düşünmemi istemiştiniz. Dediklerinizi düşündüm, özellikle de geceleri..."

Geceleri ortalığı aydınlatma görevi ışıklardan acılara mı geçiyordu? Nedense herkes acılarını geceleri düşünürdü... Belki de sabahın kalabalıklığı, gecenin tek başınalığına galip gelemediğinden, herkes düşünmek için geceyi seçiyordu.

"Hayatıma aldığım erkekleri neden sürekli aldattığımı şimdi daha iyi görebiliyorum."

Demet Hanım ikili ilişkilerde sevgililerini aldatma ihtiyacı duyuyordu. İstisnasız tüm sevgililerine bunu yapıyordu, vicdanen rahatsızlık duysa da bunun önüne geçemiyordu. Sevgililerini aldattığı kişiler bazen yakın çevresinden, bazen internet ortamından, bazen de iş hayatından oluyordu. Aslında hepsinin, Demet Hanım'ın ailesinden isimlerle benzer noktaları oluyordu. Kiminin kilosu, kiminin davranışı, kiminin umursamazlığı... Ben, Demet Hanım'ın, hayatına giren erkekleri neden aldattığını alenen görebilsem de, onun bunu kendi başına görmesi benim asıl görevimdi.

"Neler fark ettiniz?" diyerek devam etmesini istedim.

Daha yoğun bir dikkate ihtiyacım olduğundan sırtımı koltuğa rahatça yasladım ve Doruk'u düşünmeyi eve sakladım.

Demet Hanım gözleri dolu dolu konuşmasına başladı. Muhtemelen ağır bir yüzleşme yaşamıştı. O da sarsılmadan kendine gelemeyen insanlardandı ve bazen insanın ruhunda sarsıntı şarttı.

"Abimin sevgisizliği..."

Bunu dedikten sonra gözleriyle bir yere tutunmak istercesine yukarı doğru baktı.

"Biliyorsunuz bu sevgiyi çocukluğumda hiçbir zaman üzerimde hissedememiştim. Babamın sevgisi de keza öyle. Onlarla ilgili ne düşünsem hâlâ hepsi yarım, hepsi parça parça. İlişkilerimin de neden parça parça olduğunu şimdi daha iyi anlıyorum. Geçmişimde yaşadığım sevgisizliklerle günlük hayatımda hep bir arayıştayım. Belki iki erkeğin sevgisizliğini aynı anda yaşamasaydım, bu aldatmalarım da olmayacaktı... İçimdeki nasıl büyük bir boşluk ve nasıl büyük bir ihtiyaçsa, tek bir erkekle yetinemiyorum. Sebebi bu sanırım..."

Son cümlelerini söylerken artık gözlerindeki yaşları teslim etmişti. Bununla yüzleşmesinin bundan sonraki hayatında algılarını nasıl değiştirip iyileştireceğinden habersiz olsa da, Demet Hanım için seviniyordum.

Elimle, aramızdaki sehpanın üzerinde duran peçeteliği işaret ettim. "Alın lütfen."

Peçeteyle gözlerini sildikten sonra uzun süre uzaklara daldı. Onu biraz bekledim ve ardından sessizliği bölmek istedim.

"Hayatta yaptığımız bazı şeylerin nedenini bilmemek, o şeyleri nedenini öğrenene kadar tekrarlamamıza sebep olabilir. Şimdi ağlıyorsunuz ama çok önemli şeyler keşfettiniz. Çok yol katettiniz. Bu noktaları görmeniz çok önemliydi. Emin olun bundan sonrası daha kolay olacak."

Hayat bu söylediklerimi çoğu danışanıma doğrulamıştı. Demet Hanım'a da doğrulayacağından emindim. Onun bunları hatırlayacağından da emindim. Gözyaşlarını iyice sildikten sonra içini dökmeye devam etti.

"Demek ki nasıl sevgisiz hissediyormuşum kendimi... Demek ki nasıl etkilenmişim her şeyden... Hem iki senelik sevgilim Alp'e hata yaptım hem de kendime. Kendimi affedemiyorum. Hayat bu kadar mı geçmişe bağlı şekillenir Derin Hanım?"

Gözyaşları sadece hüzünle değil, kızgınlık ve öfkeyle de akıyordu.

Şimdi de, başkasını üzmekten mutsuz olan küçük bir çocuk gibi konuşuyordu. İnsanın yaşı ilerlese de bazı cümleleri hep çocuk kalırdı. Çocuk aklı değil de "çocuk tarafının dili" derdim ben buna. O dille konuşmuştu benimle. Sorduğu soruyu cevapsız bırakmak istememiştim, gözlerine bakarak konuştum.

"Evet... Genelde bu kadar geçmişe bağlı şekillenir. Hepimiz, günümüzü şekillendirirken geçmişimizin izlerinden etkileniriz. Ama neden kendinizi affedemiyorsunuz? Yaptığınız hatalar bile neredeyse size ait değil, çocukluğunuza ait. Ve en önemlisi... Artık fark ettiniz. Kendinizi daha özgür hissetmiyor musunuz?"

Demet Hanım beni dinlerken rahatlamış görünüyordu.

"Kesinlikle özgürüm. Doğru söylüyorsunuz aslında, hatalarım bile bugüne değil geçmişime ait."

Kilit noktayı kendi cümleleriyle söylemişti Demet Hanım. Bundan sonrası onun için çok daha kolay olacaktı. Ne de olsa, kilidi bulana kapı da açılırdı. Seansın sonuna gelirken aklımda Doruk'a cevap yazmadığım geldi. Keşke cevap verseydim. Heyecandan ve telaştan unutmuştum. Demet Hanım'ı uğurladıktan sonra cevap yazabilirdim.

Yaklaşık on beş dakika daha karşılıklı konuştuktan sonra Demet Hanım'ı uğurladım. O gittikten sonra Öykü odamın kapısını çalıp, "Ben çıkabilir miyim Derin Hanım?" dedi.

"Tabii," diyerek Öykü'yü de yolladıktan sonra odama şöyle bir göz gezdirdim. Eve götürmem gereken bir şey olup olmadığını kontrol ettim. Birkaç şey aldıktan sonra odamdan çıkıp ofisin kapısını kilitledim. Bugün Lidya da yoktu. Akşamüstleri, ofis genelde daha tenha oluyordu. Ofisin merdivenlerinden aşağı inerken arabamı nereye park ettiğimi düşünüyordum ve bir anda bugün evden arabasız çıktığım aklıma geldi. O kadar uzun zamandır arabasız dışarı çıkmamıştım ki, hatırlamasam az kalsın her sokağa bakarak arabamı arayacaktım. Telefonumu çantamdan çıkarıp indirdiğim taksi uygulamalarından birini açtım. Tam bulunduğum konuma bir taksi çağıracaktım ki, karşımda kafasında kaskıyla kornaya basan birini gördüm. Bu nasıl olabilirdi? Doruk'tu bu!

Sabah uslu çocuk gibiyken, şimdi üzerinde siyah deri ceketiyle sanki bir serseriydi. Ama çok yakışıklı görünüyordu. Gözlerime inanamıyordum. Yine gelmişti!

"Ne işin var burada?" diyerek ona doğru yürüdüm. Yüzümdeki gülümseme muhtemelen sokağın diğer ucundan da görülebiliyordu.

"Seni bıraktıktan sonra evden motosikletimi alıp tekrar buraya geldim. Sonra köşede beklemeye başladım. Bir saattir bekliyorum. Kızdın mı?"

"Hayır, kızmadım sadece şaşırdım. Bir saat burada beni mi bekledin?"

Doruk'un işimi bitirmemi beklemesine inanamamıştım. Attığı mesaj öylesine değil, gerçekten hissedilerek yazılan mesajlardandı demek ki. Doruk'tan ekilenmemek mümkün değildi.

"Evet seni bekledim, neden?"

"Bilmem, gitmiştin yani, sonra da görüşürdük. Beklemene üzüldüm."

"Sonrayı beklemek istemedim, o yüzden burada bekledim," dedi ve bana da arkasında güvenle oturabilmem için bir kask uzattı. Doruk'un motoru çok büyüktü. Kaskımı henüz motosiklete binmeden ayakta başıma geçirirken, bedenlerimizin ilk defa birbirine kenetleneceğini düşündüm. Çantamı da parlak siyah, şık motora yerleştirdikten sonra ona sarılmak için artık hazırdım.

"Hazır mısın? Korkmuyorsun değil mi?"

O konuşurken ben de yerime yerleşmiştim. Ama henüz hareket etmemiştik.

"Hayır korkmuyorum. Ama ilk kez biniyorum biliyor musun?"

Küçük çocuklar gibi heyecanlıydım.

"Bir şey olmaz değil mi?" diye sorunca kahkahasını duydum.

"İyi ki korkmuyormuşsun, bir de korksan neler soracaktın acaba..." deyince yumruğumla hafifçe sırtına vurup dalga geçmemesini söyledim. Motoru çalıştırdı ve sokaktan çıkarken yine büyüleyici bir laf etti:

"Hadi gidiyoruz, sıkı tutun ve korkma... Benim olduğum yerde sana hiçbir şey olmaz."

Öyle güven veriyordu ki umarım hiçbir zaman beni yanıltmaz diye içimden dua ettim.

Ona hiç korkmadan sarıldım. Artık korkacak bir şeyim kalmamıştı. Doruk'un danışanım olduğunu bilen sadece iki kişi vardı. Başka kimsenin haberi olmayacaktı. Özgürdük. Aşkımız da özgürdü.

Sarıldığım gövdesi o kadar sert ve güçlüydü ki, ellerimi onun vücudundan hiç ayırmak istemeyebilirdim. Doruk'a böylesine yakın olmak, onun vücuduna bu kadar yakın bir yerde bulunmak bana kendimi çok şanslı hissettiriyordu. Sanki aradığımı sonunda bulmuş gibiydim. Doruk'a karşı hislerim, hep daha fazlasına doğru ilerliyordu. Ama bu çokluğu anlatacak kelime henüz bulunmamıştı.

Bir şeyler dedi, ancak duyamadım. Rüzgâr ve egzoz sesleri onu duymama engel oluyordu. "Ne dedin? Duyamadım," diyerek Doruk'un kulağına doğru eğildim.

"Korkmuyorsun değil mi?" diye yüksek sesle bağırdı. Etiler'den Bebek'e doğru inen yokuşta hızlıca aşağı doğru savrulurken, deniz manzarasıyla kendimi hem özgür, hem âşık, hem de mutlu hissediyordum. Dünya benim için dönüyor gibiydi. Dünya ilk kez benim için dönüyor gibiydi...

Rahatça duyması için yine kulağına eğildim ve bağırdım. "Hayır korkmuyorum!"

Motosiklete binmeyi mi sevmiştim, yoksa beni mutlu eden sürücünün Doruk olması mıydı? Cevap apaçık ortadaydı.

Sahile indiğimizde, yol kalabalık olmadığından Doruk daha da çok hız yaptı. Ancak korkutucu değildi. Muhtemelen oldukça tecrübeliydi çünkü motosikleti çok güzel sürüyordu. İlk kez binmeme rağmen hiç korkmamış, sadece keyfini çıkarmıştım.

Çevremizde çalan kornalar, insan manzaraları, güneşin batışı, yıldızların doğuyor oluşu...

Doruk'a daha çok sarıldım. Bir ara trafikte kırmızı ışıkta durduğumuzda Doruk da motorun direksiyonunu bıraktı, ona sarılan ellerime doğru eğilip onları öptü.

Rüyada gibiydim.

Ve içinde Doruk'un olduğu hiçbir rüyadan uyanmak istemiyordum.

28

Sahil turu atıp boğaz havası aldıktan sonra evimin önüne geldik. Saat akşam dokuz olmuştu. Doruk'un motorundan inerken yıldızların ne kadar parlak olduğunu ilk kez görüyor gibiydim, onları ilk defa içimde hissediyordum. Sanki hayatımı parlatıyorlardı.

Kaskımı çıkarırken, "Her şey için çok teşekkür ederim," dedim.

"O kadar keyif aldım ki... Motor gezintisini seviyormuşum, sayende artık bunu da öğrendim."

Doruk'un gözlerinin içine bakarken, o da parlayan dişleriyle bana gülümsüyordu. Sadece motor gezintisini sevdiğimi değil, Doruk'u da sevdiğimi öğreniyordum. Fakat şimdilik bunu kendime saklamayı tercih ettim.

"Rica ederim, ne demek... Benim için de sahili seninle gezmek, boğazı daha çok sevmeme sebep oldu," dedi Doruk.

Sözünü bitirecekken hızlı hızlı, "Ben artık gitsem iyi olacak," diye ekledi. O böyle söylediğinde içim burkuldu. Hâlâ Doruk'un gitmesini istemiyordum. Yetmemişti. Sanki onun yanındayken, bastığım toprak, giydiğim kazak, baktığım yıldız daha güzeldi. Yanımda kalmaya devam etsin istiyordum. O konuşurken, ben de onu eve çağırmayı düşündüm. Cesaret beni Doruk'la bu noktaya kadar getirmişti ve bu mutlulukları tatmamı sağlamıştı. Daha fazla cesaret, daha fazla mutluluk getirmez miydi? Sanki bu aralar benim için cesaret, mutluluk kapısının anahtarıydı. Cesaretli oldukça, mutluluk kapıları da bir bir hayatıma açılıyordu.

"Hayır gitme," dedim ve ellerini tuttum. Tuttuğum ellerine baktıktan sonra bana döndü. Hava karanlıktı. Ama sokaktaki sarı ışık Doruk'un yüzüne yansıyordu. Alnına düşen dağınık saçları ona çok güzel bir hava katmıştı. Saçlarını koklamak istiyordum.

"Sana evdeki şaraplarımdan tattırmalıyım. Sabahtan beri benim için birçok şey yaptın. Benim de sana bir şarap ikramım olsun," diyerek yanımda kalmasını ne kadar istediğimi anlatmaya çalıştım. Evde hangi şaraplardan vardı bilmiyordum ama birkaç şişe olduğuna emindim. Acaba bendekileri sever miydi?

Doruk bunları takacak biri değildi, yanlış düşünüyordum.

"Emin misin? Müsait mi ki evin?" diye sordu. Motosiklet hâlâ çalışır vaziyetteydi. Başka bir erkek olsa şu an koşarak evime çıkardı. Hatta benden önce kapıda biterdi! Bugüne kadar hepsi öyle yapmıştı. Fakat Doruk, evimin müsait olup olmadığını soracak kadar ince düşünceliydi. Bu onu daha çok arzulamama neden oluyordu. Tekrar ellerine dokundum.

"Müsait tabii ki. Tek yaşıyorum ben. Hadi durdur motoru, burada bir yere park et," dedim.

Doruk, motorunu park ederken, ben de onu evimin önünde bekledim. Elleri ceketinin ceplerinde bana doğru yürüdü ve yaklaşırken, ellerini ceplerinden çıkarıp, "Elinizi tutmama izin verir misiniz hanımefendi? Merdivenleri çıkarken eliniz yalnız kalsın istemem," dedi. O kadar tatlı konuşuyordu ki gülümsedim ve ellerimi ellerine, tüm kalbine teslim ettim. Sıcacıktı.

O dokundukça benim avuçlarım da ısınıyordu. Soğukta üşüyen bir çocuğun yanan odunlara elini yaklaştırdığında hissettiği şey neyse, aynısını hissediyordum...

Eve doğru yürürken, sanki ilk kez biriyle el ele tutuşmuş gibi heyecanlıydım. Yaşadığım duyguları kesinlikle Lidya'ya anlatmalıydım. Bu kadar mutlu ve güvende olduğumu bilse eminim o da çok sevinirdi. Merdivenleri çıkıp evin kapısına geldiğimizde, "Bir dakika," diyerek ellerimi Doruk'tan ayırmak zorunda kaldım. Ben çantamdan evin anahtarını çıkarırken, Doruk benden başka hiçbir şeyle ilgilenmiyordu. Gözleri tüm bedenime, ruhuma kenetlenmiş gibiydi. Onun gözlerinin hâkimiyeti bana öyle bir güç veriyordu ki, başıma hiçbir şey gelmez, gelirse de Doruk beni korur gibi hissediyordum.

Evimin kapısını açarken arkamda nefesini hissettim. O kadar yakındı ki. Kulağımın arkasına düşen saçlarımı eliyle düzeltip boynuma bir öpücük kondurdu.

"Ne güzel yermiş. Hem evin, hem boynun," dedi. O esnada Doruk'a hem evimin hem de kalbimin kapılarını açmıştım. İnsan birinin boynuyla tanışacak kadar onunla yakınlaşmışsa onun kalbindeki eve kadar girmiştir, diye düşündüm.

"Hadi yaramazlık yapmadan gir içeriye," dedim. Yaramazlık yapmıyordu ama nedense öyle söylemek gelmişti içimden. Doruk çok küçük bir kahkaha atarken beraber eve girdik. "Salonda oturabiliriz," diyerek Doruk'a salonun ışıklarını açtım. Sanki uzun süredir benimle beraber yaşıyormuş gibi, kendini salondaki koltuklara attı.

"Yorulmuşum ya!" dedi.

Uzaktan koltuğumdaki Doruk'a bakarken, onun evime ne kadar çok yakıştığını düşündüm.

"Yorulursun tabii. Sabahtan beri oradan oraya," dedim.

Söylediğimi farklı algılamış olacaktı ki, oturduğu yerden doğrulup açıklama yapma ihtiyacı hissetti.

"Olsun. Bir daha yorulmak isterim açıkçası. Çok güzel bir gün geçirdim, hâlâ da geçiriyorum."

Yanlış anlamayayım diye kendisini açıklamaya çalışmasına bile hayran oluyordum. Hiç kimse benim yanlış anlamamam için ne ilişkinin ilk günü ne de son günü böyle düşünceli davranmamıştı. Şaraplarımızı koymak için mutfağa geçerken, Doruk'la keşke her şeyden ve herkesten önce tanışsaydım diye düşündüm. Bir yandan şarabı kadehlerimize boşaltırken, bir yandan da her şeyin aslında doğru zamanda işlediğini fark ettim. Tolunay'ın olayının patlak vermesi, daha sonra Tolunay'ın hayatımdan çıkması, öncesinde Tolunay'la aramızda artık bitmiş olan duygular... Aslında her şey beni Doruk'a hazırlamış gibiydi. Tüm olaylar beni ona götürmüştü. Ya da onun yaşadığı olaylar da ona beni getirmişti. Belki de herkesin hayatında zaman böyle işliyordu ama sadece görmek isteyenler zamanın asla yanlış bir şey yapmadığının farkına varabiliyordu.

Kadehleri ve çerezleri hazırladıktan sonra, Doruk'un yanına geçtim.

"Özel bir şarap değil ama benim her zaman içtiklerimden. Umarım seversin," diyerek kadehi onun eline verdim.

"Kırmızı... Çok severim," diyerek şarabından ilk yudumunu aldı.

"Gayet güzel. Sen beğendiysen ben de beğenirim," dedi. Şaraplarımızı içerken birbirimize bakıp duruyorduk. Şu an yaptığım şeye bir yandan inanamıyor, bir yandan da çok inanıyordum. İnanamadığım tarafı, bu kadar cesaretli bir insan oluşumdu. İnandığım tarafı da Doruk'tan bana hiç zarar gelmeyeceğiydi. Tanrı beni yaratırken belki anne ve babasız bırakmıştı ama kimin zarar verip kimin vermeyeceğine dair güçlü bir önseziyi de hediye etmişti. Belki Tanrı da bana acımıştı...

Hayatımda çok az insana karşı böylesine teslim olmuştum. Bu insanlardan biri Lidya'ydı, biri de şimdi Doruk'tu. Tolunay ya da diğerleri, her zaman bir açık kapı bırakmama neden olmuşlardı. Şimdi, yıllar sonra böyle hissetmek, dünyam cennete dönmüştü sanki. İyi insan bulmak; iyi iş bulmaktan, iyi bir yerde yaşamaktan, iyi bir film izlemekten, iyi bir yemek yemekten de çok daha büyük bir iyiydi.

"Seni ilk gördüğüm anda hissetmiştim," dedi birden ve devam etti, "seninle aramda bir şeyler olacağını biliyordum."

Doruk sanki içimden geçenleri duymuş gibi, önseziden bahsediyordu. Belki o da, Tanrı'nın bana hediye ettiği önseziye sahipti. Belki, Tanrı bana yaptığı ayrıcalığı ona da yapmıştı; ona da acımıştı.

"Bir şeyleri önceden hisseder misin?" diye sordum.

"Evet hissederim. Böyle bir özelliğim var. Ama sonra senin hayatında biri olduğunu öğrenince, bu önsezimde yanılabileceğimi düşündüm. Hiç yanılmam zannetsem de. O an çok hayal kırıklığına uğradım," diye cevap verdi.

Doruk'un terapiye ara verişinin nedeni bu kez varsayımlarımla değil, onun cümleleriyle ortadaydı.

"Tolunay yüzünden mi bıraktın terapini?"

Hiçbir şeyi bilmiyormuş gibi, günlerce üzerine hiç düşünmemiş gibi davranarak konuştu.

"Evet, senin hayatında birinin olduğunu öğrenmek bana eziyet gibi geldi. Hatta şu an, senin hayatında benden başkasının varlığını konuşmak bile bana eziyet gibi geliyor."

'Benden başkası' diyerek, artık hayatıma girmiş olduğunu açıkça dile getiriyordu. Ses etmedim. Hatta sevindim. Bunu ayrıca konuşmayıp cümle içinde geçirmesi hoşuma gitmişti. Artık gerçekten bir ilişkiye başlıyorduk. Her şeyi karşıma almış olmama değecekti bu ilişki. Kararımdan bir kez daha memnuniyet duydum. Bu duygu, uzun zamandır hissetmediğim bir duyguydu ve şimdi yanı başımda oturmuş benimle konuşuyordu.

Doruk sadece geçmişimin konuşulmasını istemeyecekti. Cümleleri bunu söylüyordu. Ben de ikili ilişkilerde, geçmişi bilmenin ilişkiye zarar verdiğini, kişilerin partnerlerinin geçmişindeki isimlerle kendilerini özdeşleştirerek kendilerine zarar verdiklerini bildiğimden, bunu uzatmayacaktım. Çünkü karşındakinin geçmişini bilmek, kendini o geçmişte yaşatmak gibi bir şeydi. Karşındakini tanımak istemenin en tehlikeli haliydi. Burada tek korkum, benim Doruk'un tüm geçmişini, örneğin Lara'yı biliyor oluşumdu. Ayrıntılarıyla dinlediğim tüm konuları yönetmem gerekecekti... Terzi yine kendi söküğünü dikecekti.

"Sen istemezsen, tabii ki konuşmayız geçmişimi," dedim.

"Umarım sen de kendinle geçmişini konuşmuyorsundur," diyerek daha fazlasını talep ettiğinin altını çizdi.

Kendi iç dünyamda da Tolunay'ı düşünüp düşünmediğimi merak ediyor, bu sorusuna onu artık düşünmediğimi net ifade edecek bir cevap vermemi bekliyordu.

Şarabımı önümüze çektiğim küçük sehpaya bırakarak, "Akılda fazlalık sevmem," dedim. "Biri varsa, başka biri yoktur benim için," diye ekledim.

İkinci kadehimin yarısı da bitmişti. Şarabın ve Doruk'un küçük kıskançlığının üzerimdeki hoş etkisinden, Doruk'a yaklaştım. O da yavaşça kadehini kenara bırakıp kendini geriye doğru yasladı. Ellerimle önce saçlarını, sonra yüzünü sevdim. O da elini belimde gezdiriyordu.

"Olmasın başka biri. Hiçbir zaman," dedi. Gülümseyerek ona güven vermeye çalıştıktan sonra, "Bu saçlar böyle dağınık kalınca sana çok yakışıyor," dedim.

"Sen istersen hep dağınık bırakırım. Yalnız, umarım sadece saçlarımı dağıtırsın," dedi. Geçmiş ilişkilerinden kalan korkusu cümle olup ağzından çıkıvermişti. Ne çok korku taşıyordu Doruk. Korkunun doruğundaydı sanki.

Saçlarıyla oynamama devam ederken, "Sen de geçmişini düşünme ki, ikimiz birlikte bir gelecek yazabilelim," dedim.

"Ben de aklında geçmişini istemiyorum," diye ekledim.

Bu sefer yüzündeki sakallarıyla oynuyordum. Siyah ve bakımlı sakallarında gezinip duruyordum. Tam bir şey diyecekti ki ellerimle Doruk'un dudaklarına dokundum. İlk kez bu kadar yakın, ilk kez bu kadar sıcak hissediyordum ve tenine ilk kez bu kadar sokulmuştum. Şarap, içimdeki bütün öz güvensizlikleri odalarına kilitleyip cesaretimi sahneye çıkarmıştı.

Elimi dudağından çekerken dudaklarımı ona yaklaştırdım. Sessiz sakin, dudaklarını tanımak istercesine Doruk'un önce altdudağını, sonra da üstdudağını öptüm. Tane tane... Doruk heyecanlanmış olacak ki, dudaklarıyla hızlıca üst dudağıma doğru yol aldı.

"Sakin... Bir yere kaçmıyorum. Dakikalara izin ver," dedim.

"Hayatımda hiç kimseyle..." dedi. Konuşmasına izin vermeyerek tekrar dudaklarından öptüm. Kalın altdudağı dans etmeyi iyi biliyordu.

"Öpüşürken," dedi. Dilimle bu sefer ağzını ziyarete başlamıştım. Birinin ağzını ziyaret etmek, tek vücut olmanın ilk yoluydu. Biraz hızlanıp ağzında gezindim. O esnada Doruk'un elleri belimden boynuma doğru kaymıştı. Boynumu tutuyor, okşuyordu. Doruk'un ağzındaki ziyaretimi tamamlayıp evinden çıkar gibi ağzından çıktım.

"Bu kadar duygu hissetmemiştim," diyerek cümlesini ancak tamamlayabildi.

Doruk'un bedeninin üzerindeyken, kıyafetlerimiz de üzerimizdeyken, ben de hiçbir zaman bu kadar duygulu öpüşmemiş olduğumu fark etmiştim. Öpüşmemiz, sadece dudaklarımızın birleşmesi değil, bir ayin gibiydi. Nefes nefeseydik. Derken, Doruk'un üzerinden, kendi yerime geçtim. Sehpadan kadehimi aldım ve içmeye devam ettim. Doruk hareketsiz şekilde duruyordu.

"Sana âşık olsam çok mutsuz olur muyum ya da bunu sormam için çok mu geç kaldım artık?" diye yüzüme bakarak konuştu. Öyle masum bakıyordu ki, "Sen beni bırakmazsan, ben seni hiç bırakmam," demek isterken, "Neden mutsuz olacaksın ki?" diye sordum. Ben isteyerek kimseyi bırakmamıştım. Hep bırakılmıştım. Dünyaya bırakılmıştım, sokaklara bırakılmıştım, okullara bırakılmıştım. Neden Doruk'u bırakacaktım ki?

"Bilmem... Benim için karşına aldığın şeyler sana güvenmeme yeterken, bir yanım da çekip gidecekmişsin gibi hissettiriyor," dedi. İçkinin etkisi korkularının ortaya çıkmasına sebep olmuş, onları sorulara dönüştürmüştü. Belki de eski sevgilisinin bir anda ihanet ederek gitmiş olması, benim de ona aynı şeyi yapacağım korkusunu barındırıyordu zihninde.

"Bunları konuşmak için çok erken... Böyle bir korkuyu sana yaşatan ben değilim, geçmişin," dedim. Doruk yanıma yaklaştı ve bana sımsıkı sarıldı. Sadece sarıldı. Akşam dokuzdan, gece saat ikiye kadar konuştuk ve ara ara öpüştük.

Saat ikiyi geçince Doruk, "Artık gitsem iyi olacak," dedi. Bir erkek bu saate kadar bir kadının evinde duracak ve gece olunca asıl olayı gerçekleştirmeden kendi evine gidecekTİ ha? İnanılası değildi.

"Neden?" diye sordum.

"Yarın iş için erken kalkacağım," dedi. Başkası olsa işi de, parayı da, sabah saatinde çalacak alarmı da unuturdu. Ama Doruk farklıydı. Sanki hem her şey zamanla hem de her şey zamansız olsun istiyordu. Üstelemedim. İlk kez bir erkek benimle böyle yavaş ama aynı zamanda hızlı bir ilişki yaşıyordu. Kapıda onun ayakkabılarını giymesini izledim.

Uğurlarken, "Yarın kaçta kalkarsın?" diye sordu.

"Kahvaltıya gelemem Doruk. Saat üçe geliyor. Biraz geç kalkabilirim yarın."

"Yok, kahvaltı için değil, evde olup olmayacağını, ne yapacağını sordum sadece."

"Bilmiyorum, ajandama bakmam gerekiyor."

"Çok havalı, ajanda ha," dedi ve güldü. Elimle ceketine şöyle bir vurduktan sonra beni dudaklarımdan öpüp, "Hadi hemen yat, geç kalma," dedi ve gitti.

Arkasından kapıyı kapattım ama hayatıma çok güzel bir kapı açılmıştı.

29

Dört gün sonra, Tolunay'ı tekrar görecek olmamın sıkıntısıyla uyandım. Öyle bir sıkıntıydı ki bu, içimden ortadan kaybolmak, başka biri olmak veya dünyayı terk etmek geliyordu. Konuştuklarımın saçma olduğunu bilsem de, içimden konuşmaya devam ediyordum. Mesela bugün bir uçak beni alıp götürebilirdi. O uçağın içinde bir misafir koltuğu da olacaksa, oraya da pekâlâ Doruk oturabilirdi. Ama yapacak hiçbir şeyim yoktu. Ece'nin yanında olmak boynumun borcuydu, kendime koyduğum bir kural gibiydi. Yapmak zorundaydım. Ece'nin yaşadıklarının bedelini Tolunay'ın ödemesi gerekiyordu. Duygusal yaklaşmam gereken tek şey Ece'yken, Tolunay'ı göreceğim için öfkelenmem bencilliğimdi. Hem zaten sonuç Ece'nin zaferi olacaktı, buna inanıyordum. Onun zaferinde benim tanıklığımın katkısı da benim zaferim sayılırdı. En azından bu dünyada tacize maruz kalmış birinin içinin rahatlamasına katkım olacaktı. Ama ne yaparsam yapayım, içimin sıkıntısı, mahkemeye hazırlanırken de geçmedi. Ne aldığım duş ne de içtiğim kahve bunu geçirdi. Doruk'a, durumun Tolunay'la alakalı olduğunu değil ama bir danışanımla alakalı hukuksal bir sürece dâhil olduğumu ve tanık sıfatıyla gitmem gerektiğini söylemiştim. Doruk, geçmişimi bilmekten nedense ürktüğünden, ona bu detayları vermemiştim. Evde hazırlandıktan sonra arabayla mahkemeye doğru yol aldım. Yoldayken sadece Ece'nin o gün anlattıklarını düşündüm. Bana uzun uzun Tolunay'ın kendisine yaptıklarını anlatmış ve sonunda bunları yapanın sevgilim olduğunu söyleyerek beni şoke etmişti. Birden yaşadığım kâbus aklıma geldiğinde, zihnimde canlanan sahneleri durdurup radyoyu açtım ve bir şeyler dinleyerek kafamı dağıttım.

Arabayı park edip adliyenin önüne geldiğimde, Ece'yi bulmam zor olmadı. Siyah gözlükleriyle bana el sallayan genç kızın yanına doğru yürüdüm. Yanında avukatı da vardı. İkisiyle de selamlaştım. Önceden telefonda konuştuğumuzdan, benden dava için neler beklediklerini biliyordum. Üzerime düşenleri yapmak için hazırdım. Ece'yi öpüp ona sarıldığımda, nedense üzerimdeki gerginlik gitmişti. Belki de Ece'yi biraz daha rahatlamış olarak görmek bana iyi gelmişti. Alanda biraz bekledikten sonra duruşmanın vakti geldiğinde, duruşmanın yapılacağı salona girdik. Tolunay çoktan yerini almıştı. Bir an göz göze geldik Tolunay'la. Yüzünde bana olan öfkesinden başka hiçbir şey okuyamıyordum. Kötü görünüyordu. Sanki gece çok içki içmiş ve içkinin neden olduğu uykusuzluk suratına oturmuş gibiydi. İçinden bana küfürler ettiğini hissettim. Benden ne bekliyordu? Gözlerimi onun suratında biraz gezdirdikten sonra, donuk bir ifadeyle başımı çevirip önüme döndüm. Ben yanlış bir şey yapmıyordum. Burada yanlış bir şey yapan bir isim varsa, o da apaçık şekilde ortadaydı. Benim üzerime düşen şey, herkesin yapması gereken herkes için doğru sayılacak şeydi. Bahanesi, açıklaması, başka bir sebebi olamazdı. Bu kişi eski sevgilim de olsa, yaptığı şey onu ne özel ne de farklı kılıyordu. Duruşma süresince hiçbir şey düşünemedim. Üzerime düşen görevi eksiksiz şekilde yerine getirdim. Ve sonunda tarafların avukatları da konuştuktan sonra savcı kararı verdi.

Tolunay suçlu bulunmuştu...

Ece'ye baktığımda, yüzü zafer kazanmış birinden çok yaşadığı travmanın onaylanmasıyla teselli bulmuş birinin ifadesini taşıyordu. Peki hayatta hangi bedel cezaya yeterdi ki? Ceza sadece içindeki acıyı hafifletirdi ama onu yok edemezdi...

Tolunay'ın yüzündeki çökmüş ifadeye fazla bakmadan, Ece'yle beraber salondan çıktık. Karara sevinmiş olsam da sanki bu karar bile yetmezmiş gibi hissediyordum. Ece ile beraber adliyenin kapısına kadar yürüdük, avukatı da bize eşlik ediyordu. Genç kız birden durdu, konuştuğumuz başka bir konuyu yarıda kesti ve bana döndü.

"Size ne kadar teşekkür etsem azdır. Ben açıkçası, sevgiliniz diye belki onu korursunuz sanmıştım. Ama çok yanılmışım. İşinize ve hayata olan saygınız, duyarlılığınız için teşekkür ederim. İyi ki varsınız, iyi ki hakkımı korudunuz. Öyle çok insan var ki, sizin yaptığınızı yapmayı aklının ucundan bile geçiremeyecek..."

Minnetle konuşmuştu. İnsanlar konusunda da haklıydı. Maalesef birçok insanın suçlu birine olan sevgisi, onun suçuna galip geliyordu. Bencillik artarken adalet duygusu zayıflıyordu.

"Rica ederim Ece. Fakat benim yaptığımı yapamayacak biri, her kim olursa olsun, sana bunları yapan kadar suçlu olurdu, bundan emin ol," dedim ve ona sımsıkı sarıldım. Ece'ye sarılırken kendime sarıldığımı hissediyordum...

Daha sonraki aşamalar hakkında Ece'yle ve avukatıyla biraz daha konuşup, onlarla vedalaştıktan sonra arabamı park ettiğim yere doğru yürüdüm. Saat öğleni geçmişti bile. Arabama yaklaştığım sırada yavaş adımlarla yürürken, birden sanki biri beni takip ediyormuş gibi hissettim. Tuhaf bir korkuya kapıldım. İstemsiz şekilde iki üç kez arkama bakmış olduğumu arabaya binerken fark ettim. Bu his benim sanrım mıydı yoksa gerçekten biri beni mi takip ediyordu? Sokaktan yola çıkana kadar bu soru kafamı kurcalasa da, eve zaferle döndüğümden tüm korkularımı unutmuştum...

Evde üzerimi değiştirip kendime yemek için bir şeyler hazırladıktan sonra, kitap okumak için odama geçip biraz uzandım. Kitabımı okurken uyuyakalmışım. Rüyamda bir kızı takip ediyor, sokak sokak onu arıyordum. Tam bulur gibi olduğumdaysa, kız başka bir sokağa geçiyor, onu yine kaybediyordum. Bir türlü yakalayamıyordum ve dahası neden takip ettiğimi de bilmiyordum... Uyandığımda sadece o kız çocuğunu görmek, onu duymak istediğimi hatırladım. Belki de rüyam bugün Ece'nin yaşadıklarının üzerimdeki etkisiydi. Düşünsem başka şeyler de çıkabilirdi ama düşünmek istemedim. Telefonumu elime aldığımda saate baktım, akşam olmuştu. Ne çabuk geçmişti zaman. Sanki hâlâ uykum varmış gibi yatağımda gerinip esnedim. Kendimi yorgun hissediyordum. Bir süre sessizce tavana gözlerimi diktim, şu an Ece ne yapıyordur acaba diye düşünürken birden telefonum çaldı. Arayan Doruk'tu. Hızlıca açtım. Onu bugün hiç arayamamıştım.

"Nasılsın? Neden çıktığında aramadın? Merak ettim seni..."

"İyiyim... Merak edilecek bir şey yok. Her şey yolunda canım."

Her şey gerçekten yolundaydı ama yine de kendimi çok iyi hissetmiyordum.

"Sesin öyle demiyor ama."

"Ne diyormuş sesim?"

Aynı anda odamın tavanına bakmaya devam ediyordum.

"Sesin, oraya gelirsem bana çok şey anlatacakmışsın gibi. Birazdan sana geleceğim. Zaten çok yakınındayım."

Doruk çağırmamı bile beklemeden, yarım saat sonra kapıdaydı. Kapıyı açtığımda ona kocaman sarılmak istedim ve uzunca süre sarıldım. Dudaklarından öptüm. Sesimi kötü bulmuş, konuyu kapatmak yerine sanki daha çok açıp beni rahatlatmak için gelmişti.

"İyi misin?" dedi. Düşünceli hali, o kadar tatlıydı ki...

"Bugün gittiğim davadan biraz etkilendim. Mahkeme salonlarını hiç sevmiyorum," diyerek onu içeri aldım. Birlikte salona geçip oturduk.

"Ne davasıydı bu? Ne ile ilgili olduğunu hiç anlatmadın bana."

"Aç mısın?" deyip konuyu değiştirmeye çalıştım.

"Aç değilim. Yanıma yaklaşsana sen," diyerek eliyle beni kendine çekti.

"Ben kendime yiyecek bir şeyler söyleyeceğim. Eğer canın çekerse sana vermeyeceğimi şimdiden bil istedim," dedim.

Esprili ve çocukça konuşsam da, yüzümün içime ayna olmadığına emindim.

"Derin yanıma oturup bana bugün neler olduğunu anlatır mısın?" Zaten sadece konuyu değiştirmek için aç gibi davranmıştım. Tek derdim Doruk'la konuşmaktan kaçmaktı. Çünkü Doruk'la konuşursam, kendimle konuşmadıklarım da ortaya çıkacak gibi hissediyordum. Gerildim. Ama biraz daha konuyu geçiştirirsem sinirleneceğini hissettiğimden, yapacak bir şey bulamamış gibi yanına yaklaştım.

Ellerimi tuttu.

"Bugün tanıklığını yaptığın şey her neyse, seni etkilemiş olmalı. Çok durgunsun Derin. Anlatırsan rahatlayacağını düşünüyorum. Kim içindekileri sevdiği kişiye döküp döktüklerinden pişman olur ki? Hele de içini döktüğü kişi, onun içini dışından daha çok merak ediyorsa..." dedi.

Doruk sanki bazen cümleleriyle oyunlar oynuyor, bana kelimeleriyle büyü yapıyor gibiydi. Ona yenileceğimi hissederek, oturduğum yerde bağdaş kurdum. Kaçamayacaktım.

"Anlatıyorum," dedim.

Doruk saçlarımı düzeltip konuşmamı sessizce bekliyordu.

"Bir danışanım vardı. Gencecik, üniversitede okuyan bir kız. Bir gün bana gelip cinsel içerikli bir taciz yaşadığını söyledi..."

Doruk'un yüzüne bakmıyordum, sadece önüme bakıp ellerimle oynuyordum. Küçükken yaptığım gibi. Gerildiğim zamanlarda hep ellerimle oynardım, bu yıllardır değişmemişti. Doruk'un saçlarımla oynayışını, sehpanın üzerindeki yansımasından görebiliyordum.

"Onu çok üzülerek dinledim. Çünkü çok etkilenmiş görünüyordu ama aynı zamanda güçlüydü de."

Doruk bu sefer elleriyle başımı okşamaya başlamıştı. Bu bana tarifsiz bir güven veriyordu. Belki bir babam olsaydı, hissettirdiği şeyi baba güvenine benzetebilirdim. Ama ben buna sadece Doruk güveni diyebiliyorum. Bunun, benim için başka bir ismi olamazdı.

"Uzun uzun onu dinledikten sonra..."

Sesli bir şekilde nefes alıp verdim. Oturduğum yerden yukarıya kaldırdım başımı, bakışlarım yine tavana sabitlendi.

"Bana, bunu yapan kişinin eski sevgilim Tolunay olduğunu söyledi."

Bu sefer gözlerimi Doruk'a doğru çevirdim. Çünkü bunu Lidya'ya bile apaçık anlatmamıştım. Benim için bir ilkti ve eğer Doruk artık hayatımdaysa, geçmişimde beni etkileyen bazı şeyleri de bilmeliydi. Özellikle beni şu an üzen şeyleri... Doruk elini başımın üzerinden çekip bacağıma götürdü. Eli orada öylece kaldı.

"Ne diyeceğimi bilemiyorum," dedi, üzgündü.

Duydukları onu afallatmış gibiydi. Gerçekten ne demesini bekliyordum, ben de bilmiyordum.

"Korkunç bir olay. Çok korkunç... Senin için de şoke edici bir şey olmuştur."

"Evet, hem de çok. Ben de bugün üzerime düşeni yapıp Ece için savaştım. Onu korumalıydım. Onun hakkını korumalıydım..." Aslında tek derdim bu değildi. Çok büyük bir derdim daha vardı. Kendimden bile sakladığım, kendimden bile koruduğum, içime kocaman yerleşmiş, kurtulmak için ne yapsam da içimden atamadığım bir dert. Nasıl söyleyeceğimi bilemiyordum. Çünkü bunu başkasına sesli bir şekilde söylemek kendimle de yüzleşmek olacaktı. İnsan bir başkasıyla mı yüzleşmekten daha çok sarsılırdı, kendiyle yüzleşmekten mi? Benim kendimle yüzleşmem her zaman daha zor oluyordu. Doruk, anlatacağım şeyin sarsıcı bir şey olacağını yüzümden okuduğundan, benimle beraber bekledi. Yine uzun uzun nefesler aldım. Gerginliğimi fark edip ellerimi sımsıkı tuttu. Kendimi doğum yapmakta olan bir kadın gibi hissettim. Bu doğumu yaparken Doruk'un ellerinden de güç alıyordum...

"Ve birini daha korumalıydım," diye devam ettim.

Gözlerim Doruk'un gözlerindeydi. Sabahtan beri bulutların arkasına saklanan yağmurlar, gözlerimden taşmaya başlamıştı artık.

"Çünkü hakkının korunması gereken biri daha vardı. Çoktan hakkı yenmiş ve hiç korunmamış, korunamamış biri..."

Doğumum gerçekleşmişti. Gözlerimde, akan yaşlarla beraber şimşekler de çakıyordu. Doruk hepsine apaçık tanık oluyordu. Bu yaşıma kadar sadece kendime sakladığım bu olayı, ilk kez biriyle paylaşıyor olmak beni kafesten çıkan kuşlar gibi hissettirse de, ağlamaya devam ediyordum. Sadece rahatlamıştım. İçimdeki şeytandan kurtulmuştum.

"Çünkü sekiz yaşındayken ben de aynı olayı yaşamıştım ama kimseyle paylaşamamıştım. Bugün Ece'nin yanında dururken aynı zamanda kendimi de o mahkemede gördüm, kendimi de savundum Doruk..."

Doruk benim gözlerimdeki yaşların şiddetine dayanamamıştı, onun yaşları da benimkine karışıp gitmişti. Benimle birlikte ağlıyordu. Belki de benimle beraber mezara gideceğini düşündüğüm gerçeğimin ilk tanığıydı Doruk. Gömdüğüm yeri kazıp onu oradan ilk çıkarandı. Psikolog olmamın en büyük sebebi olan o şeyi, hayatımdaki mutluluğuma sebep olan insan da biliyordu artık. Ona bazı şeyleri tekrar tekrar anlatmaya gerek duymayacaktım çünkü o kendiliğinden anlayacaktı. Ben anlatmasam ve sadece sussam da, ne olduğunu bilecekti... Peki neden Doruk'u seçmiştim? Bilmiyordum. Aslında birçok sebebi vardı ve şimdi onun tepkisi, belki de benim için en büyük ilaç olacaktı. En ünlü psikologların bana söyleyeceği sözlerden, girdiğim en iyi psikoloji derslerinden, yaşanabilecek en güzel öpücükten, en duyulmamış sevgi sözcüklerinden daha değerli olacaktı. Doruk hiçbir şey söylemeden, sadece gözlerindeki yağmurlarla karşıladı beni. Yüzündeki şaşkınlığa üzüntü de eşlik ediyordu. İkisi bir olmuşlar, Doruk'un yüzüne yerleşmişlerdi. Uzun süre öylece kaldı ve ardından bana sımsıkı sarıldı. Gözleri sözlerinden daha çok konuşuyordu. Hiçbir kelime kalmasa aramızda beni yine de anlayacak gibiydi.

"Derin..." diyerek gözlerime baktı. "Bunları nasıl tek başına yaşattın kendine?" diye sordu. Ama sorusunun cevabını beklemiyordu bile. Sadece kendi kendine konuşuyordu. Ağladığı için bazı kelimeleri de tam anlaşılmıyordu. Yağmur da sesine karışıyordu. O benim omzuma, ben onun omzuna dünyalarımızı yerleştirmiştik sanki.

"Bilmem," dedim. "Senmişsin anlatmayı beklediğim..."

Uzun bir süre birbirimizin omzunda kaldık. Karşılıklı konuşan gözyaşlarımız diner gibi oldu, yavaşça Doruk'un yüzüne doğru yüzümü yaklaştırdım. Kalbinin üzerine de elimi yerleştirdim. Onun yaşlarının benim dudaklarıma doğru akmasına izin verdim. Dudaklarımda Doruk'un gözyaşının tadını hissedebiliyordum. İçimdeki küçük kız çocuğu biraz olsun rahatlamıştı. Doruk'un ıslak yanaklarına dokunurken, yavaşça dudaklarından öpmeye başladım. Bu öyle bir öpüşmeydi ki, sanki ilk defa biri içimdeki her şeyi sevmiş, beni tüm varlığımla öpmek istemişti. Doruk dudaklarımdan boynuma doğru geçerken, gözyaşlarımızın izleri hâlâ yanaklarımızdaydı. Boynumu öperken, ben de ellerimi onun saçlarında dolaştırmaya başladım. Doruk tekrar dudaklarını dudaklarımla buluşturdu. Dili dans eder gibi dilime değdiğinde, Doruk'un ağzında yaşayabileceğimi hissettim. Ellerimi Doruk'un üstündeki tişörte doğru götürdüm ve onu aşağıdan yukarıya doğru sıyırıp çıkardım. Dudaklarımız bir an ayrılıp tekrar buluştuğunda, Doruk benim üzerimi de çıkarmıştı ve gözyaşlarım yerini huzura bırakmıştı. Acılarımsa bu sefer sahneyi tutkuya devretmişti. Doruk yavaşça boynumu öperken, bense içimden Doruk'a rastladığım için ne kadar şanslı olduğumu ve bu şansı hak edecek hangi iyilikleri yaptığımı düşünüyordum. Doruk içimdeki coşkunun gürültüsünden habersiz, göğüslerime doğru yol alıyordu. Göğüslerime geldiğinde onları da teker teker öptü. O öptükçe içimdeki dağılmış parçaların yeniden birleştiğini hissediyordum. Ellerim Doruk'un saçlarındaki gezintisini bitirmiş, sırtında dolaşmaya başlamıştı. Yaşadığımız şeye herkes "sevişmek" diyebilirdi, bense bambaşka şeylerle anlamlandırıyordum. Çünkü yaşadığımız, bir sevişmeden çok birbirini bekleyen iki insanın kavuşma ânının kutlamasıydı. Sevişme deyip geçilemezdi. Doruk koltuktan kalkar gibi yavaşça doğruldu, pantolonunu çıkarmaya hazırlandığını gördüğümde, ben de hızlıca altımdakileri çıkardım ve bir kenara fırlattım. Doruk'u çırılçıplak gördüğümde; onu içime almak, içimdeki acılarla, sevgisizliklerle, huzursuzluklarla buluşturmak için başka kimseye duymamış olduğum bir heyecan duydum. Sanki ilk kez sevişecek gibiydim. Üzerindekilerden kurtulup bana doğru eğildiğinde, yüzümü öpmeye başladı. Sadece yüzümü, alnımı, gözlerimi, yanaklarımı öpüyordu. Doruk'un gözyaşlarını hissetmeye devam ediyordum. Daha sonra dudaklarıma geçtiğinde, Doruk'un bacaklarını bacaklarımda, karnını karnımda, göğsünü göğsümde hissettiğim için, kendimi hayatımda ilk defa tamamlanmaya bu kadar yakın hissettim. Doruk dudaklarımı sakince bırakırken penisini yavaşça içime doğru soktuğunda, aynı anda gözlerini gözlerimle buluşturdu. Gözleri hâlâ dolu dolu bakıyordu. Hiçbir erkeğin gözlerinde bu kadar anlam görmemiştim. Hep anlam aramıştım ama Doruk'un gözleri bu anlamı aramama gerek bırakmadan, beni kendiliğinden cevaplıyordu.

Doruk hem bedeni hem de ruhuyla içime girdiğinde, kendimi evren üzerinde tam da olmam gereken yerde hissettim. Acılarım acılarıyla, sevincim sevinciyle, tutkum tutkusuyla birleşiyor ve iki'den, bir'e dönüşüyorduk. Sanki bu anı yaşamak için doğmuş, bu ânı yaşamak için acılardan geçmiş ve sonunda bu anı hak etmiş gibiydim. Doruk kendi doruğunda, ben kendi derinliğimdeydim. İçimdeki her hareketiyle yenileniyor ve onun oluyordum.

İkimiz de olmamız gereken yerdeydik ve ben ilk kez sadece beden olarak değil, ruh olarak da birinin yanında çırılçıplaktım... Bu da, daha önce kimseyle tatmadığım, sadece Doruk'la yaşamış olduğum onca duygudan biriydi. Yaşadığımız bu kutlama bittiğinde koltukta uyuyakaldım. Ben uyurken onun elleri hâlâ saçlarımda geziniyordu. Beni seyretmeye devam ettiğinden emindim...

30

Gözlerimi açtığımda saat sabah dokuzdu ve Doruk göğüs hizamda huzurla uyumaya devam ediyordu. Öyle sıkı sıkı sarılmıştı ki, neredeyse hareket edemiyordum. Bacakları da bacaklarımın üzerindeydi. Onu uyandırmadan, oradan nasıl çıkabileceğimi bir süre kestiremedim. Daha sonra yavaşça yüzümü ona dönüp yüzünü incelemeye başladım. Dudakları, kaşları, göz kapakları, siyah uzun kirpikleri, saçları, yaşadığını hissettiren alın çizgileri, sakalları... Hepsini inceliyordum, yüzünde resmen gezintiye çıkmıştım. Hatta sanki bu görüntüyü bir daha göremeyecek veya kaçıracakmışım gibi, ayrıntılarıyla Doruk'u aklıma kazımak istiyordum. Tüm ayrıntılarını, geceleri yatağımda uyumadan önce uykumun gelmesi için kullanmak istiyordum. Başıma kötü bir şey geldiğinde Doruk'un yüzünün güzelliği beni hayata tekrar bağlasın, bana hayatı tekrar sevdirsin istiyordum. Sonra yavaşça elini üzerimden çektim ve bacaklarımı hareket ettirip kalkmaya hazırlanıyordum ki, Doruk yarı uyanık halde bunu anlayıp beni koltuğa geri çekti.

"Gitme," dedi.

"Bir yere gitmiyorum, üzerime bir şeyler giyeceğim. Sana da bir şeyler versem iyi olacak," dedim gülerek.

Gece kalkıp üzerimize örtmek için odadan yorgan almış olsam da üşümüştüm. Doruk, gözlerinde sabah mahmurluğuyla, "Biraz daha uzanalım böyle," diye ısrar etti.

"Daha önce hiç yaşamadığım bir şey yaşadım dün..."

Sabah mahmurluğuyla çıkan sesi içimi okşadı.

"Hemen bitirmek istemiyorum, kıyafetlerimi giyersem büyüsü gidecekmiş gibi sanki."

Doruk'un yanına geri döndüm. Üzerimize beyaz kuş tüyü yorganı çektim ama içinde hâlâ çırılçıplaktık. Doruk'un her yerini vücudumda tekrar hissediyordum. Bacakları bacaklarımla, elleri de göğüslerime sarılmış halde hareket etmeden duruyordu. Kendimi iyi ve güvende hissediyordum. Oysa sırrımı birine anlatırsam hep pişmanlık hissedecekmişim gibi korktuğumdan, bu korkum ne kadar yersizmiş diye düşünüyordum. Ya da şimdiye kadar karşıma çıkan insanlar ister istemez beni bu şüpheye düşürmüşlerdi. Doruk ise hiç şüpheye düşürmedi beni dedim içimden. Pişmanlık yerine resmen minnet hissediyor olmamdan dolayı içim ısınmıştı. Doruk ensemden öperken, dün gece ona anlattığım şeyi daha detaylı şekilde görmeye başlamıştım. İçime gömdüğüm günü, içimin arka odalarına sakladığım sahneleri hatırlıyordum. Doruk, kafamdakilerden habersiz saçlarımı okşarken, ona daha fazlasını da anlatmak geliyordu içimden. Ona yüzümü dönmeden konuşmaya başladım.

"Biliyor musun? Çok korkunç bir andı."

Sanki bilincim beni daha fazlasını söylemeye itiyordu. Bir yerde, sır saklamanın insan beynine zarar verdiğini okuduğumu hatırladım birden ve devam ettim.

"Bizim yaşadığımız yurda gelmişti ve beni uzaktan izlemişti. Yaşı oldukça büyüktü, sadece onu hatırlıyorum ve sonra beni kelimeleriyle kandırıp yurdun etrafında bir yere götürdüğünü. Ne olduysa orada olmuştu..."

Duraksadım. Zihnimde ortaya çıkan sahneler canımı acıtıyordu. O yaşlardaki Derin'e dönmek, o ânı tekrar yaşamak, hem kaçmak istediğim hem de daha fazlasını bilmek istediğim bir kısır döngüydü. Doruk hiçbir şey söylemeden sakince dinlemeye devam ediyordu. Sanırım kararı sadece dinlemekten ve anlamaya çalışmaktan yanaydı. Zaten başka da bir şey beklemiyordum. Peki bunca zaman neden saklamıştım? Gerçekten her şey Doruk gibi hissettirecek birine rastlamakla mı alakalıydı?

"Kır saçları, yeşil gözleri vardı..." diyorum.

"Kendimi ondan koruyamadım..."

Gözlerimde sabah yağmuru yağmaya başladı. Doruk gözyaşlarımın aktığını duyunca, bu sefer arkamdan sımsıkı sarıldı. Beynimdeki sahneler kendilerini tekrar hatırlattığından hüngür hüngür ağlıyordum. Ama Doruk öyle bir sarılmıştı ki, bana daha önce kimsenin böyle sarılmadığını hissediyordum. Öyle bir sarılmıştı ki küçük Derin'in mutlu olduğunu, ranzasında huzurla uyuduğunu görüyordum. Öyle bir sarılmıştı ki, içimdeki tüm yaraları sardığını fark ediyordum. Ağlamam durana kadar, "Hepsi geçti, hepsi geçti, hepsi geçti," diyerek durmadan tekrar etti ve her seferinde bıkmadan beni sevdiğini söyledi.

"Bil ki... Bu anlattıkların benimle ölüme kadar gidecek... Bunu sadece sen, ben ve maalesef o pislik bilecek ama şunu unutma ki, ben yanında olduğum sürece, bu yaşadığını sana unutturmak için elimden gelen her şeyi yapacağım. Eğer gerekirse, o adamı bulmak için de her şeyi yaparım. Bil ki, istersem o adamı senin için buldururum!"

"Hayır," dedim. "Kesinlikle istemiyorum. Hatırlamak mahvetti, bulmak bana ne yapar bilmiyorum!"

"O zaman bu yaşadıklarını unutturmak için var gücümle savaşacağım. Sana söz veriyorum. Hepsi geçti artık... Hepsi geçmişte kaldı..."

Dün geceden beri daha çok gözleriyle konuşan Doruk'tan sözleriyle de destek almak beni çok sevindirdi ve o arkamdan sarıldığı için göremese de yüzümde küçük bir tebessüm oluştu. Gerçekten de geçtiğini hissediyordum. Seneler oldu, üzerinden mücadele dolu zamanlar geçti tabii ki... Belki de bu yaşadığımı hiç konuşmadığımdan, dün Ece'nin ve Tolunay'ın olayıyla tekrar hortladı. Doruk'un ellerini avucuma alıp kalbimin üzerine götürdüm. Elleri, kalbimde olup bitenlere tanık olduğundan oraya da değsin istiyorum.

"Seni çok seviyorum," dedim ve dönüp dudağına bir öpücük bıraktım. Doruk da dolu dolu olan güzel gözleriyle bana bakıp gülümsedi. Biraz daha uzandıktan sonra kalkıp beraber duş aldık.

Hazırlanıp dışarı çıktıktan sonra Doruk'la sahilde kahvaltı ettik, deniz havası alıp yürüyüşe gittik. Ilık rüzgârın hafif esintisi tüm bedenime ve ruhuma iyi geliyor. Doruk, beni güldürmek, eğlendirmek için elinden gelen her şeyi yapıyordu. Başka bir yere gitmek için arabaya bindiğimizde, sırf, "Ne güzeller ya, baksana şunlara," dedim diye, beni mutlu etmek için yolun ortasında arabadan inip koşarak bana renkli balonlardan aldı. Doruk'un mutluluğum için sarf ettiği çabayı izlerken, cesaretle karşıma aldığım şeyleri ve bunun ödülünü düşündüm. O kadar kısa sürede o kadar çok şey değişti ki; şu an olduğum yere, sırlarımı paylaşmama, sevişirken bana eşlik eden duygulara, yediğim yemeğin daha tatlı gelişine, cesaretli oluşumun bana kaybettirmediğine aksine çok iyi birini kazandırdığına ve Doruk gibi bir adama sahip olduğuma inanamıyordum. Doruk'a hissetmiş olduğum duygularla, diğerlerine hissettiklerimi kafamda karşılaştırdığımda, yirmi sekiz yaşında daha önce hiç tatmamış olduğum bir duyguyu tatmış olduğumu da anlıyordum... En önemlisi, belki de daha öncekileri aşk zannederken, zannettiğim şeyin aşk değil sadece hoşlantı olduğunu, Doruk'la birlikteyken hissettiğim şeyin ise hoşlantı sınırlarını aşıp aşkın kendisi olduğunu fark ediyordum. Yürüdüğüm yoldan oturduğum yere ve hatta uyuduğum yatağa kadar, hayatta ilk defa daha farklı bir güvenle yaşadığımı hissediyordum. Farkındalıklarıma dalmış şekilde arabanın camından dışarıya bakarken, satıcıya parasını verip elindeki balon demetini taşımaya çalışırken gülen ve kornalar arasında arabaya koşan Doruk'u gördüm. Koltuğuna oturur oturmaz hızlıca hareket edip arabayı yeniden sürmeye başladı ve yine içimi rahatlatmak için güzel şeyler söyledi.

"İstedikleri kadar korna çalsınlar. Benim kalbimde çok uzun zamandır kornalar hiç susmuyor ki zaten! Bunlar ne ki?"

Diğer elinde arabanın camından dışarı saldığı balonların ipini tutarken, yanaşıp dudaklarımdan öptü.

"Ben ilk defa âşık oldum Derin," dedi. "Yemin ederim ilk defa âşık oldum!"

Bu itirafından sonra heyecanlı bir bekleyişe girdiğini hissettim.

Tüm cesaretimle ona dönüp, "Ben de sana Doruk," dedim. "Hem de çoktan..."

31

Ertesi gün, danışanlarımla seanslarımı bitirdikten hemen sonra eve koştum. Doruk ile Lidya'yı resmi olarak tanıştıracağım akşam yemeğine hazırlanıyordum ki, Doruk'un uzandığı yataktan yavaşça doğrulup makyaj aynamdan görebileceğim şekilde, "Derin ismini kim koydu peki?" demesiyle makyajımı yarıda kesip ona döndüm. Yatağımın üzerinde, bana gönderilmiş bir hediye gibi oturuyordu. Onu yatağımda görmek bile bana kendimi iyi hissettiriyordu. Merakla beklediği cevabı hemen verdim.

"Kendim koydum," dedim.

Doruk'un benimle ilgili bir şeyleri merak etmesi hoşuma gidiyordu. Çünkü sadece sevmek değildi yaptığı, tanımaktı da. Oysa insanlar bazen sadece sever, tanımaya gerek duymazlardı. Tanıdıklarını zannettikleri insanları bile aslında gerçekten tanımıyorlardı. Yüzeyselliği, insanların gerçeklikleri zannediyorlardı. Doruk öyle olmadığı için çok mutluydum. Çünkü yüzeysellikle değil, derinlikle ilgileniyordu. Elimdeki rujla tekrar makyaj aynama döndüm, aynada kendime bakarken konuşmama devam ettim.

"İlk önce ismim Eylül'dü. Kimsesizler yurduna beni eylül

ayında bırakıp gitmişler, bu yüzden oradaki görevliler de bana Eylül adını vermişler..."

Derin bir nefes aldıktan sonra devam ettim:

"Tecavüz olayına kadar Eylül ismini taşıdım. Onu kullandım. Ama tecavüzü yaşadıktan sonra o kadar etkilendim ki, o güne kadar kullandığım, bana koydukları ismi değiştirdim. Çünkü artık Eylül ölsün istiyordum. Artık yaşamasın ve yaşadıklarıyla beraber ölsün... O zamanlar böyle düşünüyordum. İsmimi değiştirerek Eylül'ü öldürdüğümü zannediyordum. Daha sonra 'Benim adım artık Derin,' dedim herkese. Derin'i doğurdum. Kendime başka bir isim koymak o kadar hoşuma gitmişti ki. O zamanlar annem babam yok diye sevinecektim neredeyse. Kendimi çok özgür hissetmiştim..."

Gülümsedim. Anlattıklarım acı da olsa, acılarıma gülmeyi kendimi yetiştirirken öğrenmiştim. Ama gülümsemem yüzümde ekşi bir tat da bırakmıştı.

"Derin, sen öyle güzel bir ruha sahipsin ki. Seninle gurur duyuyorum. Bunca acıya rağmen, tek başına her şeyin içinden çıkıp bambaşka bir sen yaratmışsın kendine. Sana öyle saygı duyuyorum ki..."

Doruk konuşurken hata yapmaktan çekinip bazen duraklasa da, söylediklerinin gerçekliğini gözlerinden okuyabiliyordum.

"Evet, kesinlikle şanslısın," diye devam etti konuşmasına.

"Mesela benim adım Doruk. Fikrim sorulmadan konmuş bir isim bu! İnsanlar kendi isimlerine bile hapisler."

Doruk'un son cümlesi hoşuma gitmişti. Çünkü eskiden Eylül ismine, o ismin tesiri altındaki bedenime hapistim. Ama Derin olduğumda, sanki o ismin yaşadıklarından kurtulmuştum. Bu yüzden Derin ismini de bilerek koymuştum. Derin, yoğun demekti. Yüzeyden içeri inen demekti. Anlamını öğrendiğimde yüzeysel biri olmamak için koymuştum kendime bu adı; hayatı yüzeysel değil, derinden yaşamak için. Öyle olmuştu ve oluyordu da...

Herkes isimlere ve tesirlerine hapisti. Ama çok az insan isminin anlamını taşıdığından haberdardı.

"Şimdilerde hapis olduğum ismim yüzeysellikten uzak anlamına geldiği için ben artık mutluyum," dedim. Makyajımı da bitiriyordum.

"Bence çok güzel bir ismin var, Derin çok güzel bir isim," dedi.

Doruk yatağımda yan yatmış beni izlerken, onun yanına gidip dudaklarından öptüm. Anlattıklarım acı şeyler olsa da acılarımı uzatmayı, Doruk'un bana acımasını istemiyordum...

Doruk bu akşam için yine çok hoş görünüyordu. Onun gözüme hoş görünmediği bir an hiç olmuş muydu acaba?

"Senin de gayet güzel bir ismin var. Doruklarda olmak da en az derinlerde yaşamak kadar güzeldir," dedim.

"Seninle beraberken kendimi zaten doruklarda hissediyorum," diye cevap verdi. Yine tatlı tatlı takılıyordu bana. Bu tatlılığı hoşuma gitse de, yerden aldığım bir yastığı ona doğru fırlattım.

Doruk kahkaha atıp yastığı kucağına aldı.

"Niye kızıyorsun? İsmimi seninleyken daha çok yaşıyorum," dedi. Ben de hem utanıp hem güldüm. Benimleyken kendini doruklarda hissettiğini söylemesi iltifat gibiydi, buna çok mutlu olmuştum.

Kıyafetimi giymem uzun sürdüğünden, Doruk'u daha fazla bekletmek istemediğim için salona gelip hazır olduğumu söyledim. Neyse ki bekletilmeye hiç söylenmiyordu. Sanırım gerçekten bana âşıktı. Çünkü bir erkek bekletilmeye söylenmiyorsa, çok âşık demekti!

Trafik yüzünden varış noktasına neredeyse bir saatte vardık. Gittiğimiz mekân Karaköy'deydi. İçeri girdiğimizde denizi ayaklarımızın altında görmek, İstanbul'un parıltısına şahit olmak harika bir histi. Mekânı Lidya seçmişti, iyi anlıyordu bu işlerden. Benimse çok alakam yoktu. Ne nerede yenir, nerede içilir, çok bilmiyordum.

Lidya, "Hoş geldiniz," diyerek karşıladı bizi.

"Beklettik mi? Kusura bakma lütfen," diyerek Lidya'yı öptüm.

"Hayır, ben de az önce geldim. Merhabalar tekrar, Lidya ben," diyerek, daha önce tanışmamışlar gibi Lidya, Doruk'a kendini tekrar tanıttı.

"Selamlar. Aslında daha önce tanıştık ama işte... Şimdi biraz durumlar farklı olduğundan... Tekrar tanıtayım kendimi. Doruk ben, çok memnun oldum Lidya."

Yüzündeki gülümseme Doruk'un bembeyaz dişlerini ortaya çıkarmıştı. Sıcacık gülümsemesinde, gittiği her yere güneş götüren bir farklılık vardı. Onu kiminle tanıştırsam gurur duyacakmışım gibi hissettim. Sanki onunla dünyanın hangi köşesine gidersem gideyim çok mutlu olacakmışım, her yere kolay alışacakmışım gibi bir histi bu. Lidya, Doruk'u sıcak karşıladıktan sonra yerlerimize oturduk. Lidya karşımızda, Doruk benim yanımdaydı. Mekândaki masalar birbirine uzaktı ve açık havada olduğundan, çok farklı bir ambiyansı vardı.

Doruk'un bir eli bacağımda, bir eli de masanın üzerindeki menüdeydi. Sevgilisini ilk kez anne babasıyla tanıştıracak liseli kızlar gibiydim. Umarım dışarıdan heyecanlı görünmüyorumdur diye içimden dua ettim. Nedense Lidya karşımıza oturduğunda biraz heyecanlanmıştım. Ters tepki vermeyeceğini biliyordum ama Doruk'u sevmezse bunu kesinlikle anlardım.

Garson gelince siparişlerimizi verdik. Birkaç başlangıç söyledik. Ana yemeklerdeyse Lidya ile ben somonda karar kıldık, Doruk et yemeyi tercih etti. Birkaç kadeh de bir şeyler içmek istiyordum ama sarhoş olmamam gerektiğini fark ettim. Sarhoş olduğumda çok konuşurdum, Doruk'un o halimi görmesi için erkendi.

Lidya dirseklerini masanın üzerine dayayıp ellerini birleştirerek söze girdi. "Evet... Gelelim asıl konumuza," dedi.

Sanki bizden hesap soracakmış gibi hissettim. Lidya'ya ters bir şeyler söylememesi için yalvaran bir bakış attım. Ama Lidya bana değil, Doruk'a bakıyordu.

"Öncelikle çok yakıştığınızı söylemeliyim. Derin'in hayatına giren herkesle tanıştım ama ilk kez bu kadar yanına yakışan birini görüyorum," diye başladı.

Böyle düşünmesine çok sevindim ancak Lidya'nın geçmişimden konuşması, yüz ifadesini etkileyecek mi diye Doruk'a baktım. Anlayışla ve hiç bozulmadan dinliyordu. Sanki o da kendi içinde cevaplarını hazırlıyor gibiydi. Ben Doruk'a baktığımda, o da bana bakarak gülümsedi.

"Derin beni bilir, birine eğer içim ısınmazsa bunu çok belli ederim. Doruk, şanslısın ki, sana ilk on dakikada içim ısındı."

Doruk sanki Lidya'nın ilk sınavını geçmiş gibi rahatlamış görünüyordu. Yine de gergin olduğunu ifadesinden anlamıştım. Lidya da insanları karşısına oturdukları ilk anda anlayabilen şanslı kişilerdendi.

"Sizi birbirinize yakıştırmam veya Doruk, senin iyi biri olman yaptığınız şeyin tehlikesini ortadan kaldırmıyor."

Lidya cümlesini bitirirken garson masaya başlangıçları getirdi.

Doruk garsona teşekkür etti. Garson uzaklaştıktan sonra Lidya bize doğru eğilerek, alçak bir ses tonuyla konuşmasına devam etti.

"Doruk hiçbir zaman Derin'le nasıl tanıştığını kimseye anlatmamalısın. Eğer birine anlatırsan, Derin'in kariyerini mahvedecek bir şey olur bu. Korkunç."

Lidya biri duyuyor mu diye etrafına bakındı. Hâlbuki böyle hareket etmesine gerek yoktu.

"Bulunduğu noktaya tek başına, çalışarak, azmederek gelmiş bir kıza yapılacak en korkunç şey olur bu."

Normal ses tonuna geri dönmüştü. Onu anlıyordum, Lidya beni koruyordu. Ben de muhtemelen onun için aynı şeyi yapardım. Benim tanıdığım Lidya buraya gelmeden önce Doruk'la neler konuşması gerektiğini bile planlamış olmalıydı. Ben Doruk'a o kadar güvenmiştim ki, bunları ona sözcüklerle anlatmama bile gerek kalmadan o beni anlamıştı. Ama Lidya'nın beni önemsemesi hoşuma gitti. Masanın kenarından elimi ona uzattım. O da elimi tuttu.

"Doruk bunların hepsini biliyor Lidya," dedim. "Teşekkür ederiz tekrar hatırlattığın için."

Doruk gülümsedi.

"Derin'in benim için kariyer anlamında ne kadar çok risk aldığının ve nasıl bir fedakârlıkta bulunmaya kalkıştığının farkındayım. Onu tehlikeye atacak hiçbir şey yapmadım ve yapmayacağıma da emin olabilirsin."

Lidya rahatlamış görünüyordu. Yargılayıcı anne duruşundan çıkıyor, yavaş yavaş arkadaş canlısı Lidya olmaya başlıyordu.

"O halde iyi..." dedi.

Tabağımıza başlangıçlardan birkaç şey aldıktan sonra, Doruk konuyu değiştirmek istemiş olacak ki, benim çok az yediğimden şikâyet etmeye başladı.

"Sence de çok az yemek yemiyor mu? Sinir ediyor beni."

Lidya da beni şikâyet ediyordu artık. "O her zaman öyleydi Doruk. Alışmalısın. Elinle beslersen belki yer," dedi Lidya.

Lidya'yla gözlerimiz buluştu. İkimiz de aynı şeyi hatırlayarak güldük.

Biz küçükken bir gün, Lidya yemekhanede bana elleriyle zorla yemek yedirmişti. Gece olduğunda yatakta acıkmayayım diyeydi bu zorlama. Çünkü on bir yaşındayken, akşam az yemek yediğim için geceleri ister istemez acıkıyordum. Lidya da bunu biliyor ve benim için üzülüyordu. Bir gün yemekhanedeyken, yine az yiyerek doymuş olduğumdan, kendi tabağındakileri kaşıkla bana yedirmeye çalışmış ve zorla yemeği -hiç unutmuyorum yemek nohuttu- tıkmayı başarmıştı. Şimdi o günlerin geride kalmış olduğunu görmek hem gözlerimi dolduruyor hem de içimde bir sıcaklık yaratıyordu. Acıktığında yemek yiyememek artık çok uzak olduğum bir şeydi ama eminim şu an biz burada denize karşı yemek yerken, birileri benim o zamanlar tatmış olduğum duyguları, yurtlarda, sokaklarda, evlerde yaşıyordu. Kimbilir kaç Lidya, kaç Derin daha vardı...

Yemeklerimiz geldiğinde, Lidya'yla Doruk'un muhabbetleri iyi gidiyordu. Sanattan, psikolojiden, bilimden, ülkenin halinden konuşuyorlardı. Onların anlaşması beni mutlu etmişti. Çünkü Doruk, Lidya'nın anlaşamadığı insanlardan olsaydı, bu durum beni üzebilirdi. Ülkenin sorunlarına kendilerince ürettikleri çözümler hakkında birbirlerine yorumlarda bulunuyorlardı ki, "Kimler buradaymış," diyerek masaya biri yaklaştı. Gözünde okuma gözlükleri olan, entelektüel görünümlü, yüksek sesle ortamımıza giren, rahat hareketleri olan biriydi. Sanki onu tanıyordum ama ismini çıkaramamıştım. Neyse ki Lidya'ya doğru yürüyordu.

Lidya, "Aaa, Levent!" diyerek yemeğini bırakıp sandalyesinden kalkarak Levent'e doğru yürüdü.

Onlar aralarında konuşurken Levent kafasını bize çevirerek, "Derin!" dedi şaşkınlıkla ve gözlüklerini çıkardı. Bu sefer tanımıştım, üniversiteden arkadaşımızdı. Birkaç kez aynı seçmeli dersleri almıştık. Lidya, ben ve Levent. Üniversitede de yakışıklıydı ama şimdi daha bir hoş görünüyordu. Erkekler sanırım hep söyledikleri gibi gerçekten yaş aldıkça güzelleşiyorlardı. Bunları Doruk duysa kızar mıydı acaba?

"Aaa, Levent, bir an tanımadım seni," diyerek sandalyemden kalkıp Levent'e elimi uzattım. Levent bir an Doruk'a da bakış attığından, "Doruk," diyerek tanıştırdım. Doruk da kalkıp

Levent'e, "Merhabalar," dedi. Çok sıcak bir selamlaşma olmadı aralarında. Doruk biraz gerilmiş gibiydi, neden olduğunu tam anlayamamıştım.

Onlar ayakta konuşurken biz de Doruk'la yerlerimize oturmuştuk. Levent'in bir kez daha göz ucuyla bana baktığını gördüm. Gözlerimi hemen başka yere çevirdim. Doruk görmüş müydü acaba?

Doruk tabağındaki eti keserken, sessiz bir şekilde, "Kim bu?" diye sordu. Kulağına eğilerek, "Üniversiteden bir arkadaşımız," diye cevapladım. Anladım der gibi bir ifadeyle kestiği eti ağzına attı. Sanırım Doruk, Levent'le benim gözlerimizin bir anlık da olsa buluştuğunun farkına varmıştı. O sırada Lidya Levent'le ayakta çok durduklarını anlayıp, "Otursana iki dakika," diye teklifte bulundu. "Bekleyen var mı?"

Levent, "Yok, benimkiler buçukta gelecekler. On dakikam var daha," diyerek Lidya'nın yanına oturdu. Doruk'la Levent karşı karşıyaydılar. Levent'in bakışları, Lidya'dan çok bana kaymaya devam etti. Sanırım son birkaç bakışını benden önce fark ettiği için Doruk, Levent'ten rahatsız olmuştu. Ben bunları düşündüğüm sırada Levent bir anda bana döndü:

"Derin sen neler yapıyorsun? Bu arada sen hatırladığımdan da güzelmişsin ya," dedi. Bir yandan da sigarasını yakmak için masada göz ucuyla çakmak aramaya başladı. Aynı esnada, Doruk'a baktım. Yüz ifadesi sertleşmişti. Onu ilk kez yüzünde sert bir ifadeyle görüyordum.

Levent, Doruk'un yüz ifadesini fark etti ama sakin bir ifadeyle sadece bana baktı. Artık cevap vermem gerekiyordu.

"Leventçiğim çok teşekkürler, utandırdın. Sen de gayet iyi görünüyorsun!" dedim.

Lidya'yla bir anda göz göze geldik. Biri bana iltifat ettiğinde, benim de ona karşılık vermek gibi bir huyum vardı ve Levent gerçekten bizim arkadaşımızdı. Aynı incelikle ona dönüş yapmalıydım, yaptım da. Doruk'un gerginliği devam etti.

"Teşekkürler... Senden duymak güzel!" dedi içten bir gülümsemeyle.

"İşler nasıl gidiyor?"

Ortamda istemeden bir flört havası oluşmuştu ve sanırım kontrol altına almam gerekiyordu.

"Nasıl olsun. Aynı şekilde... İyiyim. Lidya'yla işimize devam ediyoruz. Sen neler yapıyorsun?"

Levent elinde sigarasıyla, "Sağ ol, teşekkür ederim. Aynı işler benim de, koşturmaca işte," diye cevap verdi.

Ben uzatmayıp sadece gülümseyince, o da daha fazla uzatamadı ve Lidya'ya doğru döndü; aralarında konuşmaya devam ettiler.

Levent üniversite zamanlarında da Lidya'yla daha iyi anlaşırdı zaten. Doruk'a baktığımda, telefonundan bir mesaja cevap yazıyordu. Ortamdan kaçmak için telefonuna mı sığınmıştı? Elimi bacağına koydum ve yüzüme bakması için bekledim. Yüzüme baktığında gülümsedim. Daha sonra, bu kez Doruk kolunu benim sandalyeme attı, vücudunu da kendi sandalyesine dayadı ve diğer eline kadehini alıp Levent'e, 'Ne zaman gideceksin sen?' der gibi bir bakış attı. Beni ve sandalyemi saran kollarıyla, "Derin bana ait," diyordu âdeta. Aslında bu kadar kaba biri olduğunu düşünmüyordum ama Levent'in serseri bir duruşu vardı. Eminim Doruk bundan ve biraz da bana söylediklerinden rahatsız olmuştu. Levent on dakika kadar kaldıktan sonra aramızdan ayrıldı.

Levent gider gitmez Lidya çabucak dedikodusunu yaptı. "Bir insanın aşk hayatı hiç mi durulmaz ya..." dedi.

"Bu çocuktaki kısmet bende olsaydı!" diyerek iç geçirdi. Bir yandan da, Levent'in benimle bir alakası olamayacağını Doruk'un da anlamasını sağlayacak cümleler kuruyordu. Doruk, yüzünde "neyse"ye benzer bir ifadeyle kaldı. Yemeklerimizi yiyip bitirdikten sonra, tatlılarımıza geçtiğimiz sırada da Doruk pek rahatlamış görünmüyordu. Lidya'yla biraz bakıştıktan sonra, sanki kalkmamızın daha iyi olacağını düşündüm. Zaten yeterince vakit geçirmiştik. Lidya'yla vedalaştık. Doruk, Lidya'ya gayet sıcak bir şekilde veda etti.

Arabaya döndüğümüzde, Doruk arabayı çalıştırmadan birden konuşmaya başladı.

"Ben senin neyinim Derin?" diye sordu. "Sıfatım ne senin için? Ne demek istiyorsun bana? Nasıl anmak istiyorsun beni?"

Doruk'u ilk kez sinirli görüyordum.

"Başkasının yanında gerçekten beni yok sayarak mı hareket edeceksin hep?"

Hızlı hızlı konuşuyordu. Doruk'un derininde yatan sorunu cümlelerinden okuyabiliyordum. Araya başka bir erkeğin girmesi onun için tehlikeydi, tehditti. Geçmişten kalan o korku yine ortaya çıkmıştı. İki elini de ellerimin içine alarak konuştum.

"Sakin olur musun lütfen? Şu an o kadar gereksiz bir kızgınlık içindesin ki... Levent bizim üniversiteden arkadaşımız. Her zaman da arkadaşımızdı. Hâlâ da arkadaşımız. İltifat etti, ben de iltifatla karşılık verdim, hepsi bu kadar," dedim.

Ellerini öptüm. Ellerini çekti. Şaşırmıştım. Hiçbir şey söylemeden suratına baktım.

"İzin verirsen araba kullanacağım," dedi. Arabayı çalıştırdı.

"Doruk sen benim sevgilimsin," dedim. "O sadece arkadaşımdı ve arkadaşım kalacak biri. Tehdit olarak görmene gerek yok."

Daha fazla açıklama yapmama gerek yoktu. Evet, Levent biraz flörtöz davranmıştı ama Doruk'un bana güvenmesi şarttı. Hayatımda erkekler olabilirdi ve vardı da! Eğer Doruk bunu aşamazsa, bu benim için büyük sorun olurdu. Çünkü bu yüzyılda hâlâ erkekle kadının arkadaş olacağına inanmayan biriyle yapamazdım. Gerçi Doruk'un derdi bu değildi.

"Benim derdim arkadaşın olması değil. Sanki sana Lidya'ya baktığından farklı ve daha çok baktı," dedi. Doruk'un fark ettiği şeyi ben de fark ettiğimden, ne diyeceğimi bir an bilemedim.

"Onun bu bakışlarından da rahatsız oldum."

Bu söylediğinde haklıydı. O konuşurken ne diyeceğimi düşünüyordum.

"Artık dışarıda sevgili gibi gezmemizi istiyorum, yani birilerine benim sevgilin olduğumu söyleyebilirsin."

Doruk sayılmak istiyordu. Belki de en büyük derdi buydu. Birden, Doruk'la ilk seansımız aklıma geldi. Abisi, babası, annesi... Abisine, anne ve babasının tanıdığı ayrıcalıklar. Doruk'un arka planda kalması, sayılmaması... Son ilişkisi... Lara'nın, Doruk'un en yakın arkadaşı Efe'yle onu aldatması, Doruk'u saymaması... Her şeyde olduğu gibi, geçmiş yine şimdideydi. Ona kızmamalı, yardım etmeliydim.

"Tabii ki sevgili olduğumuzu söyleyebilirim," dedim.

Sadece Doruk'la nasıl tanıştığıma dair iyi bir yalan bulmam gerekecekti. Onun bu sorununu kendime hep hatırlatmalıydım. Çünkü Doruk'un bunu çözmesi gerekiyordu ve ben bu görevde onun için belki de en önemli isimdim. Evimin önüne geldiğimizde Doruk'un gerginliği geçmişti.

"Sen her zaman benim önceliğimsin. Başkasını sen varken görmüyorum ki... İstediği kadar yakışıklı olsun, istediği kadar bana iltifat etsin. Benim için sen varsın Doruk, sadece sen," dedim. Söylediklerimin ona iyi geldiğini hissediyordum.

"Benim için de sen varsın. Sadece sen," diye karşılık verdi.

Başı önünde, yere bakıyordu. Elimle yüzünü kaldırıp yaklaşarak dudaklarından öptüm ve daha sonra arabadan indim. Ben merdivenleri çıkana kadar Doruk arabasının içinden bana bakıp içeri girmemi bekledi.

Merdivenleri çıkarken elimle, "Hadi git," diye işaret etsem de, apartmanın içine girdiğimde bile Doruk'un hâlâ sokağın ortasında evin ışıklarını yakmam için beklediğini biliyordum.

Birbirini uzun süre bekleyenler için bu bekleyişler görev değil, aşkın hediyesiydi belki de.

32

Danışanıma yetişmek için tam on beş dakikam kalmıştı. Trafik de akmak bilmiyordu. Bir yanan kırmızı ışığa, bir dikiz aynasından kendime, bir de telefondan saatin kaç olduğuna bakıyordum. Gerilmiştim. Hiçbir danışanımı bekletmeyi sevmezdim. Bu güne kadar hatırladığım kadarıyla kimseyi bekletmemiş, kimseye gecikmemiştim de. Kendi kendime, "Bu böyle olmayacak," deyip ara sokaklardan birine daldım, ofise öyle ulaşmaya çalıştım. Neyse ki danışanın randevusuna beş dakika kala ofisin merdivenlerindeydim. Koşa koşa merdivenleri çıktım, her zamanki gibi kapıyı Öykü açtı ve taşıdıklarımı elimden alarak yardım etti. Lidya ofiste olduğunda odasının kapısı kapalı olurdu, demek ki bugün o da buradaydı. Geç kaldığımı düşündüğümden, Öykü'ye merhaba bile diyemeden hızla odama girdim. Öykü arkamdan yürürken, "Derin Hanım, daha beş dakikanız var," diyordu. Odama geçtiğimde masama oturup Öykü'nün her sabah odama düzenli olarak bıraktığı su, atıştırmalık ve sallama çaylar üçlemesi arasından suyu seçtim. Saat üç olmuştu ve neyse ki bugünkü danışanın formunu önceden incelemiştim. Soluklandıktan sonra Öykü'yü arayıp, "Hazırım, danışanı yollayabilirsin," dedim. Ayağa kalkıp odadaki büyük masanın üzerinde duran formları düzelttim, masa dağınık görünsün istemiyordum. Onları toparlarken, aniden odaya birinin kapıyı çalmadan girdiğini fark ettim. Arkamı döndüğümde, odaya giren kişinin Doruk olduğunu gördüm.

"Selamlar, Derin Hanım," derken, bir yandan bana bakıp bir yandan da kapı koluyla bir şeyler yaptığını fark ettim. Kapıyı kilitlediğini anlamıştım. Onu görür görmez kalp atışım hızlanmıştı.

Seni çok özledim bile diyemeden ya da şaşkınlığımı kelimelere dökemeden, aniden bana yaklaşıp dudaklarıma yapıştı. Öyle hızlı öpüyordu ki, birden şu an diğer danışanıma ne olduğunu unuttum ve ben de Doruk'u öpmeye başladım. Onu çok özlemiştim, onu her an özlüyordum zaten. Hep yanımda olsun istiyordum. Ama şu an işteydim ve başka bir danışanımın odamda olması gerekirken, ben sevgilimle, hem de eskiden danışanım olan sevgilimle, işyerimde öpüşüyordum.

Doruk'la öpüşürken, onun büyüsünden çıkmak için gözlerimi açtım. Doruk iş toplantısından gelmiş olmalıydı; üzerinde siyah bir ceket, beyaz bir gömlek ve ceketiyle uyumlu siyah bir kumaş pantolon vardı. Öpüşürken konuşmaya çalıştım.

"Doruk," dedim. "Diğer danışan..."

O öpmeye devam ediyor, ağzımı bir an olsun açtırmıyordu. Böyle yaparak aynı zamanda benimle aklınca eğleniyordu. Aslında hoşuma gitse de şu an cevabını öğrenmem gereken şeyler olduğundan, kendimi Doruk'un kollarından kurtarıp arkamdaki masaya doğru geriledim.

"Bir dakika, ciddi olur musun lütfen? Neden buradasın?" diye sordum, otoriter olmaya çalışan bir ses tonuyla.

"Tamam kızma... Açıklıyorum," dedi ve devam etti.

"Öykü'ye, kötü olduğumu, çok acil seni görmem gerektiğini, diğer danışanı iki saat sonraya alıp alamayacağını sordum. O da diğer danışanla konuştuktan sonra bana olumlu dönüş yaptı. Öyle işte..."

Konuşurken ellerini birden cebinden çıkardı ve tekrar bana yaklaştı. Yüzümü ellerinin arasına aldı, yanaklarıma dokundu. Tenine değince kendimi cennette dokunuyor gibi hissediyordum. Doruk'la kavuşmak böyle bir şeydi işte...

Gözlerini gözlerime kenetledi. "Seni çok özledim ben," dedi. Parmakları dudaklarımda dolaşırken, "Bunları da çok özledim," diye ekledi. Doruk konuşurken, ben yüzümde tebessümle cevap veriyor, öylece duruyordum. İnsanın başına benim şu an yaşadığım gibi hiç planlamadığı şeyler gelirse, suskunlaşır mıydı? Bana bu oluyordu... Benden bir yanıt bekliyor ve kızıp kızmadığımı anlamak istiyordu. Aslında tebessümüm ona çoktan cevap vermişti ama yine de dile getirmek istemiştim.

"Ben de seni çok özledim ama diğer danışana ayıp oldu, belki onun da bana ihtiyacı vardı," dedim. Ben konuşurken parmakları dudaklarımda duruyor, dudaklarım onun parmaklarıyla beraber hareket ediyordu. Bu yaptığı içimdeki sevişme dürtüsünü tetikliyordu.

"Kimsenin sana şu an benim ihtiyacım olduğu kadar ihtiyacı olamaz," dedi ve birden beni çevirdi. Yüzüm masaya dönmüştü. Doruk arkamdayken vücudunu vücudumla birleştirdi. Üzerimizde giysilerimiz olsa da, ten uyumumuz kendini hissettiriyordu. Tenlerimiz birbirine ait olmak için yaratılmışlardı. Bunu daha önce hiç kimse için düşünmediğim halde, Doruk için ilk günden beri düşünüyordum. Çünkü onun teni, elleri hatta gözleri bile bana değdiğinde, bu uyumu, içimdeki bu tatlı ürpertiyi iliklerime kadar hissediyordum. Şimdi, arkamda Doruk'un aletini, bacaklarını, tüm bedenini algılıyor ve onu içimde istiyordum.

"Her zaman sana ihtiyaç duyuyorum. Hep aklımdasın. Oradan hiç çıkmıyorsun," diye cümleler sıralıyordu. Konuşan Doruk değil, bana olan arzusunun sesiydi. Arzusu dile geldiğinde, üzerindeki ceketi birden çıkarıp danışanların oturduğu koltuğa fırlattığını gördüm. Benim üzerimde sadece bir gömlek ve altımda da siyah bir etek vardı. Doruk yavaşça gömleğimin açılmamış düğmelerini çözdü ve sutyenimi de hızlıca çıkardı.

"Akıllarımız da birleşmişler demek ki, sen de hep benim aklımdasın," dedim.

O yüzümü görmediğinde daha rahat konuşuyordum. Doruk'un penisinin büyüyüp pantolonunu daha da zorladığını, elleri göğüslerimde gezinip aşağılara doğru inerken daha çok hissetmeye başladım. Bir eli klitorisimdeyken, dili boynumdaki seyahatine çıkmıştı bile.

"Çok güzelsin, tenin, kokun, her şeyin..."O konuşurken, hem elleriyle hem de sözleriyle ruhum okşandığından, gözlerim bir kapanıyor bir tekrar açılıyordu. Doruk'un ve kaslı vücudunun vücuduma değmesi, bana kendimi çok iyi hissettiriyordu. Doruk yavaşça fermuarını açtı ve daha sonra eteğimi sıyırdı. Yüzüm masaya dönükken, ne olduğunu anlayamadan birden içime girdi. Sadece ensemde nefesini ve içimde Doruk'u hissediyordum. Sırtıma dokunuyor, daha sonra elleriyle göğüslerime geçiyordu. Benimse ellerim Doruk'un kafasının üstünde geziniyordu. Bir süre vücudu arkamda, nefesi ensemde kaldı. Daha sonra, beni yönetmek ister gibi kendine çevirdi. Bu sefer gözlerimiz de buluşmuştu. İkimizin de gözleri, birbirine âşık, kenetlenmiş ve arzuyla bakıyordu.

Masanın üzerine oturdum. Bu hayatımda yaptığım en tuhaf ama en heyecanlı şeydi. Hep filmlerde izlediğim sahneler hayatımın sahnesine konuk olmuştu. İlk kez izleyen değil, yaşayan olmuştum. Hem de sınırsızca... Doğru, yanlış, ahlak veya ahlaksızlık demeden... Tüm kadınsal içgüdülerim ve cinselliğimle kendimdim. İşte hayat bundan ibaretti.

Doruk'tan başka birinin bana bunu ofisimde yaptırmasına imkân yoktu, bundan çok emindim. Neyse ki tüm pencereler örtülü ve kapı kilitliydi. Doruk ve benden başka kimse yaşanan bu hadiseye tanık olmayacaktı. Olursa ne olurdu? Çok şey olurdu ama bunun olasılığını düşünüp bu ânı korkuyla yaşamak yerine, tüm benliğimle yaşamayı seçtim.

Doruk tekrar yaklaşırken beni masanın üzerine doğru itti. Artık masanın üzerinde uzanır vaziyetteydim ve Doruk gözlerimin içine bakıyordu. Doruk bu kez içime yavaşça girmeye hazırlanırken, onun ne kadar heyecanlı ve mutlu olduğunu görüyordum. Muhtemelen o da benim yüzümden ne kadar mutlu olduğumu, onu içime alırken ne kadar hevesli ve aşk dolu olduğumu okuyordu.

Her ne kadar yaptığımız şeyin gerçekliğine inansam da, "Şu an yaptığımız bu şeye inanamıyorum," dedim. Çünkü olup biten hayalin ötesindeydi ve ben, işyerimde danışanımla sevişiyordum.

"Ben seni bulduğuma bile hâlâ inanamıyorum Derin," diyerek o da kendi şaşkınlığını ifade ediyordu. Dudaklarını dudaklarımla tekrar buluştururken, cümlesi biter bitmez hızlıca yeniden içime girdi. Bu ilk sevişmemiz gibi değildi. Doruk'un tüm bedeninin beni çok arzulamış olduğunu hissediyordum. İçimde hızla gidip gelirken, Doruk dudaklarımdan göğüslerime doğru indi. Bedenim baştan aşağı uyarılmıştı. Meme uçlarımı ve etrafını öpüyor, yalıyor; orada yaşamak istercesine dudaklarıyla üzerimde dolaşıyordu. Kafasını göğüslerimin arasında gördüğümde, ben de sertçe Doruk'un kaslı sırtına dokunuyor, sıkıyordum.

Nefes alıp verişim sürekli hızlanıyor, Doruk'un içimdeki gezintisi beni dünyadan koparıyordu. Bu sevişmenin ilk tanıştığımız yerde olması, şu an yaşadığımız şeyi hem çok özel, hem çok aykırı, hem de çok tutkulu kılıyordu. Hayatımın hiçbir döneminde bu kadar ihtiraslı bir şey yaşamadığımı düşünürken Doruk'un başı vücudumdan ayrılmıştı ama içimdeki gezintisine hızlı hızlı devam ediyordu. Saçlarını terlemiş alnından geriye doğru itti. Heyecandan çıkarmayı unuttuğu gömleğinin düğmelerini açtı. Göğüs kaslarını sergilerken, tüm vücudunu dudaklarımla keşfetmek istediğimi fark ettim. Terli, tutkulu ve yakışıklı haliyle, onu içime almaktan çok mutluydum. Onun gibi birine sahip olduğum için de.

"Derin..." diyerek üzerime doğru tekrar eğildiğinde, göğüs kaslarının baskısını tüm çıplaklığıyla memelerimde hissediyor ve birazdan içime boşalacağını tahmin ediyordum. Kafamı yan tarafa çevirdiğimde masanın üzerinde gördüğüm tüm kâğıtları fırlatıp yere saçtım. Ben onları fırlatırken birden Doruk tekrar üzerime eğildi ve beni sırtımdan tutarak doğrulttu. Ses tonunun tüm çekiciliğiyle, "Ahh, sevgilim..." derken, boşaldığını hissettim. Yüzünü tekrar yüzüme yasladığında, dudaklarında değil ama gözlerinde bir gülümsemeyle karşılaştım.

"Hayatımın en iyi buluşmasıydı," dedi. "Seni o kadar çok seviyorum ki Derin..."

"Ben de seni çok seviyorum Doruk," dedim.

Alnına düşen teri elimle silmeye çalıştım. Doruk'un terini bile seviyordum.

"Seni içime almayı seviyorum. En çok da kalbime..." dedi.

Aşkı cinsellikle bu kadar güzel ve doğru bağdaştırıp yaşayabilen bir erkeğe rastlamış olmak için nasıl bir iyilik yapmıştım acaba?

33

Duygularım mı yönetiyordu beni? Uzun zamandır duygularım sayesinde mi ayakkabılarımı bile hevesle giyiyor, aynada gözlerime huzurla bakıyor ve kendimde yaşayan bir şeyler görüyordum? Doruk'la sevişirken üzerimi duygularım sayesinde mi heyecanla çıkarıyordum? Ruhumu bu kadar cesur duygularım mı soyuyordu? Onlar mı beni korkusuz yapıyorlardı? Bana duygularım mı hükmediyordu? Duygularım bana ne kadar hükmederse, o kadar mı ismimin anlamını yaşatıyordum kendime? Doruk, geçmişte bir danışanım, şimdilerde ofisteki odamda seviştiğim sevgilimdi... Aşk dedikleri, herkesin farklı yaşadığı bu duygu mu benim için böylesine dokunulmaz olan her şeyi yok etmişti? Bu yüzden mi vardı aşk? Her şeyin doğrusuyla yanlışıyla değil, duygusuyla, gerçeğiyle yaşanması için mi vardı? Uzun zamandır öyle bir Derin karakterine bürünmüştüm ki, sanki kendimi yirmi sekiz yaşında yeniden doğurmuştum. Sanki sancısını çeke çeke tekrar dünyaya gelmiştim. Mesela doğum günü denilen şey, insanın her yıl gelen yeni yaşla tanışmasının kutlaması mıydı? Bundan önceki hiçbir ilişkimde, karşıma çıkan hiçbir insanda hissetmediğim şeyler aşksa, Doruk benim tek gerçeğim, yaşadığım tek aşk mıydı? Bambaşka derlerdi de anlamazdım. Bambaşka bu muydu? Doruk muydu benim için aşkın adı? Cesaret miydi yaşadığım aşkın anlamı? Sevgi miydi bizi korkusuz kılan?

Sanırım gerçekten böyleydi. Çünkü onu öyle seviyordum ki, değil doğruyla yanlışı, dünyayı, ayı ve hatta içimi ısıtan güneşi bile karşıma alabilirdim. "Doruk nasılsa beni aydınlatır," derdim beni terk eden güneşe. Ona, "Çoğu kez doğduğun için beni üzmüşlüğün de oldu," derdim. Yine Doruk'u tercih ederdim.

Doruk'la yaşadığımız deneyimin ardından, kendimi hem çok cesur, hem çok korkusuz, hem de çok âşık hissediyordum. İnsanlar cesur olamıyorlardı çünkü korku cesaretlerine galip geliyordu. "Sus, otur," diyordu korku, "sende o cesaret yok. Sen bu cesareti ancak filmlerde izleyebilir, kitaplarda okuyabilirsin ama yaşayamazsın. İnsanlar sana cesur olanları izletir ama onlardan biri olmanı istemez!"

Oysa ben artık hayatı izleyen değil, yaşayan olmuştum. Yazan değil, yazılacak olan olmuştum! Belki de hayatımın en büyük adımıydı bu. Kendimi aşmam için, sadece bu iki farklılığı kavrayıp daha önce adım atamadığım tarafa geçmek bile yeterliydi. Korkusuz olmama bu adım yeterliydi. Tanrı'nın bana emanet ettiği vücudu dünya üzerinde sadece aşk için yaşatmaya ve geriye kalan hiçbir ayrıntıyı umursamamaya bu adım yeterliydi. Ben, bana emanet edilen kendime yeterdim.

Doruk'la yaşadığımız kavuşmanın ardından, odamdan gerçekten iyileşmiş gibi çıkmıştı. Ben de dağılmış halimi toparladım, üstümü başımı düzelttim sonrasında. Doruk'un ardından bir danışanım vardı sadece. Onunla da görüştükten sonra evin yolunu tuttum. Doruk genelde bende kalıyordu. Bugün bana gelmeyecek olsa da, artık evimin bir parçası olmuştu. Onu evimde görmek bana sadece fiziksel değil, manevi olarak da iyi geliyordu. Hiç tanışmadığım duygularla selamlaşmaktan, onları içimde ağırlamaktan mutluydum. Onu evimde daha çok istiyordum, hatta hep kalsın istiyordum. Bir gün bu da olacak mıydı?

Evimin merdivenlerini çıktıktan sonra kapıya birkaç adım kala, elim çantamın içinde anahtarı bulma savaşı verirken, paspasın üzerine bırakılmış bir zarf buldum. Sanki uçmasın ve kaybolmasın diye paspasın duvarla birleştiği köşeye özenle yerleştirilmişti. Üzerinde sadece *"Derin'e,"* yazıyordu. Kimdendi bu? Kimden olacaktı ki? Aklıma Doruk'tan başkası gelmemişti. Sanırım Doruk bana bir mektup bırakmıştı. Ama bugün bana gelmeyecekti ki... Bugünü ailesiyle birlikte, yemekte geçirmesi gerekiyordu. Gelirse ya geç gelir ya da hiç gelmezdi. Sabahı hatırlamaya çalıştım. Sabah böyle bir mektup yoktu. Ne ara yazmıştı bunu Doruk, ne ara bırakmıştı buraya? Her şeyi ayarlamıştı ya da... Hiçbir zaman yazma hevesi olduğundan da söz etmemişti hâlbuki. Ne yazmıştı acaba? Birden ruhumu tatlı bir heyecan sardı. Çantamın içinde anahtarı bulur bulmaz eğilip yerden zarfı aldım. Elimdeki zarfın içinde Doruk'un neler yazmış olduğunu merak ederek anahtarı çevirdim ve içeri girdim. Yüzüme tatlı bir tebessüm gelip oturmuştu. Çantamı hemen holdeki portmantonun üzerine bıraktım. Işıkları yaktım. Doruk'un yazma kabiliyetine duyduğum merakla, zarfı detaylı bir şekilde inceledim. Beyaz bir zarftı. Tozlanmıştı. Zarfın içinde bir kâğıt vardı. "Doruk," diyordum içimden, "ne gerek vardı? Ya başka biri görüp alsaydı..."

Kâğıdı çıkardığımda, tam ortasında sadece şunlar yazıyordu:

Bu ilişkiyi hâlâ bitirmeyecek misin?

Bu kadar cesaretli olma...

Mektubu okurken holdeydim. Ayaktaydım. Ama ayakta olan sadece ben değildim. Bütün korkularım, bütün şüphelerim, bütün güvensizliğim, bütün telaşlarım, bütün kaygılarım da benimle beraber ayağa kalkmıştı. Onları durdurmak içinse hiç gücüm yoktu. Öyle bir ağırlık çökmüştü ki üzerime, o an tansiyonumun düştüğünden ya da yükseldiğinden emindim.

Elimde mektupla salona doğru yürüdüm. Vücudum karıncalanıyordu. Açtığım ışığa baktığımda, gözümün karardığını hissettim. Salondaki masanın yanına, bir sandalyenin üzerine çöktüm. Mektup masanın üzerinden bana bakıyordu. Ağlamak, gülmek, sinirlenmek, kahrolmak, dünya, yıkım, deprem, felaket, kriz. Risk almak, dünyaya başkaldırmak demekti! Sen kim olduğunu sanıyordun Derin Sözeri! Sen dünyaya baş kaldırdın ha? Al sana cevabı! Al sana işte! İçimdeki her duygu ayrı ayrı bağırıp kafamı dolduruyordu. Bense sadece çığlık atmak istiyordum. Koşarak kendimi şu camdan atmak istiyordum. Ben ne yapmıştım? Korktuğum başıma gelmişti, hem de bir mektupla hem de evimin kapısına kadar! Korkum gerçeğim olmuştu. Biri Doruk'la bizi biliyordu. Biri benim etik dışı, ahlak dışı bir şey yaptığımı biliyordu. Biri benim suçumu biliyordu. Biri benim ne kadar büyük bir cesaretle bu yanlışı kasten yaptığımı biliyordu. Ama bu biri her kimse, tek bir şeyi bilmiyordu: Ben âşıktım!

Doruk'u şimdi hemen aramalı mıydım? Ya da Lidya'yı hemen evime mi çağırmalıydım? Ne yapmalıydım? Evin içinde koşmak istiyordum. Evin içinden çıkıp kaçmak istiyordum. Bu kişi her kimse bu evi de biliyordu. Aniden bunu da fark ettim! Hiçbir şey bilmek istemiyorken, ne çok şey biliyordum! Kendimi hapishanedeymiş gibi hissettim. Bir gardiyanın benimle, benden nefret ede ede konuştuğunu hissettim. Bağıra bağıra suçlu değilim demek istiyordum. Âşığım ben, suçlu değil! Siz hep bu ikisini karıştırıyorsunuz!

Vücudum titremeye başlamıştı. Öyle bir korkuydu ki bu, bana hiç kimseye bir şey demeden ülkeyi terk etmemi söylüyordu. Ellerim titreyerek salondan mutfağa doğru geçtim, mektubu da mutfağa benimle beraber taşıdım. Hem ondan kurtulmak istiyordum hem de bu mektubun ne olduğunu tüm detaylarıyla öğrenmek. Bardağı alıp içine su doldururken, ellerimin titremesi yüzünden su ayaklarımın üzerine aktı. Ağlamaya başladım.

Kendime göre bir âşık, dünyaya göre suçlu bir psikologtum. Onlara göre günahkâr, kendime göre azizdim.

Bardağı tekrar doldurmak isterken bu kez suyu masaya dökmüştüm. Belki de ben bu gözyaşlarımı içmeliydim. Belki de bundan sonra içmem gereken tek şey kendi yaşlarım olacaktı. Çünkü dünyanın hiçbir yerinde meslek sahibi olamayacaktım. Mimlenecektim. Bir süre mutfakta, tek başıma uzun uzun ağladım. Zaman kavramımı kaybetmiştim.

Kendime geldiğimde mektuba tekrar bakmaya başladım. Mektup elyazısıyla yazılmıştı. Tane tane ve büyük bir özenle yazıldığı belliydi. Yazıyı elyazısını bildiğim birine benzetmek istiyordum ama başaramıyordum. Yazıyı inceleyip kimin yazdığına dair bir ipucu bulamayınca, aklıma Doruk'la olan ilişkimi bilen kişileri düşünmek geldi. Doruk, ben, Lidya. Benim için bu kadardı. Başka şüphelenebileceğim biri daha yoktu. Sayabileceğim biri daha yoktu. Bir de... Belki Öykü! Ama Öykü'nün bizi anladığını düşünmüyordum. Hem anlasa da, neden bana böyle bir mektup yollayacaktı ki? Bu mektup benim cesaretime de bir gönderme yapıyor, cesareti elden bırakmamı istiyordu. Doruk'la yaşadığım şeyin gerektirdiği cesaretten haberi olan biriydi. Bunu istemeyen biriydi! Öykü neden bununla, bu kadar ileriye gidecek kadar ilgilensindi ki?

Tolunay! Ah, evet! Tolunay... İntikamcı pislik!

Ama... Doruk'la benim ilişkimi nasıl öğrenmişti? Birinden öğrendiyse eğer, kimden duymuş olabilirdi? Lidya artık onunla konuşmuyordu. Hemen aklıma dışarıda Doruk'la geçirdiğimiz zamanlar geldi. Sabah kahvaltısı... At çiftliği... Arabayla çıktığımız gezintiler... Doruk'un motoruyla sahildeki turlamalarımız... Lidya, Doruk ve ben, birlikte gittiğimiz akşam yemeği... Birkaç akşam ve öğle yemeği daha! Belki de birinde, Tolunay'a ya da onun bir arkadaşına yakalanmıştık. Hatırlarken gözyaşlarım şiddetleniyordu, hatırladıkça gözlerimde şimşek çakıyordu.

Ama yakalandık diyelim, Doruk benim arkadaşım olamaz mıydı? Dışarıdan gören herkes bizi sevgili zanneder miydi? Tekrar tekrar düşünüyordum. Şimşekler çaka çaka... Diyelim ki, Tolunay'ın bir arkadaşı gördü ve bunu Tolunay'a söyledi. "Derin'in hayatında Doruk diye biri var," dedi... Onun benim danışanım olduğunu nasıl öğrenecekti? O zaman ciddi ciddi peşime dedektif mi takmıştı? Beni sürekli gözetleyen biri mi vardı? Belki de... Tolunay, elinden mesleğinin ve akademik kariyerinin alınmasına yardım ettiğim için, bana olan öfkesini, peşime düşüp açığımı arayarak çıkarmak istemiş ve sonumu beni böyle korkutarak hazırlamıştı. Şah ve mat! Sanki bir denizin dibinde, bu sefer gerçekten derinde bir yerdeydim ve boğuluyordum. Kimsenin de boğulduğumdan haberi yoktu. Bağırsam da duymayacaklardı. Kendimi o kadar kötü hissediyordum ki, nefes almaya ihtiyacım vardı. Zar zor lavaboya geçip yüzümü yıkadım. Aynadaki suratıma bakamıyor, bakmak istemiyor, kendimden utanıyordum. Belki de Tolunay haklıydı, benim yapmam gereken bu kadar cesur olmamaktı. Ama son aylarda bu cesaretim sayesinde aynada gördüğüm kişiden memnundum, cesaretim sayesinde onunla gurur duyuyordum. Sanırım bundan memnun olmamalıyım artık, gurur duymamalıyım bu kadar. Bunu pislik Tolunay bilerek yapmış olsa da... Bunu, ona yaşattığım şey yüzünden yapmış olsa da... Gerçekten belki de Doruk'la artık daha fazla görüşmemeliydim. Peki ya Tolunay bu mektupla sadece ilişkimi bitirmemi amaçlamadıysa? Ya daha sonra, ben Doruk'u bıraksam bile iş hayatımı da mahvedecekse? Salondan balkona çıktım. İki elimle siyah demirlere tutundum. Ağlamam devam etse de hayatım bir noktada durmuş gibi hissediyordum. Belki bu da bir çeşit ölmekti, kimsenin farkına varamadığı. Hem ölünce insanlar öldüklerinin farkına varıyorlar mıydı ki?

Koşup holde bıraktığım yerden çantamı aldım. İçinden telefonumu çıkarıp salona döndüm. Telefonumun kilidini açıp titremeye devam eden ellerimle ve gözümde dinmeyen yaşlarımla Doruk'a mesaj yazmaya başladım:

Beni bir daha arama Doruk. Lütfen. Eğer beni birazcık sevdiysen bir daha arama. Başımın bir belada olduğunu bil. Sen bana yaklaşırsan, daha da büyük bir belada olacak. Seni gerçekten sevmiştim, hâlâ da seviyorum ve muhtemelen hep seveceğim de. Hoşça kal...

Gönderdim. Gözyaşlarım, telefonumun ekranına akıp durmuştu. Doruk'a bu yaptığım tek çaremdi. Tehdit edilmiştim. Fark edilmiştim. Suçüstü yakalanmıştım. Eğer bir annem olsaydı, onu arardım şimdi. Filmlerde görmüştüm, ne diyorlardı? "Anne... Gel beni kurtar!" ya da "Baba, neredesin baba, n'olur yanıma gel..." Yoktu, hiçbiri yoktu. Varsalar bile benden haberleri yoktu. Haberleri varsa bile umurlarında değildim... Şimdi telefonun ucunda annemin bana, "Dur kızım, sakin ol," demesini ne çok isterdim!

Doruk mesajımı hemen görmüş, beni arıyordu. Konuşmak istemiyordum. Diyecek başka hiçbir şeyim kalmamıştı. Demem gereken her şeyi söylemiştim. Ama Doruk bunu anlayamıyordu çünkü sebebini bilmiyordu. Bilmesine de gerek yoktu. Çünkü benim şu an atacağım her adım, belki de beni hayat cehennemine daha çok yakınlaştıracaktı. Bu hayatta bazı insanlar hayat cehenneminde yaşardı. Baskılar yüzünden orada nefes almaya çalışırlardı. Ötekileştirmeler yüzünden orada saklanmaya ihtiyaç duyarlardı. Diğerlerini oraya başka insanlar koyardı. Hiç umursamadan ve hiç acımadan...

Ama ben daha fazla oraya yürümemeli, artık yoldan dönmeliydim. Doruk ısrarla aramaya devam ediyordu. Ben de kesintisiz ağlamaya devam ediyordum. Kararım değişmiyordu. Telefonumun ekranındaki ismine baktığımda tam otuz kez aradığını gördüm. Birkaç kez daha aradı ve sonrasında kapı çaldı. Kapının zil sesi beni durmuş hayatıma tekrar döndürdü. Birden irkildim ve kapıya doğru gittim. Muhtemelen dışarıdan perişan görünüyordum. Kapının deliğinden gelenin kim olduğuna bakmaya çalıştım. Ancak kimseyi göremedim. Bu sırada kapı zili art arda çalmaya devam ediyordu. Gelenin kim olduğunu bu ısrarıyla tahmin etmiştim. Doruk'tu. Artık zili çalmıyor, kapıyı yumrukluyordu. Kapıyı açtım.

"Neler oluyor Derin?" dedi. "Bu halin ne?"

Sesi hem telaşlı hem korku doluydu ama yine de bağırıp duruyordu. Beni böyle görünce korkmuştu. Çünkü muhtemelen gözlerim kızarmış ve ağlamaktan küçülmüştü. Kesin korkulacak bir haldeydim. Kapıyı kapattı. Elleriyle iki kolumdan tutup beni sarstı.

"Kim, ne yaptı sana?" diyerek bağırmaya devam etti. Doruk beni sarstığında daha da çok ağlamaya başladım. Biri kötü olduğumu fark edip yardım etmeye çalıştığında daha çok ağlardım.

"Doruk," dedim. Ağlamaya devam ediyordum. Sesim çatlak çıkıyordu. "Daha çok zorlaştırma, lütfen..."

Doruk o kadar sinirliydi ki. Beni salona doğru götürdü. "Otur şuraya," dedi.

"Kendine gelip bana her şeyi anlatacaksın!"

Koltuğa oturduğumda hâlâ kendimde değildim. Doruk mutfağa gidip buzdolabındaki şişe sulardan birkaç tane getirdi. Elleriyle boynumu, yüzümü, saçlarımı ıslatıp kendime gelmemi sağladı.

"Masanın üzerindekine bak," dedim. "Benim bir şey anlatmama gerek yok."

O ana kadar fark etmemiş olduğu kâğıdı gördü ve yanımdan kalkıp masaya doğru hızlı adımlarla yürüdü. O masaya yürürken tekrar ağlamaya başlamıştım. Doruk'un elindeydi mektup. Hızlıca okudu.

"Kimden gelmiş bu?" diye sordu.

"Hemen söyle bana!"

Bağırıyordu. O bağırdıkça daha çok geriliyordum ama bunu ona söyleyecek durumda değildim.

"Bilmiyorum," dedim.

"Belki sen biliyorsundur," diye ekledim. Bunu söylerken Doruk'un da birilerine aramızdaki ilişkiden bahsetmiş olabileceğini fark ettim. Belki de bu notu yazan Doruk'un etrafından biriydi. Belki de suçlu şu an evimdeydi! Bu mektubu yazdırmaya sebep olan karşımdaydı! Ve az önce ona evimi açmıştım. Doruk'un cevabını dinlemeden birden ayağa kalktım.

"Sen yaptın değil mi?" dedim. "Psikolog olduğum halde danışanımla beraber olduğumu sen söyledin değil mi? Sen böyle alçak birisin işte! Sana kimseye söyleme diye yüzlerce kez rica etmeme rağmen, bana bunu yaşattın!"

Doruk'un göğsünü yumruklayıp duruyordum. Sanki canı hiç acımıyor gibiydi. Benim içim acıyordu ve onun da acısın istiyordum!

"Ne diyorsun sen? Ne diyorsun Derin? Sen ne dediğinin farkında mısın?" Ellerimi tutup, "Yeter, yeter artık," diye bağırdı.

"Geç şuraya," diyerek tekrar beni koltuğa oturttu.

"Bu mektubun benimle hiçbir alakası yok. Çünkü ben yaşadığımız şeyi senden başka hiç kimseyle paylaşmıyorum. Ne annem, ne babam, ne abim, ne de herhangi bir arkadaşım aramızda yaşananları biliyor. Bunu kanıtlamak için ne yapabilirim? Asıl benden şüphelenmiş olman şu an beni mahvetti Derin! Mahvettin beni şu an, anladın mı?"

O kadar hızlı konuşuyordu ki takip etmekte zorlanıyordum. Doruk sinirlenince hızlı konuşanlardandı. Ama belki de haklıydı. Doruk veya bir arkadaşı neden böyle bir şey yapmış olsun ki? Doruk'tan zaten şüphelenmemiştim ama belki bir arkadaşına söylemiş olma ihtimali vardı. Bu aklıma girmişti. Korku ve şüphe, akla neler sokmazdı ki?

"Benden şüphelenmen korkunç anlıyor musun? Ben senin

benim için aldığın riski sana hissettirmemek için her gün uğraşırken ve neredeyse her gün sana teşekkür ederken, varlığına her gün minnet duyarken, sen nasıl benden şüphelenirsin?"

Birden söylemiş olduğu sözlerle kendime gelmiştim. Gerçekten söylediği gibiydi Doruk'un söylediğinin tersi hiçbir davranışı olmamıştı. Doruk'tan şüphelenmem sadece benim kuruntumdu. O zaman geriye Tolunay, Öykü ve Lidya kalıyordu.

"Peki bunu kim yazdı? Kim yazmış olabilir inan bulamıyorum. Lidya biliyor sadece. Onun için böyle bir şeyi asla düşünmem bile... Öykü'den şüpheleniyorum ama onun yapacağını da hiç sanmıyorum çünkü bizi hiçbir garip durumda görmedi. Kendi halinde bir kız. Eğer danışan yoksa bilgisayarından film izliyor veya telefonuna gömülüyor! Onu da eliyorum ve bu yüzden en çok Tolunay'dan şüpheleniyorum. Sanırım beni takip ettiriyor."

"Şüphelenmek mi? Bence bunu yazan kesinlikle Tolunay. Benim de aklıma ilk o geldi! Alçak şerefsiz," dedi.

Şu an bir yere yumruk atsa çok rahatlayacak gibi bir hali vardı. Elini bir yere vurmamak için ağzına götürdü.

"Lidya'nın kimseye söylemeyeceğinden senin kadar ben de eminim. Eğer gidip ona sorsan eminim az önce sana vermiş olduğum tepkinin aynısını verir o da, böyle bir şüpheyi kaldıramaz yani! Kesinlikle bu mektup Tolunay'dan geldi. O şerefsizden!"

O konuşurken, içimden Doruk'a veda etmemin tek doğru şey olduğu gerçeğini bilerek ağlamaya devam ediyordum. Mektubun Tolunay'dan çıkması benim hatamı örtbas etmiyordu! Beni hatamdan kurtarmıyordu.

"Beni cezalandırıyor," dedim. "Çünkü ben onu mesleğinden ettim. Şimdi aynısını bana yaparak benden öç alıyor..."

Ağlamam şiddetlenmişti. Doruk bana sarılarak gözyaşlarımı dindirmek istiyordu. Başımı göğsüne yasladı ve saçlarımı okşadı.

"Geçecek," dedi. "Bir yolunu bulacağız."

"Bir yolu yok," dedim sessizce, sözlerimi sadece ben duyuyordum. Bir süre bana sarıldıktan sonra yanıma oturdu.

"Hiçbir yerinde başka bir şey yazmıyor mu?" diyerek eline aldığı mektubu inceledi. İncelemeyi düşünmemiştim. Düşünecek vakit bulamamıştım. Doruk gözlerini mektubun üzerinde gezdirdi.

"Yok," dedi. "Başka hiçbir şey yazmıyor."

Doruk mektupla ilgilenirken yüzümü pencereye döndüm. Arabalara baktım. Kimbilir sahipleri şu an ne yapıyordu? Arabalar da sahipleri gibi yorulmuş, uyuyorlardı sanki. Sokağı aydınlatan elektrik direklerine baktım. Kimbilir başkalarına ışık olmaktan onlar da ne çok yorulmuştu. Eğer yorulmamışlarsa şimdi benim içimi de biraz aydınlatabilirler miydi?

34

Doruk, gece boyunca, "Senden ayrılmayacağım," ve "Bir yolunu bulacağız," diyerek bana sarıldı. Başka hiçbir şey söylemedi. Bir yol bulabileceğini düşünmüyordum çünkü korkum beni terk edecek gibi değildi. Saat dört olduğunda, Doruk'a dönüp,"Git lütfen," dedim. "Beni sevdiğini biliyorum. Bunu bana bu kadar çok hissettiren tek insan sen oldun Doruk. Ama benim bir kariyerim olmazsa, ben ne yaparım? Benim senin gibi annem ve babam yok ki... Kendimi kendimden başka bir duvara dayayamadığımdan mahvolurum."

Konuşurken gözyaşlarım yine beni yalnız bırakmamışlardı. Ne zaman gideceklerdi, ne zaman beni kendimle bırakacaklardı, merak ediyordum.

"Belki de çoktan mahvoldum... N'olur git."

Doruk beni dinlerken, öyle korkusuzca bakıyordu ki. Sanki ben hiç ayrılmaktan bitirmekten bahsetmiyormuşum gibi, söylediklerimi duymuyordu. Benden giden cesaret, şimdi ona geçmiş gibiydi.

"Hayır," dedi. "Hiçbirini yapmayacağım."

Gözlerinde korkusuzluk vardı. Bu mektuba savaş açacak gibiydi. Bana değil ama düşüncelerime de.

"Sen benim için bunca şeyi göze aldın! Her ne olursa olsun, ben de her şeyi göze alabilirim."

Koltukta ayaklarımı karnıma çekmiş, hem korkuyor hem onu dinliyordum. Oturduğum yere doğru yaklaşıp dizlerinin üzerine çöktü.

"Tüm malvarlığımı senin üzerine yapabilirim. Her şeyim senin olsun Derin, ben sadece seni istiyorum. Ne olur bırakma beni," dedi. "Benim her şeyim var. Ev mi istiyorsun? Var. Araba mı? Gelecek garantisi mi? Hepsi var."

Bunların hepsi beni gerçekten hayatta tutacak şeylerdi ama mesleğimin benden alınması demek, varoluşumun hayattan alınması demekti. Bir erkeğin kanatları altında yaşamaksa, her ne kadar ona âşık olsam da, benim kabul edebileceğim bir şey değildi. Doruk'un iyi niyetini anlıyordum ama ben bu söylediklerini onaylayacağım bir hayat istemiyordum. Ekonomik özgürlüğü elinden gitmiş kadınlardan olmak istemiyordum. Onların hem erkeklerden hem de pişmanlıklarından dolayı ne acılar çektiklerini biliyordum!

"Her şeyi verebilirsin ama ya mesleğimi... Onu da verebilir misin Doruk? Benim danışanlarımla aramda kurduğum bağı bana verebilir misin? Geldiğim noktaya varmak için harcadığım yılları bana verebilir misin?" dedim.

Benim asıl derdimi anlaması gerekiyordu. Bu teklifine onay vermeyeceğimi bile bile sorduğunu düşünüyordum. Beyni sadece çözüm üretmek istiyordu. Bir süre bekledikten sonra yine aklından geçenleri sıralamaya başladı.

"Tolunay birini taciz etti. Sen ise birine hayat verdin. Aşk verdin. Yaşamın ne kadar güzel olabileceği umudunu verdin. Huzur verdin. İkisi arasındaki farkı görmüyor musun? Bu mektubu sana unutturmama izin ver. Bir süre dışarıda görünmeyelim. Ben annemlerin yanında yaşıyorum ama ayrıca bir evimiz daha var. Benimle orada yaşa. Yaşamak istemcsen de orada görüşelim. Bir daha mektup gelecek mi gelmeyecek mi diye bekleyelim. Belki de bu sadece bir korkutma, bir gözdağıydı. Belki de hiçbir kanıtı yok! Belki de Tolunay sana zarf attı, sadece senin başka birini bulduğunu düşünüyor! Yani belki benim ismimi bile bilmiyor! Veya senin eski danışanın olduğumu! Hem bizim seninle dışarıda hiçbir kanıtımız yok ki... Belki de tamamen arkadaşız!"

Ne dışarıda öpüştük ne de çok el ele gezdik, doğru söylüyordu. Doruk'la dışarıdayken her zaman daha mesafeliydik, ben buna özellikle dikkat etmiştim. Eğer motoruyla gezmem ya da motordayken ona sarılmam veya ne bileyim bir yerde baş başa kahve içmemiz fotoğraflanmamışsa, bir sorun yoktu. Hatta bu saydıklarımın hiçbirinde bir sorun yoktu! Bu bir aşkın kanıtı olamazdı... Sadece Doruk'un benim evime gelişi kanıt olabilirdi ama o da zordu çünkü bu yeni evimi de sadece Lidya ve Doruk biliyordu. Hem ortada fotoğraf falan da yoktu ki!

Gece sabaha kadar düşünmeye devam ettim. Doruk'la odamdaki yatakta sarılarak uyuduk. Gerçi tek sarılan Doruk'tu. Benim sarılacak halim kalmamıştı.

Uyandığımızda Doruk kararını vermişti. Artık sadece Doruk'ların Riva'daki yazlığında görüşecektik. Orası hem uzaktı hem de oraya ayrı ayrı gidecektik. İş çıkışlarımda da ofisin önünden değil, bir alışveriş merkezinden veya gelişigüzel başka bir yerden taksiye binerek Riva'ya gidecektim. Yani bir yere giderken kendi evimden tek seferde gitmeyecektim. Çünkü muhtemelen evim biliniyor, takip ediliyordu.

Doruk'un bu kadar cesaretle yaşadığımız aşkı devam ettirmek istemesi, bana da umut veriyor, kendimi tekrar sevilmeye değer biri gibi hissetmemi sağlıyordu. Emeklerimin boşa gitmediğini hissediyordum. Cesaret, yolunda mayınlar olan bir yolculuktu. Yürümeyi bilmeliydim. Mesleğim elimden gidebilirdi ama ya bu mektubu yazan kişinin bunu yapabilecek hiçbir kanıtı yoksa? Ya bu sadece Tolunay'ın bir gözdağı, korkutmasıysa?

Zihnimde, Tolunay'la ilk tanıştığımız zamanlara gittim. Bir gün kütüphanede, iyilik ve kötülük kavramlarının üzerine benimle felsefe hakkında konuşurken, "Her insan iyi midir sence? İçinde iyilik var mıdır her insanın?" dediğimde, bana şöyle demişti:

"İyilik her insanda vardır. Ama sadece içinde gerçek iyilik taşıyanlar, dünyadaki kötülüklerden korunurlar..."

Benim içimde çok iyilik taşıdığımı, neredeyse kötülük barındırmadığımı, bu yüzden dünyada yaşayan sayılı özel insandan biri olduğumu söylemişti. Bunu o zamanlar, beni etkilemek için değil gerçekten böyle düşündüğü için söylemişti. Sanki o zamanlar başka bir Tolunay'dı.

İçime bir umut doğmuştu. Belki de taşıdığım iyilik beni korurdu. Bana bunları söyletenden, bana bu mektubu gönderenden bile korurdu. Hem bugüne kadar beni iyiliklerimin koruduğunu düşünmüyor muydum zaten?

Korku, kötülük yapan insanların hissetmesi gereken bir duyguydu, aşkı bulan insanların değil...

35

Doruk'un ikna olması kolay oldu. Sanki bana dönüşmüştü; korkusuz, gözü kara, benim için herkesi ve her şeyi karşısına alabilecek kadar aşk doluydu. Doruk'un yüzündeki sakalları elimle severken içimden hep, "Ben hiç böyle sevilmemiştim," diyordum. "Kimse benim için hiçbir şeyi karşısına almadı." Hatta annemle babam bile beni dünya denilen uçsuz bucaksız yere attılar. Hem de tek başıma. Belki de cennetten gelmiştim ama cehenneme düşmüştüm! Ama Doruk beni bırakmıyordu. Ne kalbinden çıkarıyordu, ne aklından kovuyordu, ne de yanından ayırıyordu. Sanki onun dünyası ben olmuştum. Sanki o da herkesi karşısına almaya değer birini bulduğu için kendi dünyasını anlamlandırmış, kendi iç huzursuzluğundan kurtulmuştu. Sanki o da içindeki boşluğunu tamamlamıştı.

Bir süre dediğim gibi yaptık. Evden ofise gidiyordum. Danışanlarımla görüşmeye devam ediyordum. Mektup hiçbir zaman bana ulaşmamış gibi, hayatıma kaldığım yerden devam ediyordum. Tabii ki Doruk, artık hiçbir şekilde ofise gelmiyordu. Sadece kendi işleriyle meşguldü. Ayrıca Doruk hem kendi peşine hem de benim peşime birer koruma takmıştı. Artık ikimiz de uzaktan izleniyorduk. Ama bu korunmamız için değil, birinin bizi izleyip izlemediğini öğrenmek içindi. Bu da Doruk'un fikriydi. Korunmaya ihtiyacımız yoktu. Aşkımız bizi korumaya yeterdi. Korunmamız gereken tek şey, aşkın A'sından haberi olmayan birinin varlığıydı. Yani, Tolunay'ın...

Uzun süre ofisten hep kendi evime döndüm. Neredeyse başka hiçbir şey yapmadım... Bir süre Doruk'la sadece telefon aracılığıyla görüştük. En azından görüntülü aramalarla hasret gideriyorduk. Doruk'a bu bile yetiyordu.

"Senin varlığını hissetmek bile bana yeter Derin'im," diyordu.

"Her zaman yanımda olmana gerek yok. Ama yanımda olacağını, hiç gitmeyeceğini bilmek bile bana kendimi iyi hissettiriyor."

Doruk'un aşkımız için, fiziksel olarak yanında olmamama katlanması bile büyük bir şeydi. Çünkü buna katlanmak zorunda değildi. Dışarıda istediği kadar sevgili bulabilirdi ama istemiyordu. Kendi doruğunu ona bir tek kendi derini yaşatabiliyordu; buna inanıyordu ve hep böyle söylüyordu...

Altı hafta boyunca uzaktan ilişki yaşamış gibiydik. Bu süre zarfında, ne eve gelen bir mektup vardı ne de herhangi bir rahatsızlık hissediyordum. Korumalar sabah akşam, günün çoğu saatinde bizi gözetliyorlardı. Bu da bana ayrı bir rahatlık sağlamıştı. Gerçekten onlardan da bilgi aldığımızda, hiç kimsenin bizi gözetlemediğini, bir sorun olmadığını söylüyorlardı.

Altı haftanın sonunda, artık Dorukların Riva'daki yazlıklarına gidebilirdim. Zamanı gelmişti. Rahatlamıştım. Altı hafta az bir süre değildi ve gerçekten Doruk'u çok özlemiştim. Neredeyse özlemimden ağlayacak kadar. İşten kalan zamanlarımda evde saatlerce telefonda görüntülü sohbet ediyor, onun dışında da romantik komedi filmleriyle zamanımı öldürüyordum. Bir de nasıl olduğumu merak ettikçe, arada sırada Lidya bana geliyordu. Lidya'ya bu konuyu, Tolunay'dan şüphelendiğimi anlattım. Doruk'a anlattığım ilk geceki şüphelerimden hiç bahsetmedim. Çocukluk arkadaşım paranoyak korkularımı duymayı hak etmiyordu. Çünkü eminim çok incinirdi. Lidya'ya bunları anlattığımda, o da tamamen Tolunay'dan şüphelendi ve bunu Tolunay'ın yapabileceğini söyledi. Destek olmak amacıyla, eğer gerekirse bir psikolog olarak lehime her türlü tanıklığı yapabileceğini söyledi. Desteği bana kendimi iyi hissettirmişti. Lidya ayrıca benim cesaretimden de hoşlanıyordu. "Demek ki aşk öyle yüce bir duygu ki, sana dünyanın tüm kurallarını unutturuyor," demişti. Bunu söylediğinde kendimle bir kez daha gurur duymamı sağlamıştı.

Ne kadar çok şey atlattığımızı düşünürken, altıncı haftanın sonunda Doruk'a doğru yola çıktım. İlk önce kendi arabamla bir AVM'ye gittim. Oradan da başka bir taksiyle, Riva'ya doğru yola koyuldum. Korumalar da, her ne kadar artık şüphem kalmasa da, bindiğim taksiyi takip ediyorlardı. İçim artık çok rahatlamıştı. Aradan bir buçuk ay geçmişti. Eğer biri cesaretli olmamdan rahatsızsa şimdiye dek çoktan belli ederdi. Belki de gerçekten bu, Tolunay'ın bir göz korkutmasıydı. Belki değil, eminim böyleydi. Doruk birçok kez Tolunay'ı aramamı söylese de aramamıştım. Mektup bana hiç ulaşmamış gibi, paspasın üzerinden uçup gitmiş gibi davranmak daha çok işime geliyordu. Doruk zaten arayamazdı çünkü o zaman her şeyimiz ortaya çıkardı. Doruk'a, hiçbir şey yapmamanın en doğrusu olduğunu söylediğimde, bu fikrime de kolayca ikna olmuştu.

Uzun süren araba yolculuğundan sonra, taksiden inip Dorukların yazlığına doğru yürürken kocaman bir evle karşılaştım. Elimde küçük bir bavul vardı. Çünkü bir gün değil, en az dört ya da beş gün kalmayı planlamıştık. Doruk'a olan özlemimi bir günde doyuramazdım. Gerçi kalacağımız sürede de yine ona doyamayacaktım ama şimdilik başka bir çare yoktu. Riva'daki evleri o kadar büyüktü ki, Doruk'un bu evde neden sürekli yaşamadığını merak ettim. Ben onun yerinde olsam kesinlikle burada yaşardım. Belki de günün birinde Doruk'la burada yaşardık!

Bavulumu taksinin beni bıraktığı yerden eve doğru sürüklerken, Doruk sesimi duyup kapıyı açtı. Üzerinde beyaz bir sweatshirt ve altında siyah şık bir eşofman vardı. Dağılmış saçları ve son gördüğüme göre daha da uzamış sakallarıyla yine çok hoş görünüyordu. Birden bavulu bırakıp Doruk'a doğru, sevgilime doğru, cennetime doğru koştum. Kollarını sonuna kadar açmış, beni bekliyordu. O kollara kavuştuğumda kendimi yeniden gökyüzünde hissettim. Yaşadığımız bu cehennemden kurtulmuş gibiydik. İnsanların bizi sokmaya çalıştıkları cehenneme girmeyi reddetmek, bizim en büyük ortak özelliğimiz olmuştu. Çünkü ikimiz de cennette olmak istiyorduk...

Bir buçuk aydan sonra tek düşündüğüm, yaptığım iyiliklerin beni koruduğuydu. Zaten hep buna inanmıştım. Yanılmamış olduğumu hissederek Doruk'a uzun uzun sarıldım. Doruk saçlarımı koklayıp beni boynumdan öptü ve ardından yüzümü ellerinin arasına alıp, "Seni ne kadar özlediğimi, benden başka hiç kimse daha iyi bilemez," dedi. "Hoş geldin!"

Dudaklarımız birbirlerine değdiğinde, yaptığım bu yanlış şeyin bizi birbirimize karşı ne kadar doğru hissettirdiğini tekrar düşündüm.

Doruk o sırada mutluluktan yolda unutmuş olduğum bavulumu koşup aldı. Kendimi iyi hissediyordum. O mutsuz, kaygılı halimden eser kalmamıştı. Tıpkı eskisi gibiydim. Eve girdiğimde ilk fark ettiğim şey, Dorukların evinin çok yüksek tavanlı olduğuydu. Her yer ahşapla kaplanmıştı. Enteresan şekilde hem kışlığa benziyordu ev hem de yazlığa... Sanki her ikisi için de kullanılabilir gibiydi.

"Çok şey aldın sanırım," dedi, bavulu içeri taşırken.

"Yok, aslında dört beş günlük kıyafet aldım sadece. İşle

alakalı birkaç şey, bilgisayarım, defterlerimle notlarım falan... Hepsi o kadar."

Doruk'a cevap verirken bu güzel evi gezmek istediğimi fark ettim. Hızlı adımlarla salona doğru yürüdüm. Doruk arkamda kalmıştı. Ev üç katlıydı ve çok büyüktü. İlk önce salonu gezebilirdim. Şu an ikinci kattaydım. Kocaman bir salon vardı. Yere kadar cam olduğu için, olağanüstü bir deniz manzarasına sahipti. Masmaviydi. Pencereden aşağı baktığımda yemyeşil bir alan vardı, o alanda da çok güzel bir hamak. Rüya gibi bir evdi. Doruk ne şanslıydı...

"Nereden başlayayım gezmeye?" diye sordum.

Doruk salonun diğer ucundan, "Artık sen nasıl keşfetmek istersen!" diye cevap verdi.

"Ben ikimize yemek için bir şeyler hazırlamaya gidiyorum, birazdan gelirim," dedi. Ona tamam deyip uzaktan öpücük yolladım ve ardından büyük salondaki gezintime başladım. Doruk, eskiden annesiyle babasının kışları bu yazlık evde geçirdiğini söyledi. Aslında insanlar yazlıkları daha çok yazın kullanırlardı diye bilirdim ama Doruk'un ailesi tam tersine, kışın buraya gelirlermiş.

Evin dekorasyonu da çok güzeldi. Genelde ahşap tonlar olsa da mat parkelerin üzerindeki beyaz mobilyalar ve onlara eşlik eden tablolar çok gösterişliydi. Bu evin mimarı muhtemelen benim gibi beyaz rengi çok seven biriydi, beyazı her yere yakıştırmıştı. Duvara dayalı televizyon da neredeyse duvar boyundaydı. Yeni alınmış gibiydi. Kendimi beyaz koltuğun üzerine attım. Salon o kadar büyüktü ki, yemek masasının üzerindeki avizenin detaylarını oturduğum yerden seçemiyordum bile. Koltuktan kalktıktan sonra avize ilgimi çektiğinden yemek masasının etrafında gezindim. Ellerimle sandalyelere dokundum. Avizeyi de inceledim. Sarı renkte, çok güzel ve farklıydı; insan figürleriyle tasarlanmıştı. Daha sonra yemek masasının karşısındaki, uzun, gösterişli konsola geçtim. Konsolun üzerindeki şeylere takıldı gözüm. Genelde her evde konsolun üzerinde, şık çerçeveler içinde fotoğraflar dururdu. Burada da öyleydi, çerçevelerde birçok fotoğraf vardı. Uzaktan baktığımda kimisi tek, kimisi çift, kimisi de kalabalık çekilmiş fotoğraflardı. Daha önce hiç Doruk'un ailesini görmemiştim. En baştan başladım. İlk fotoğrafta Doruk'u gördüm. Çocukluğuydu bu. Okul fotoğrafıydı. Elinde bayrak, muhtemelen bir bayramı kutluyordu. Çok tatlı görünüyordu, gülümsedim. Onun çocukluğunu dinleyip şimdi de bir çocukluk fotoğrafına şahit olmak tuhaf ve mutluluk vericiydi. O da artık benim çocukluğumla tanışmıştı. Belki bu fotoğrafı Doruk'tan isteyebilirdim, cüzdanımda taşımak bana iyi gelirdi. Diğer fotoğrafa geçtiğimde, Doruk'la Yiğit yan yanaydı. Bir lunaparktaydılar. İkisi de gülüyordu. Yiğit, Doruk'u andırıyordu ama muhtemelen dışarıda görmüş olsam kardeş olduklarını tahmin edemezdim. Belki bir ihtimal yan yana geldiklerinde benzetebilirdim... Üçüncü fotoğrafa geçtiğimde durdum. Sanki benimle beraber, dünyadaki herkes de durmuştu. Herkes benimle beraber fotoğrafa bakıyordu. Bastığım parke ayaklarımın altından kayıyor gibiydi. Zemin birden gitmiş, yerine bir boşluk yerleşmişti. Dudaklarım bir anda kurumuş, dilim hareket etmeyi unutmuştu. Dilimi hissetmiyordum, konuşabileceğimi sanmıyordum. Gözlerim, hayatta bir daha görmemek, buna tanık olmamak için, neredeyse kör olmak istercesine bana yalvarıyorlardı.

"Ne olur," diyorlardı. "Daha fazla bakma, Eylül!"

Bakmaya devam ettim. Çünkü yüzleşmekten kaçamadığım acı geçmişim bir çerçeve içinden bana bakıyordu.

Kır saçları, yeşil gözleri...

Demek ki o mektup...

Demek ki yaşadığım o takip ediliyormuşum hissi...

Hepsi geçmişime, geçmişimdeki hikâyeme aitmiş.

Ona.

Sarsıntıma sebep olan adama.

Hem aşkın derininde hem de korkunun doruğunda, arkama bakmadan o evden hemen çıkıp gittim.

Bu dünyada, geçmiş, şimdi ve gelecek; hiçbir zaman birbirinden ayrılamıyordu, bundan artık emindim.

Hayatlarını psikoloji bilimine adayan bilim insanlarına, felsefeyle ilgilenen tüm filozoflara ve şu an bu kitabı elinde tutan tüm okurlarımın varlığına teşekkürlerimle...

Ocak 2019
Taksim
İstanbul